U0062295

▶▶▶ 登高望远

▶▶▶ 东森海外

▶▶▶ 东森愿景

▶▶▶ 全球视野

▶▶▶ 卓越团队

▶▶▶ 数字科技

▶▶▶ 员工培训

▶▶▶ 出征采访

▶▶▶ 外记见习

▶▶▶ 东森购物

▶▶▶ 公益事业

东森登峰之路

——当代华文媒体领航者发展历程

主编＼蒋　宏　朱金玉

上海交通大学出版社

内 容 提 要

　　本书梳理了东森媒体集团从小到大、由弱到强的发展历史,从中总结出了东森独特的媒体经营管理理念。东森媒体集团以新闻传播和网路购物为两大主打产品,以数字化新技术为媒体运营的支撑平台,与国际知名媒体和全球著名投资机构合作,迅速渗透国际传媒市场。不仅如此,东森在经营媒体的同时不忘社会公益事业,在取得骄人市场绩效的同时,在社会责任的担当上更是有目共睹。东森媒体集团历经短短15年的发展,成长为具有全球影响性的传媒集团,相信其发展战略和经营策略会给传媒业的同行提供非常有益的借鉴。

图书在版编目(CIP)数据

东森登峰之路:当代华文媒体领航者发展历程/蒋宏.朱金玉主编. —上海:上海交通大学出版社,2006
　ISBN7-313-02402-9

　Ⅰ.东...　Ⅱ.①蒋...②朱...　Ⅲ.传播媒介—企业集团—企业管理—经验—台湾省　Ⅳ.G219.275.8

中国版本图书馆CIP数据核字(2006)第091292号

东森登峰之路
——当代华文媒体领航者发展历程
蒋　宏　朱金玉　主编
上海交通大学出版社出版发行
(上海市番禺路877号　邮政编码200030)
电话:64071208　出版人:张天蔚
上海交大印务有限公司 印刷　全国新华书店经销
开本:787mm×960mm 1/16　印张:13.75　插页:8　字数:267千字
2006年8月第1版　2006年8月第1次印刷
印数:1—3050
ISBN7—313—02402—9/G·876　定价:28.00元

前　言

"淬砺奋进、永无止息"是东森媒体集团总裁王令麟在辅仁大学颁赠荣誉博士学位典礼上一篇讲稿的标题,这八个字是东森媒体集团从小到大、从弱到强、从内向外,全力打拼、全面发展、积极进取的最真实写照,也是东森媒体集团领导阶层及其员工的精神风貌和最根本的经营哲学。

东森媒体集团以科技立身,从1975年远东仓储(股)公司,现改名为东森国际和1995年7月第二个主力公司东森媒体科技公司诞生起,就始终紧随全球科技浪潮,大刀阔斧地进军技术含量高的有线电视系统台的投资经营、HFC宽频网络增值服务经营和地方系统台有线频道的全面播出经营,并充分利用技术的优势抢占电视媒体强势的话语权和播出权;同年8月第三大主力公司东森电视横空出世,此后积极整合电视、网络、广播、报纸等媒体,实现了真正意义上的跨媒体传播和经营,并以"内容为王"全力打造内容制播平台和发行平台,靠敏感的信息意识、深厚的文化内涵、丰富的艺术形式、娴熟的技术手段和积极的创新举措,赢得了受众的眼球、赢得了广告商的亲睐,同时也赢得了自身的良性发展。为扩大经营范围、创造品牌效应、实现经济效益和社会效益的最大化,东森媒体集团的整体架构随着1999年12月第四大主力公司东森购物频道的建立,以及十一家准主力公司,即东森资产管理公司、东森建业不动产公司(后改名为东森房产)、东富资讯公司、东森休闲育乐公司、东森公关公司、东森美洲卫视、东森购物百货公司、东森及森辉旅行社、东森财产保险代理人(股)公司、东森人身保险代理人(股)公司、东森巨蛋经营公司先后开张,而得到巩固。时至今日,东森媒体集团不仅仅是一个媒体集团,经过15年的开拓与奋斗已经成长为一个实力雄厚、英杰荟萃、志向高远的跨媒体、跨行业、跨地区的持续迅速发展的媒体集团。

东森媒体集团以文化传媒及其周边产品为核心竞争力,主打传媒品牌效应,在短短的15年时间里就成为了台湾地区增长最快、频道和栏目覆盖面最大、影响力和辐射力最强、社会评价良好的媒体集团。目前,东森媒体集团旗下拥有四大主力公司和十一家子公司,其中东森电视台覆盖四大运营范畴,包括岛内频道事业、海外频道事业、岛内其他媒体平台事业和商品事业。这四大运营范畴整合了电视、网络、报纸、型录等资源优势,充分利用内在资源和优化资源实现内循环,有效地大幅度降低成本,从而建构了东森媒体品牌的知名度,创造了规模化的竞争优势。仅以东森电视台岛内卫星电视频道为例,8个电视频道包括东森新闻台、东森娱乐台、东森新闻S台、东森综合台、东森洋片台、东森电影台、东森戏剧台、东森幼幼台均在台湾地区名列前矛,其收视族群涉及各个层面,广告客户已有效分布各个客户层面。据有关数据表明东森电视台2005年总营业收入61.8亿元新台币,高居《天下》杂志"500大服务业"中"媒体娱乐业排名第一",远远领先台湾地区其他有线和无线电视。东森卫视还在香港、澳门地区以及泰国、柬埔寨、印尼、日本、菲律宾、新加坡、新西兰、澳大利亚等国家及美国加州和夏威夷、加拿大南部等国家落地,进驻全球华文媒体市场,并与海外及大陆传媒集团实现战略合作,积极扩大东森媒体的触角,并随着东森媒体传播品牌的远扬,使客户的宣传影响和效益同步远播全球。

东森媒体集团的发展坚持以人文关怀和社会责任为己任,在建设和发展企业的同时不忘回报社会。东森多次向台湾海峡两岸的慈善事业和教育事业出资捐物,为培养人才设立了一个个东森奖学金和东森奖教金;为发展文化传媒事业和媒体产业,东森媒体集团积极开展"建教合作",不仅提供高校相关专业师生的实习、实践平台,而且还就有关传媒业发展的现实问题进行合作研究,积极地推动教学和科研相结合、理论与实际相结合、学界与业界相结合。同时,东森媒体集团积极网罗和培养各类传媒人才,包括活动企划执行、艺人经纪管理、市场调查和民意调查、节目制播、形象策划咨询等专业人才,并要求所有东森员工必须履行职业操守、担当社会的责任,从而使东森媒体集团始终处于朝气蓬勃的状态。东森媒体集团服务社会、伸张道义、诚信办企业的风格,维护着媒体的公信力。2004年3月,据盖洛普征信股份有限公司"企业公益形象"调查结果显示,东森电视台获台湾地区媒体公益形象第一名,媒体企业形象第二名,而东森媒体集团则获选为公益活动贡献良多企业之首。

一个企业的成功与失败、发展与衰落,都有其各种原因造成,然而要使一个企业始终保持可持续发展,并且还要有一定的速度,就一定有其独特的管理理念,其中企业文化和企业的领军人物及其核心团队高屋建瓴的思想、战略、作风、能力，以及团队精神起着关键作用。东森媒体集团在发展壮大的过程中，并非一帆风顺，也经历过挫折和失败，但是它没有因为一次次的失败和一次次的挫折而停止继续探索和开拓的脚步。虽然我在这篇前言中并没有直接表述东森媒体集团详细的成长经历，一是因为前言的篇幅不能太长，二是因为展开的内容在后面的正文中会更加精彩。希望大家在拿到这本书的时候，或者看到这个案例的时候，会有兴趣和好奇心来关注在过去的 15 年里脱颖而出的一颗全球媒体星空中的新星——东森媒体集团。

上海交通大学媒体与设计学院常务副院长、教授　**蒋　宏**

2006 年 8 月 1 日于上海交通大学

目　　录

第一章 跻身全球竞争的华文媒体

在全球媒体市场上,大家耳熟能详的大多是欧美的大型跨国传媒集团,如时代华纳、维亚克姆、新闻集团等,在这些以英文为主的巨无霸传媒集团主导的全球媒体市场上,东森媒体集团仅以 15 年的时间就跻身于全球媒体竞争格局中,成为一枝独秀的华文媒体集团。2004年,东森媒体集团以营业收入增长 27%、营业利润增长 49% 的大幅度进步令业界瞠目,2005 年,536 亿元新台币的营业收入更是创下历史新高。

东森媒体集团现在由 4 家主力公司及 11 家次要公司组成,构成绵密的媒体事业网络。集团始终坚持市场导向,以扩展公司的市场占有率和实力,提高经济效益,做大做强公司为宗旨,而不是单纯地就媒体开发媒体。因此,集团不仅采取了传统公司经常采取的经营策略,如水平整合和垂直整合经营策略,而且在最近两年里采取了多元化和国际化的发展战略。一系列经营战略的奏效使东森迅速发展壮大,五年时间营业收入增长了 3 倍还多。

尽管有上述辉煌业绩,但是东森媒体集团的发展也不是一帆风顺的,现在让我们追寻东森的成长足迹吧!

第一节 开 辟 疆 土

一、台湾电视业发展状况

1. 无线电视,三足鼎立

在中国,台湾电视起步稍晚于大陆,1958 年北京电视台(今中央电视台前身)正式开播。而台湾电视业始于 20 世纪 60 年代初,1962 年 2

月"国立教育电视实验广播电台"开始试播,1963年12月正式播出,定名为"国立教育电视广播电台"。这是台湾地区第一座电视台。1962年4月,台湾当局和民间以及与四家日本公司合资成立了台湾电视公司(简称台视)。台视正式开播时间是1962年10月10日。从此以后,台湾电视产业开始不断发展壮大,1969年10月31日、1971年10月31日,中国电视公司(简称中视)和中华电视台(简称华视)相继开播,原来的教育电视广播电台归入华视。从此,台湾电视业形成了三足鼎立之势。台视、华视、中视均采用股份制经营,以广告收入为生存基础。

1969年10月31日,中视开始首次在台湾地区开播彩色节目,台视也紧随其后,在同年播出了彩色节目。由此,台湾电视业在几年内很快完成了向彩色电视的过渡,1975年基本上完成了覆盖台湾的电视网,画面也由黑白色发展为全部彩色。

台湾是一个多山地的岛屿。使得居住在山地的台湾居民家中收到的电视传播信号不佳,从而带来的经常是雪花、斜纹、串台、串音、噪音等情况。无线电视的这种先天不足,为台湾地区社区共享天线(CATV)的出现提供了机遇。台湾最早出现社区共享天线的地区是在花莲县。1969年,花莲的丰滨乡,就有经营者在高处架设接收站,利用同轴线传输电视信号,来改善附近用户电视接受信号不佳的问题,成为台湾地区社区共享天线的最早发展雏形。

这段时期电视广播刚刚在台湾开展没几年,社区共享天线的主要目的是改善收视的画面,所以经营者所供应的节目,都是转播台视、中视、华视这三大无线电视台的电视节目而没有其他的频道。这对当时仍处在政治禁令中而无法获得正常信息渠道的台湾人民来说已经是一大好事的情况,一直延续到1976年以后,因信息、娱乐的需求和禁令的适度开放,才慢慢得到改观。1987年之后,台湾电视节目和电视台才真正走上了几何级数发展的道路。

2. 台湾有线电视发展

社区共享天线的出现大大改善了人们的收视情况,因此从业者如雨后春笋般地在台湾岛内出现,相互间竞争也变得愈来愈激烈。本来,社区共享天线仅仅转播三大无线电视台的节目,所提供的服务只是以改善收视品质为主。当图像质量的改进遇到了瓶颈时,节目内容的更新成了社区共享天线经营者吸引消费者的一张王牌。

有些从业者开始通过播放录像带的方式招揽客户,这些录像带一般都是盗版自日本及欧美的节目。有些地区的经营者甚至开始播放少量的自制节目,或接收一些由卫星传送的节目进行播放,逐渐形成一定的规模,成为所谓的"第四台",也就是指自行播放录像带等节目给观众收看的经营者的总称(在台湾有线电视法中称为"有线电视系统经营者"MSO)。最早的第四台于 1976 年出现在基隆。

第四台的兴起不仅仅是对当时三大无线电视台的补充,更对当时信息较封闭的社会来说是一针强心剂。20 世纪 70、80 年代,正是台湾经济高速起飞时期,股市一路狂飙,在大大改善人们物质生活条件的同时,也催生了人们要提高精神生活质量的呼声。同样,政治、思想民主运动也紧跟经济发展潮流一路而上。在这一系列因素的推动下,台湾不论是城市的大街小巷还是农村的田舍茅屋都如雨后春笋般地架起了第四台的天线。当时的第四台可以说是一群乌合之众,一群地下电视台,根本不受台湾当局于 1979 年制定的《共同天线电视设备设立办法》的约束。这些地下电视台在节目内容方面当然花样层出不穷,从"转播"(当然是免费)三大无线电视台的节目,到通过卫星和接收器接收邻近国家比如日本 NHK 电视台的节目,甚至有些从业者还专门开辟"限制级"的成人频道。第四台为了满足受众的需要可谓无所不用其极,其节目内容的来源因无需交费而可以取之不尽、用之不竭。

第四台大刀阔斧地增扩频道,大量播出未经授权的录影带,使得台湾当时的影视业损失惨重,很少有影视制作公司的产品能幸免于盗版之难,整个电视业及相关制造业都受到了冲击,引起业内人士的广泛关注与担忧。另一方面,第四台所播放的一些色情、暴力的节目内容也引起了台湾有关部门的重视。1982 年 6 月,台湾当局修改了广播电视法,并开始将非法架设的电视播放系统设备纳入管理范围;1983 年 4 月,成立"顺风一号"项目,严格取缔"第四台"的信息制作接收组织;1984 年又展开"顺风二号"、"顺风三号"的取缔活动。但是市场是由需求决定的,尽管台湾有关部门采取了一些措施,仍然没有将"第四台"斩尽杀绝。许多"第四台"还是打着改进节目播出质量的幌子,从中牟利。

到 1984 年年底为止，台湾有将近 5 000 户的民众通过社区共享天线电视来收看电视节目；岛内的社区共享天线电视台也从 50 家左右在短短一年之内几乎翻了一番达到了 80 多家。

二、友联全线公司

1988 年汉城奥运会，台湾三大无线电视台都通过了卫星信号对奥运会赛事进行了全程追踪报道。在这一天赐良机之下，相对于财大气粗却处处受制的三大无线电视台，不受版权、转播费及广告商束缚的台湾社区共享天线和"第四台"经营者们的优势显而易见，于是纷纷也加入"转播"汉城奥运会的行列，在台湾受众中获得了普遍的良好口碑。更重要的是，"第四台"也因此一举颠覆了原来在台湾受众心中是色情暴力台的形象，把自己在节目内容档次上拉到了和三大无线电视台相当的起跑线，至少不至于被拉开太远。到 1991 年为止，台湾已经有超过 60 万订户定制了"第四台"的节目，近 400 万人收视"第四台"。当时台湾总人口才 2 000 多万，这个数字应该说是够大的了。

随着市场需求的加大，台湾有线电视频道合法化，纳入当局统一管理的呼声高涨，有线电视经营者也成立了"有线电视发展协进会"，有组织地向当局要求自己合法的经营权利。更令台湾当局担心的是，在台湾各地方选举中，许多在野党的候选人都充分利用了"第四台"进行选举宣传，并获得了成功。在这种形势下，台湾当局下定决心要将有线电视业纳入其管理的轨道，并开始草拟有线电视法案，最终获得通过。

《有线电视法草案》出台后，版权问题成了所有有线电视经营者头上的达摩克利斯之剑。在台湾有关部门的大力取缔非法盗版录影带的浪潮中，许多经营者发现盗版获得的利益不能抵偿所担负的风险。于是，许多有线电视经营者开始和一些小的传播公司结盟，通过签约、授权方式，取得合法的播映权。由于版权的存在和所播映频道的增多，有线电视台的运营成本大规模提高。虽然部分经营者调整了每月的服务费，由 500 元新台币调整到 700 元新台币或 800 元新台币，但与有线电视广阔的发展前景相比，他们仍显得力不从心。这样，发展的机会就留给了那些有资本、有实力的人。当有线电视业在台湾发展潜力得到肯定后，台湾许多大财团开始集结人力、物力、财力，准备进入有线电视市场。东森就是其中的翘楚。

1991 年 4 月,友联全线公司终于在王令麟手中诞生。1991 年的台湾有线电视事业由于"第四台"和盗版的肆虐,可以说是一片荒芜。产业内节目制作人才、资源极其缺乏。而当时的节目供货商主要以"跑带"的方式提供节目给电视台,对节目带播送的时程,往往只凭节目表或双方的默契,并非节目供货商所能主导。因此,友联全线公司在刚刚进入传媒业的门槛时,也仅仅是作为节目内容制作商,为有线电视系统运营商"跑带",供应合法版权的优质录影带。但是,王令麟敏感地意识到卫星时代必将到来,到那时有的节目时间便不是系统所能任意调整的,节目供应商与电视台人工"跑带"必然会转变成通过发射站与接收站连接信号。前瞻性的经营策略成就了王令麟建立自己的传媒王国的梦想。

到 1993 年年底,友联全线公司已经成为一个拥有 12 个频道的节目供应商。

1994 年,成立北联全线传播公司,整合有线电视系统运营商,并成立华联通讯网路公司,提供有线电视系统安装的工程及硬件的服务。

第二节　旭　日　东　升

一、初级产业价值链的构建

所谓产业价值链,是指以某项核心价值或技术为基础,以提供能满足消费者某种需要的效用系统为目的、具有相互衔接关系的资源的优化配置与组合。其内涵有三个方面,一是产业价值链是一种具有相互衔接关系的资源配置与组合;二是这种配置与组合并不是一种随意的链接,而是围绕着某项核心价值或技术来优化与整合的;三是这种配置与组合是否有活力的标准是能否最大限度地满足消费者的需要,从而最大限度地实现其资源的潜在价值[①]。友联的传统跑带业务仅仅是提

---

① 喻国明.去碎片化:传媒经营的新趋势[J].荧屏内外,2005(4).

供节目,要想把产业做大,必须控制播出渠道,因此,节目上星和落地都成为这个产业链条上的重要环节。

卫星电视网络的最大优点便是一点对多点的传送,而且涵盖面积广,不易受地形、建筑物影响,对台湾这个多山的狭长岛屿来说,卫星电视网络是运营商的最优选择。再加上光纤因为其速度快、加载信息量大的特点已成为目前主要的有线电视干线网络传送介质,随着光电技术和民用卫星技术的继续不断成熟,有线电视光纤网络与地面接收站如雨后春笋般在台湾岛内涌现。台湾电视业节目供应商"跑带"的运营方式,无论在时间、品质、地区、效益、现代化上都已经跟不上时代的潮流,王令麟清楚地看到了这一点,并引领公司从"跑带公司"朝着通过卫星发射节目迈进。由各方汇集的雄厚资金给了王令麟在台湾电视产业大施拳脚的雄厚基础,而王令麟的友联全线在台湾有线电视运营系统专营数年为日后东森的腾飞打下了扎实的基础。友联在成立初期就拥有九个频道,早在新竹建立的一家运营系统公司为其向下游发展提供了宝贵的经验,很快在台湾全省获得 200 个以上的有线电视运营系统合法授权;此外,因友联跑带多年而与各地系统台建立的良好关系更是频道经营和垂直扩张的重要保障。

1995 年 8 月前,友联的频道数量达到了 12 个,包含本土片、戏剧、洋片、卡通、综艺等不同性质的频道。1995 年 8 月,友联将 12 个频道加以整合,把原来的节目重新组合成了两个频道,分别为 U1 电影台和 U2 综合台。然后,将这两个频道送上卫星,友联开始正式涉足卫星频道经营。上星后,友联拥有两个卫星专属频道,卫星转频器与其地面站的设备是向和信的泛宇电讯承租。

1995 年 7 月,东森媒体科技公司正式成立,开始进军有线电视市场,率先导入有线电视多系统经营者模式。这家以有线电视系统台投资与经营(CATV MSO)、HFC 宽频网络加值服务经营和地方系统台有线频道播送经营为运营主轴的公司宣告着东森媒体集团的诞生。友联在频道上星之前即已投入有线电视运营系统网络的经营。其中部分是以直接投资的形式进行,但是大部分还是通过其遍布台湾的销售办事处直接与当地有线电视运营商接洽。由于友联在"跑带"时与当时未合法化的第四台有着良好关系,再加上"策略联盟"概念(因为作为一个投资大资本运转周期慢的产业,有线电视业必须通过大规模地集中资金、人才、设备来使产业结构得到升级和发展,而这样的实力只有大财团能够做到)的推广,吸引了各地的运营商加入东森媒体集团。这种策略合作与投资并购双管齐下的战术,使得东森媒体集团版图不断扩大。

二、以东森电视台为核心的跨媒体产业链条的构建

在有线电视运营系统所形成的传播平台上,王令麟可以挥洒自如地以此为基础,进军节目频道、网络甚至平面媒体。在整合营销的过程中,勾画出了台湾第一个多媒体整合传播集团的蓝图。

1997年9月,"东森电视台"正式定名,开始有了新闻正规军,并逐步拓展电影、戏剧、综艺、幼教等节目领域。

1997年12月,东森为培植本土自营频道,推出系列卡通、戏剧、电影新频道。

1998年1月,东森戏剧台、东森卡通台及东森幼幼台开播。东森新闻台与美国NBC合作,把原本一直限制在台湾岛内的本土化的经营提高到了全球化的高度。从此东森多媒体还代理NBC以及合作制作ET-NBC,强调针对美国、台湾地区进行无时差的财经报导,并在亚洲地区播送。

1998年2月,卫星频道纷纷登陆北美华人市场,东森多媒体投资的胜麒公司积极接洽各卫星频道准备联合登陆北美市场。

2000年6月底更名为"东森华荣传播事业股份有限公司"。

东森电视台共经营八个自制频道,包括东森新闻台、东森娱乐台、东森新闻S台、东森电影台、东森洋片台、东森综合台、东森幼幼台及东森戏剧台,再加上友联于2002年9月投资的超级电视台(超视、超级音乐),成为拥有十个电视频道的传媒家族。东森电视台的优质节目及公正媒体形象,深受观众肯定,稳居台湾地区卫星电视频道家族第一品牌地位。东森电视台的受众包括各种年龄层的民众,是台湾地区"唯一全方位"的电视公司。据AGB尼尔森公司的收视率调查数据显示,东森电视台以"东森新闻台"、"东森幼幼台"、"东森电影台"、"东森洋片台"囊括新闻、儿童、国片及洋片类型频道前三名,是最受欢迎、也是收视总点数第一名的有线电视频道家族。

2000年2月东森电视台跨入平面媒体投资南台湾第一大报——《民众日报》。

2000年6月东森传播事业股份有限公司更名为东森华荣传播事业股份有限公司。

由此,东森华荣传播事业股份有限公司已经成为一个跨媒体的庞然大物,一个整合传播的平台俨然形成。王令麟对这个跨媒体平台的搭建,自豪之意溢于言表:"这个平台的核心观念,就是资源整合、充分发挥效益。由东森提供北部的政治及财经要闻,而"民众"则提供南台湾的地方新闻,如此就可以让资源发挥更大的效益,而成本也可以大幅降低。东森集团至少可以降低20%的新闻人事成本。"

三、以东森购物为代表的跨行业的产业链条的构建

1993年,台湾有线电视业刚刚开放时,节目制作也仍然是一片空白,当时成本低廉、制作简单而且受益颇丰的电视购物节目大量出现在台湾各地的有线电视频道中。然而这些看似应该无人问津的电视购物,却在当年创下好几亿元的营业额。这成了令不少有线电视运营商都馋涎欲滴的一块蛋糕。

到1995年时,电视购物频道的营业额已经达到约36亿元新台币。而当时电视购物市场较为分散,各个地区都由当地的有线电视运营商掌控电视购物业务。经营的分散导致市场没有一个明确的游戏规则,当然也无从寻找一个领导性的厂商出现。在分散零乱的竞争中,不论是节目还是商品品质都良莠不齐,但却无法形成有效优胜劣汰机制。直到1999年台湾通过"卫生食品管理法",原本电视购物节目中充斥着的许多药物在有了法律规范后,购物频道经营商开始注意自身节目中产品的质量,并提升产业水准和进入壁垒。台湾当局的这一措施是为了保护消费者的利益,但是同时也空出了东森电视台的频道时段。如何填满这些频道时段?由此带给东森媒体集团以企业化经营方式进入电视购物业的一个契机。

1999年8月11日,东森购物正式成立。同年12月21日,东森购物台(后改名为东森购物)正式开播。自开播以来,王令麟先生就致力于建立一家为消费者创造一个高普及率,并综合电视、型录、网络形式

的无店铺通路购物网络。只数年时间,这个无店铺销售百货公司为台湾无店铺零售流通业立下一个崭新典范。2000 年,东森购物营业额达到了 5 亿元新台币,虽然仍没有盈利,但是日后的发展证明了这个本来并不被人所看好的产业在王令麟的慧眼之下闪闪发亮。到 2005 年,短短 5 年内东森购物的营业额达 235.3 亿元新台币。集团更预估在未来五年内,东森购物将成为东森媒体集团的营收主力,并分别将在岛内和海外挑战双 1 000 亿元新台币的目标。

东森购物的创立并非王令麟的一时之念,而是在观摩过美国、韩国、日本和澳大利亚当地电视购物频道的运营模式后,首创于台湾电视购物现场直播(LIVE)的先例。东森购物为消费者提供了:

(1) 消费者全方位、多媒体的整合式购物体验。

(2) 简约的购物过程。

(3) 低廉的搜索成本。

(4) 物美价廉的商品。

(5) 多样化的商品信息。

(6) 互动式的购物方式。

四、伟业初成

台湾有线频道家族自从有线电视合法化以后历经数年的激烈竞争与排名更替,目前市场上有八家具有稳定性市场地位的家族频道品牌。2005 年 1～3 月频道家族收视排名前 5 名依序是东森、三立、八大、纬来、中天。其中第四名至第六名的变动幅度较大,纬来、中天、TVBS 及卫视在 2004～2005 年期间的排名互有高低,显示有线电视频道的竞争激烈。

虽然有着各方面充裕的资源,但王令麟在公司的经营上仍采取稳扎稳打的战略,逐步有系统地再发展。他借鉴了时代华纳的发展模式——"老二哲学"。1995 年以前,友联全线投资有线电视一直保持着这个心态,只象征性地投资一、两家,而且持股比例都维持在个位数,根本就不具影响力;在频道经营上也是如此。在一段时间的韬光养晦之后,从两个频道开始,以有线电视为核心,东森一步一个脚印,在前后任董事长的王令麟及张树森的卓越领导下,东森电视的节目和新闻公正性得到观众肯定,收视总点数、广告营收与获利成绩均呈飞跃成长,为台湾卫星电视频道家族的第一品牌。通过东森这个品牌,也带动了集团内部整个产业链的发展,形成一个真正意义上的互动产业价值链。

到 2000 年为止,东森媒体集团框架已成,其主体为东森媒体集团(EMG),下属东森电视台(EBC)、东森购物(EHS)、东森媒体科技公司(EMC)三驾马车齐头并进。其中,东森电视台(EBC)主要从事媒体内容方面的制作,其运营主轴为 8 个有线电视频道制作与经营、媒体外围商品经营、网络新闻(ETtoday.com)、东森广播网和东森购物报。东森购物(EHS)主要涉猎电视购物、型录购物、网络购物、报纸购物、手机购物和休闲育乐(包括台北海洋馆)这几个领域。东森媒体科技公司(EMC)则把精力放在了有线电视运营系统版图的进一步扩张和维护,以及高科技传播技术的研究和应用领域,主攻有线电视系统台投资与经营(CATV MSO)、HFC 宽频网络加值服务经营和地方系统台有线频道播送经营这三大方向。再加上其他诸如远森网络科技(后改名为东森国际)、东森行销、东森租赁、东凯租赁及东富咨询等 11 家子公司,构成绵密的媒体事业网络,真可谓是旭日东升,为东森媒体集团在新千年后的继续腾飞打下了扎实的基础。

第三节　绿树成阴

经过艰辛的十年创业阶段,到 2000 年,东森电视已经初具规模,形成了一个较为完善的体系。新的世纪中,王令麟和他的团队向更为广阔的天地开拓。2001 年 4 月,东森和快乐广播电台结成战略同盟之后,东森正式成为台湾地区唯一的"电视＋报纸＋网站＋广播"(2006 年中停播)的"四合一"跨媒体产业集团。与此同时,东森开始将触角伸向全球华文媒体这一市场,分别在香港和澳门地区"登陆",并在第九届上海国际电视节上崭露头角,同内地电视机构建立了众多的合作关系。与此同时,东森也在努力提高自身素质,通过经营和并购,逐步确立了岛内第一传媒集团的地位,并且在电视购物这一方面独树一帜,取得了很好的成绩。

一、立足台湾、合作港澳、前瞻内地

走向全球华文媒体市场，一直是东森媒体集团最重要的发展策略。东森秉承"立足台湾、合作港澳、前瞻内地"信念，在这几年东拼西进，在两岸三地的华文媒体市场上建树颇丰。

2002 年 6 月 5 日，东森与香港最大有线电视系统业者——i-Cable 公司签约，于 7 月 1 日正式入网香港。自此以后，香港近 60 万的收视用户可以收看到东森国际频道的节目。此次签约合作，是港台两地有线电视及卫星电视频道首度携手合作的历史性里程碑。

i-Cable 有线电视公司是香港最大的有线电视 MSO（自营电视机构）公司。东森在和其合作的问题上也是煞费苦心。东森国际台是将当时东森电视台播放的新闻、娱乐、电影及儿童节目中的精品融为一炉，可谓东森电视台的精品，把这样一套节目带给香港有线电视观众，也是希望他们能得到更高质量与更多元视野的收视享受；而香港又一向热心关注台湾局势及各方面的发展，以及台湾的电视剧和自制的娱乐综合节目，因此此举也正好迎合了港人的需求，取得了很好的效果。目前港人最感兴趣的东森节目有介绍美食的"食全食美"，介绍星相命理的"开运鉴定团"，歌唱节目"费玉清时间"等。此外，报导社会刑案事件的"社会追缉令"和"战警急先锋"也大受欢迎。

此后，东森又马上开始了它的澳门进程。2002 年 8 月 17 日，东森与澳门有线电视系统业者签约，正式入网澳门，正式宣告东森国际频道入网澳门，为澳门地区 10 万收视户和旅澳台胞提供东森最快速新闻和精心制作的优质节目。

澳门有线电视是当地唯一合法的有线电视台，当时共提供 55 个频道服务，包括北京中央电视台在内的五个华语频道。东森是台湾地区向澳门提供的第一个华语频道。

如果说东森集团的这两步踏在了内地的门槛上的话，那么这个台湾媒体巨头接下来就试着开始推开通向内地的大门了。2002 年 6 月 8 日，第六届上海国际电影节、第九届上海电视节开幕，这也是两个节庆第一次一起举行。时代华纳、哥伦比亚广播公司、SONY、KBS、富士、读卖、朝日、中央电视台、CNN、凤凰卫视、阳光卫视等中外传媒使出浑身解数,在这里一拼高下。东森电视台是第一次参加这一盛事,主办单位东传海外事务中心在节目营销部、东森购物、东森行销、节目部和公共事务部等单位的协助下,卯足全力筹备各项参展工作,取得了良好的反响。从此以后内地业界也开始熟悉东森。

电视节期间,东森的高层也是马不停蹄,在内地四处游说,集团副总裁赵怡与东森电视副总马咏睿一连跑了北京、上海、南京、大连等8个城市,与辽宁省台、大连市台、江苏省台、南京市台、无锡市台和苏州市台等6家省市级电视台签署合约,缔结为姊妹电视台,建立新闻交流等方面的合作关系,还与中央电视台、无锡电视台分别签订"两岸情缘"和"七夕情人节"等两岸同步直播特别节目的合作协议。东森在内地的触角已经伸展到四面八方的同时,在香港还与凤凰卫视、阳光卫视、华娱电视、TVB8等卫视媒体策略结盟。

东森电视如此主动,目的也是很明确的。在上海电视节节目交易会上,当时的东森购物股份有限公司总经理特别助理谭远雄就明确说,大陆拥有3亿收视户和13亿人口,既是一个潜力巨大的传媒市场,也是全球华文媒体市场的核心。因此,前进大陆是东森立足台湾、布局全球、未来朝向全方位与全球化卫星电视台迈进的重要一步。

二、苦练内功、蓬勃发展

对外大规模拓展的同时,东森集团也不断注重自身"内在素质"的培养。2002年之前,东森拥有七个自制有线电视频道,还有www.ETtoday.com网络新闻、东森广播联播网及《民众日报》,是台湾唯一全方位、具有独特竞争优势与四合一跨媒体经营的超媒体电视公司。2002年9月,东森并购超级电视台后,更是成为台湾最大的卫星频道企业。

根据当时AGB尼尔森的收视率记录数据,东森七个电视频道总收视占有率位居台湾第一名,是岛内各家有线频道公司的"冠军品牌"。其中东森幼幼台、东森新闻台、东森新闻S台、东森洋片台、东森电影台、东森综合台等,得到收视观众普遍的肯定。另外,www.ETtoday.com网络新闻的点击率也居岛内三大新闻网络之首。根据公司"五年发展计划",到2006年,营业收入额比2002的41.9亿元新台币增长

2.39 倍,达到 100 亿元新台币;届时税后利润将达到 19.6 亿新台币,每股税后利润也将由 0.99 元新台币,增加到 4.86 元新台币,整体运营绩效蒸蒸日上。

在 2002 年制定的五年发展战略中,东森将事业发展的重点与营业收入增长的来源对准了以下三个方面:

第一,海外收入的增长。2005 年东森国际频道在美国洛杉矶已有 50 万订户,在香港有 60 万订户,是年 10 月在新加坡有 40 万订户,12 月在马来西亚有 70 万以上订户。包括收视费及广告收入在内,在未来几年海外总收入将有明显增长。

第二,在商品经营方面,公司将在东森幼幼台第一品牌的现有基础上,全力拓展幼教及文化商品业务,包括幼幼肖像权授权、代理国外知名幼童商品与教材,以及开发幼教外围商品及举办相关活动,都将带动可观的获利。

第三,在数字付费频道(Pay TV)经营方面,2002 年 10 月,东森率先同业推出四个付费频道,包括儿童英语教学频道、成人英语教学频道、妇女才艺频道,以及结合歌仔戏、评剧、相声、地方戏曲等在内的戏曲频道。盖洛普及东森的多次民意调查结果显示,教育与才艺付费频道都已有至少 30％以上收视户的订购意愿,颇具市场可行性。未来这块数字付费频道的市场空间,发展潜力还很大。

三、东森购物,商媒联手

2001 年底,东森又迎来了集团发展上的一件大事,经过与各地方系统台几个月的协商与沟通,东森购物终于在台湾岛内以统一的频道——第 9 频道对外播出,这对于成立刚两年的东森购物频道来说,无疑是一大成功。

"电视购物"起源于 1980 年初,出现在美国地区地方电视台实验性质的互动节目中。直到 1982 年,世界第一家电视购物公司 HSN 公司(The Home Shopping Network)成立于美国佛罗里达州,才成功地将"电视购物"商业化。东森购物属于百货行业,但销售渠道主要是有线电视频道,因此与各地系统台合作、换约一直是东森购物相当重视的大事。东森购物刚起步时,每个地区播出频道都不相同,造成消费者经常搞不清楚东森购物到底是第几频道,只能拿着遥控器乱按,但经过两年的努力,东森购物已开始彰显频道价值,整体收视状况也逐渐被消费者与系统业者肯定,因此这次协商确立第 9 频道也是在平日良好的合作默契下顺利完成的。至此,东森购物已完成全台湾趋近于 100% 的普及率,从那时起不管观众在台湾全岛,甚至是澎湖、金门都可以看到东森购物频道。

近几年来岛内最令人瞩目与肯定的创新型服务业,就属"电视购物";而居于龙头地位的东森购物,更在《天下》杂志评选的领先企业中以黑马姿态勇夺第三名,超过 SOGO 百货、大润发、远东百货等公司。

从竞争策略理论及实务运营面来看,东森购物拥六大竞争优势,是竞争对手难以匹敌的:

第一,专业团队优势:购物频道看似简单,但实际执行起来则需要先进的技术和超强的组织能力,才能成功经营。东森以电视台起家,在电视媒体的策划、制作及播出方面相当专业,结合制作人、购物专家(主持人)、厂商代表、工程、商品、信息技术、客户服务、媒体整合营销、会员加盟经营及物流等十多个部门,如果没有合作良好默契的专业团队,要成功经营谈何容易。

第二,先行"卡位"经营:东森购物自 1999 年 12 月正式运营,是岛内第一家先行者,具有"先行卡位、先占先赢"的策略理论优势。后来跟进者要花上更多的人力、物力、财力,才能逐渐跟上。

第三,营销技巧优势:由于电视购物是岛内新兴行业,涉及节目流、资金流、信息流、物流、策划流及客户服务中心流等诸多复杂的执行细节,经营模式及运营作业不是可以轻易复制的,东森购物独具特色的经营技巧,是在 5 年的不断尝试失败与摸索后才取得的。

第四,规模经济:目前台湾地区 460 万收视户均可收看到东森购物的 5 个购物台,这种"规模经济"的优势,绝非单一购物台可比拟的。

第五,"交叉综合综效"型的事业版图:东森购物拥有结合电视、型录、网络购物三合一的"交叉综合综效"型的事业版图。其中,东森型录的营业额在岛内已是型录类第一;在网络购物方面,ET mall 2005 年营业收入额超过 PC Home 跃居网络购物第一;加上现有第一品牌的电视购物,可称为"三冠王"。它们可各自分担风险、互相整合资源及交叉营销发挥综效,并形成集团化的虚拟通路第一品牌。

第六,创新、应变优势:东森购物在经营管理及理念上,具有"创新力"、"速度力"及"应变力"三项特色,这是东森购物能领先竞争对手的决胜关键。东森购物开创 LIVE 现场直播的先例,不但增强了真实感,而且增加了现场的气氛;现场直播也成为购物专家和制作节目的最大挑战。也正因为如此,东森的危机应对能力大大提高。

第四节　攻 顶 玉 山

2004 年 10 月 8 日是东森媒体集团历史性的一日。由集团总裁王令麟带领的卓越团队成功登上 3 952 米的玉山顶峰,其间山路崎岖陡峭,攀援十分艰难。人生就像爬山,经营事业也一样,正如赵怡副总裁的感言:"不经一段崎岖路,怎得峰顶见光芒。"这也正是东森 2003、2004 两年事业发展的真实写照。东森从岛内市场起家,经过 6 年的艰苦奋斗,到此时已是一棵苍天大树,开始向世界各地展枝散叶。事实上早在 2001 年,东森就与日本 NHK、美国 CNN 等全球电视同业策划结盟,还代理英国 BBC World、法国 TV5、德国 DW、澳大利亚 ABC 公共电视、韩国阿里郎、新加坡 Channel News Asia 等六家频道,在世界舞台上迈出了成功的第一步。

一、东森的国际化发展战略——扎根台湾、拓展海外

媒体的竞争不仅仅限于本地媒体之间你争我夺。在全球经济、政治和文化越来越相互联系、相互影响和相互依赖之际,任何本地的媒体都面临着全球范围内的同类媒体的竞争。在这个消费主义为代表的时代,只有最大限度地满足消费者的口味和需求,媒体才能获得更多的利润。因此,媒体必须将自己的产品提供给最大多数消费者,必须构筑更大规模的视听空间。因此东森在千禧年之后,采取了国际化的发展战略。

2002 年 2 月,东森在原来国际台的基础上,又面向海外开播了"东森新闻国际台",东森新闻国际台是一个全新闻、财经及新闻杂志类型的知识性频道,服务于日增的海外华人观众。海外华人可以通过直播

卫星进行收看。2003 年开始,东森开始了在美洲、亚洲、澳大利亚实质上的渗透,2006 年进入欧洲及非洲地区东森要求的不仅仅是通过卫星,而是要接入世界各地的电视网,让世界各地的人们在有线电视上就能直接收看东森的节目。

2003 年 2 月,阴历羊年刚刚开始,三羊开泰也预示着一个好兆头,东森在这个春天中喜事频传。2 月 17 日,东森海外国际频道——东森卫视生活台(ETTV Life)与菲律宾有线电视系统电视寰宇有线电视台(Global Cable TV)签订合约,东森卫视台在菲律宾入网播出。此前,东森卫视生活台已在北美、澳大利亚及印尼等地落地,此番菲律宾的落地为东森再次增加了一个"海外据点"。作为交换条件之一,东森代理了菲律宾的卫星频道 ABS -CBN 在台湾播出,为在台湾工作的菲律宾侨胞服务。

这一年也可以称得上是东森的"美洲年"。首先是年初,东森接下北美世华电视网的经营权,同时更名为东森美洲平台。2 月 12 日,也就是美国当地时间的 2 月 11 日,依托东森美洲平台的东森新闻台落地美国。此时正值伊拉克局势紧张之际,东森通过北美各地的有线或 DTH 直播卫星入网,使广大海外华人观众收看最及时快速的新闻。紧接着的 2003 年 7 月,东森电视又迈出了成功的一步。经过长达两年努力,东森美洲电视台与美国第二大直播卫星电视 Echo Star 于 7 月 10 日正式签约。同年 9 月,全美国家庭都可通过 Echo Star 卫星平台,收看东森的 5 个频道。Echo Star 拥有 850 万收视用户,具有丰富的国际频道。引进东森电视台的频道以后,这个最具国际代表性的直播卫星电视公司将更加完善。同时,东森美洲卫视也成为第一个由台湾经营者集资进入美国主流卫星电视系统的媒体。

在全球化战略中,东森也在不断调整着自身的定位。2003 年 7 月,东森将原来在亚洲颇有声望的东森卫视生活台更名为"东森亚洲卫视"(ETTV ASIA)。卫视台在亚洲推出了 4 个频道,包括东森卫视、东森幼幼台、东森新闻及东森综艺台。同年 9 月 12 日,东森美洲卫视在洛杉矶开台,作为东森在北美完全自己经营的直播卫星平台,这一卫视的开播也使东森成为在美国覆盖面最大的华语媒体之一。

东森美洲卫视成立不久,10 月 29 日,东森在美国又获重大进步,旗下五大频道正式投放全美最大的 Comcast 有线电视网,提供北加州旧金山市与湾区 50 万华裔居民全中文频道的服务。

登陆美国是东森全球计划中最重要的一步,这一步迈出之后,进军中南美洲也就水到渠成。2004 年 10 月 29 日,东森媒体集团总裁王令麟与精宇卫视总裁戴明鉴签订合作计划,东森将通过精宇卫视的直播卫星平台进入中南美洲,涵盖区域包括墨西哥以南到巴西、阿根廷等34 个国家。中南美洲的侨胞可以通过精宇卫视收看东森三个频道:"东森新闻"、"东森戏剧"和"东森南美洲卫视"。这次合作是在东森集团专门派员经过 63 天,访问了中南美洲 8 个国家之后做出的决定,也是集团"世界版图"的重要一块。

除了传统的电视媒体之外,东森媒体集团下属的新媒体也朝着全球化的目标不断努力。www. ETtoday. com 是台湾最具人气的新闻网站,2004 年 12 月 9 日,www. ETtoday. com 与全球知名的媒体英国广播公司(BBC)正式签署新闻合作计划,双方在网站上相互授权发表彼此的内容。从签约当日起,ETtoday 的浏览用户可以直接看到 BBC 所提供的全球中英文新闻;而 BBC 中文网网友也可看到 ETtoday 提供的最新信息。

对于合作的另一方——BBC 来说,这一合作计划也是其国际化的一部分。随着华语媒体市场地位的逐渐确立,BBC 也急切希望从各方面进行渗透。BBC 旗下的 BBC 国际台(BBC World Service)提供 43 种语言版本的广播服务给英国以外的各国听众,听众总计有 1.5 亿人。其中,BBC 中文网就是向全球华人提供 24 小时更新的中文新闻时事多媒体网站。此番和东森签约,BBC 也是为以后进一步在广播和电视方面实现更广泛的合作奠定基础。

二、实施整合营销传播战略

整合营销是以企业由内向外的战略为基础,以整合企业内部、外部的资源为手段,以消费者为重心而重组的企业行为。根据整合营销传播力论创始人、美国西北大学整合营销传播系教授舒尔茨的定义,这是一个营销传播计划概念,要求充分认识用来制定综合计划时所使用的各种带来附加值的传播手段,如普通广告、直接反应广告、销售促进和公共关系,并将之结合,提供具有良好清晰度、连贯性的信息,使传播影响力最大化。在与其他有线电视频道家族进行竞争的过程中,东森正是依靠整合营销的优势,牢牢地坐定台湾地区头把交椅的位置。

台湾有线电视市场已经向"频道家族化"的趋势发展。在八个主要频道家族中,东森垂直经营策略和水平经营策略及配合集团资源所经营出的资源综效,居台湾有线电视频道家族第一名。

整体而言,有线电视广告市场争夺大战,除了比较节目内容外,尚需丰富的频道资源及恰当的运用整合性营销。东森媒体集团除拥有完整的四合一媒体(电视、广播、报纸及网站)通路资源,较岛内其他有线电视业者还拥有更广泛、且更具综效的整合性版图,不仅在有线电视产业价值链中投入资源,在附加值服务方面的发展,更具备充足的竞争力与增长爆发力(见表1-1)。

表1-1 台湾媒体状况一览表

资源综效	东 森	三 立	八 大	TVBS	卫 视	和信纬来	中 天	年 代
1. 电视频道	东森新闻 东森新闻S 东森娱乐 东森综合 东森洋片 东森电影 东森戏剧 东森幼幼	三立台湾 三立都会 SETN	八大第一 八大综合 八大戏剧	TVBSN TVBS TVBSG	卫视中文 卫视电影 卫视西片 卫视体育 卫视音乐	纬来电影 纬来综合 纬来体育 纬来日本 纬来戏剧 纬来洋片	中天新闻 中天综合 中天娱乐	年代新闻 Much, TV东风
	自制8个	自制3个	自制3个	自制3个	自制5个	自制6个	自制3个	自制3个
2. 平面媒体	民众日报 东森购物邮购型录(100万份)	无	无	TVBS周刊	无	无	中国时报时报周刊时报出版公司	钱潮周刊
3. 网络媒体	新闻网站ETtoday 东森新闻报点击率第一	无	无	TVBS网络	无	和信超媒体宽带入口网站	中时电子报	有
4. 广播媒体	东森联播网 (2006年中停播)	无	无	无	无	无	无	无
5. 有线系统台(自有通路)	有(收视户105万)	无	无	无	无	有	无	无

（续表）

资源综效	东森	三立	八大	TVBS	卫视	和信纬来	中天	年代
6. 公关公司资源整合力	有（东森公关公司）（东森休闲育乐公司）（东森旅游公司）	有	无	无	无	无	无	无
7. 虚拟渠道购物	强（东森购物）	无	无	无	无	无	无	无
8. 布局全球（海外市场）	强（东森美洲卫视、东森亚洲卫视及东森中南美洲卫视）收视范围覆盖北美、菲律宾、泰国、柬埔寨、印度尼西亚、日本、新加坡、马来西亚、新西兰、澳大利亚、欧洲、非洲等地	可节目销售地区：北美、新澳、星马	弱与韩国制片合作制作韩剧	强（TVBS Asia播送北美及亚洲）	可收视区覆盖亚洲	弱	可收视区覆盖亚洲、美洲、大洋洲	可只有东风卫星频道收视覆盖亚洲
9. 媒体商业化	有（幼幼点点名、生活智能王）	有	无	无	无	无	无	无
排名	第一名	第二名	第三名	第四名	第五名	第六名	第七名	第八名

东森之所以有今天的成绩，就是因为其组建的跨媒体平台提供的全方位"整合营销传播服务"。东森是岛内唯一"四合一"复合式超媒体平台，包括卫星电视频道、地方系统台、平面媒体（《民众日报》）、广播媒体（ETFM）（2006年中停播）、新闻网站（www. ETtoday. com），提供广告代理商及广告主所需之全方位媒体整合营销宣传服务，相对于其他单一媒体有限的广告资源所能获致有限的广告营销效果，自然更能争取更多的广告业务。

全方位的目标受众定位也是东森的制胜之道，东森频道家族包括以白领上班族及中产阶级为目标族群的"东森新闻台"、"东森新闻S台"，以幼童及家庭主妇为目标族群的"东森幼幼台"，以蓝领及学生为目标族群的"东森电影台"，以白领中产阶级及学生为目标族群的"东森洋片台"，以及以一般家庭成员为目标族群的"东森综合台"及"东森戏剧台"，是岛内唯一涵盖各层面收视族群的卫星电视频道家族，所以也能够满足广告主针对不同目标族群的广告营销需求。

观众的收视品味变化较快,东森坚守"顾客导向"原则,经常举办民意调查了解观众对新闻及节目内容的意见,作为节目质量改进的参考,并且每日分析收视率数字的变化,观察哪些节目类型及内容获得观众喜好,实时调整节目制作方向,维持收视率在一定水平以上,逐步建立东森频道良好收视口碑及品牌,广告收入自然随之成长。

有了这些基础作为保障,东森才能够在台湾地区把第一品牌的地位确立稳固。东森电视台在"频道家族收视总点数"及"频道家族广告收入"都居卫星电视频道家族第一名,不但各频道可交互宣传拉抬、刺激收视率的提升,在CPRP(Cost Per Rating Point,收视点成本)广告购买方式下,东森频道家族有许多收视良好的节目及时段可供广告播放,也有利于广告营销业务的争取,使得广告营业收入不断增长,扩大与竞争频道家族的领先差距。

三、跨业经营、实力综合

东森媒体集团发展至今,体系已经相当完善,所经营行业涉及电视节目制作、网络、广播、报纸、有线电视网络、宽带网络、购物、物流、仓储、保险、旅游、艺人经纪等等,不一而足,跨媒体、跨行业的综合实力已经体现出来。图1-1是东森媒体集团的结构。

在台湾《天下》杂志2002年的"媒体娱乐业"营业额排行榜中,"东森媒体科技"已连续两年夺冠,第三次更以近71亿元新台币的总营业收入列名第一,领先第二名好乐迪的总营业收入整整两倍之多;"东森电视台"2001年度总营业收入为35亿元新台币,营业额增长率为3%,从2000的第六名晋升至第三。其他"娱乐媒体"类企业中,第二名为好乐迪,第四到第九名则分别为中视、台视、三立、八大、协和多媒体以及得利影视。东森电视台在此后三年节节上升,2002年在排名中上升为第二名,2003年更是跃升为第一名,此后在2004年保持第一的位置。东森媒体科技则在2003、2004年连续两年位居第二。由表1-2可见东森电视台1997年到2005年营业收入增长的轨迹。

东森媒体集团(四家主力公司)的结构

集团总裁兼创办人：王令麟

集 团 副 总 裁：　赵　怡／周继鹏

东森媒体科技公司

东森国际

董事长兼总经理：张树森	董事长：吴秀莹 执行长：陈清吉	董事长：林登裕 总经理：宋湘岚	董事长：王令麟 总经理：廖尚文
正式运营日期： 1995年8月	正式运营日期： 1995年7月	正式运营日期： 1999年12月	正式运营日期： 1975年
运营主轴：	运营主轴：	运营主轴：	运营主轴：

运营主轴（第一栏）：
① 8个有线电视频道制作与经营
② 媒体外围商品经营
③ 网络新闻(ETtoday.com)
③ 东森广播网(2006年中停播)
④ 东森购物报《民众日报》

运营主轴（第二栏）：
① 有线电视系统台投资与经营(CATV MSO)
② HFC宽频网络加值服务经营
③ 地方系统台有线频道播送经营

运营主轴（第三栏）：
① 电视购物
② 型录购物
③ 网络购物
④ 广播购物
⑤ 报纸购物
⑥ 手机购物
⑦ 休闲娱乐

运营主轴（第四栏）：
① 谷仓业务
② 卸煤码头
③ 大宗物资航运
④ 土地开发
⑤ 大宗物资贸易
⑥ 3C商品贸易
⑦ 大陆货柜场
⑧ 其他转投资事业

图 1-1　东森媒体集团(四家主力公司)的结构

表 1-2　东森电视台历年总营业收入增长状况(单位：新台币亿元)

年度	1997年	1998年	1999年	2000年	2001年	2002年	2003年	2004年	2005年
营业收入	11.5	19.9	26.2	34	35	41.9	56.2	58.3	61.8

注：此营业收入包括广告收入及频道版权授权收入等.

数据来源：东森电视公司内部数据,2006年4月.

　　此外,在一片经济衰退、竞争力下降的征兆之中,"东森购物"的快速增长显得格外突出。被归类为"百货零售业"的"东森购物"在这次服务业排行中,以22亿元新台币的年营业收入、员工人年均550万元新台币的高效率产值,被评为收入增长率第二名的优质企业。

　　对于这次的评选结果,东森媒体集团王令麟先生非常激动地表示《天下》杂志是台湾极具公信力的杂志,东森电视台七个频道能够在岛内有线电视圈激烈竞争下收视领先各台,这是令每一个东森人都备感欣慰与骄傲的事情。

第五节　登高望远

"站上玉山顶峰,看到日出东方,森林绵延,仿佛让我看到东森无穷的希望。""气度决定一个人的高度,我希望东森也能有大山的格局!"东森媒体集团总裁王令麟如是说。登高望远是东森媒体集团的宏愿。

一、数码技术:定向拓展

2003 年 6 月 20 日,台湾的电信用户开始可以用手机看 ETtoday 新闻了。东森旗下的 www.ETtoday.com 正式上线的和 i-mode 服务,用户可享受日本拇指族原汁原味的 i-mode 服务。这次和信电信推出的 i-mode 服务完全以日本 DoCoMo i-mode 为基础,其中的新闻网站部分以《东森报》为依据。ETtoday 东森新闻报将以每 10 分钟更新一次的超高效率,提供拇指族最新最快的新闻信息。用户除了可以在手机上看到新闻外,也可以看到生动的图片,摆脱过去手机上网只有文字的枯燥模式。除此以外,和信电讯也提供最低价的订阅费用,订阅《东森报》的费用是每个月 20 元新台币,比一天一份早报再加上晚报还要便宜。

这次推出的服务内容分为交易型、信息型、娱乐型及数据库型等四大类,并提供日本最受欢迎及普遍使用的 i-mode email。具体而言,交易型提供余额查询、银行转账、股票交易、票务预约、饭店订房及手机购物服务。信息型提供实时新闻、天气预报、信用卡信息查询、实时股票信息与分析、产业新闻、时尚信息、实时路况等服务项目。娱乐型服务则包括铃声及待机画面下载、在线游戏、KTV 信息/歌曲查询、电影时刻表等。至于数据库则包括常用电话、旅游指南、美食导览、字典、在线学习、地图查询及人力银行等等,可谓不一而足。

从整个台湾数码产业发展角度来讲,东森有着更长远的目标,前东森策略长徐言认为,"数字台湾"的计划最终将把电视转换成"双向沟通平台"。首先,现在全台湾已经普及了有线电视网、家家都有 1.68 台电视。因此在发展因特网的同时,也必须发展电视这个新的双向沟通网络。其次，在应用层面，未来的发展趋势是信息电子化，即所谓的e-information。只有实现了这一步，才能带动起整个电子产业，才能在国际上具有竞争力。第三就是未来无所不在的学习和学习市场，这一块也将带动因特网和电视网远程电子教育（E-learning）的发展。因此东森在 2001 年即提出"e-Life"的观念，对于这个规划的实现，必须从传统的 e-Thinking 变成 TV-Thinking。就是说运用电视平台实现浩瀚资源的整合，从电视入手实现"数码观念"，以此实现未来的"e-Life"。

东森电视表示，目前正积极推展多项新业务，将可大幅增加营业收入及获利空间，主要有：

（1）配合数字化，全面加强增值频道服务。为配合六年发展计划培育 e 化人才、打造终身学习环境，东森在 2003 年 10 月推出了儿童英语、成人英语、妇女才艺、戏曲等增值教学频道，提供台湾居民轻松的在线学习环境，改善城乡落差。电视增值频道是全球电视业发展的大趋势，美国、日本已经蓬勃发展，中央电视台在当年 10 月也开通了增值频道。

（2）成立商品事业部门，将最受岛内儿童欢迎的"东森幼幼"卡通频道相关肖像制成模型，研发幼教商品，申请专利并配合媒体营销，创造"华人迪斯尼世界"梦想王国。

（3）东森国际台及东森新闻台陆续在美国、中国大陆（港澳地区）、东南亚、新西兰、澳大利亚等四大华人区的有线电视入网，及进入海外直播卫星电视等市场。

二、因素分析　后劲强劲

（一）有利因素

1. 外部因素

（1）当地的多项法令制定有利于有线电视频道数字化及宽带网络之内容制播及供应环境的形成，如"先进宽带 e 化服务网络计划"，设立"文化创意产业推动委员会"及推动"数字台湾计划"。

①"先进宽带 e 化服务网络计划"。台湾有关部门为适应通讯、传

播产业发展趋势，整合现有管理机制、持续检讨市场开放相关措施、建立公平竞争环境、加速宽带建设并辅导相关产业，以有利于通讯媒体服务业的发展，于2004年10月制定该计划。在该计划中，为增加宽带用户及收视户新收视选择，特别针对"广播电视数字化"，提供优惠方案，鼓励换机或添购机顶盒。该计划案预期在2008年将使台湾地区无线电视数字化服务涵盖率达到95%、无线广播数字化服务涵盖率达到55%及有线电视头端数字化比率达60%、有线宽带的主流应用频宽提升至100 Mbps(共享)、无线宽带的主流应用频宽提升至4～20 Mbps(WLAN及双网)、宽带到府普及率达成79%、宽带用户数达到630万户，以及通讯媒体服务业总产值达到9 000亿元新台币的目标。

② 设立"文化创意产业推动委员会"及推动"数字台湾"计划。"文化创意产业推动委员会"的五大策略之一就是发展重点媒体文化产业，包含振兴电影、电视产业，发展流行音乐、图文出版、数字休闲娱乐产业，以及整合媒体产业资源。"数字台湾"计划重点内容则在于推行600万户宽带到家、E化生活及学习。东森抓住台湾有关方面针对文化创意内容及数字内容产业，提供100亿元新台币的中长期优惠资金贷款的机会，在推广数字频道时，争取低利优惠贷款以购买STB数字机顶盒，并扩大加速动画卡通的制作，以及数字节目内容的研发与制播发展，提高数字内容质量，促进数字内容的收视推广。

2. 内部因素

(1) 随着东森频道在海外落地涵盖区域范围越来越广、收视户数越来越多，国际广告营销业务随之逐步开展，开拓海外广告营业收入来源，降低岛内广告营业收入的比例。

(2) 随着东森全球化的发展，各区域所需节目增加，因此自将提高自制节目比例，并通过海外市场的播放及销售，获得可观的节目版权收入，提升海外营业收入的比例。

(3) 运用东森电视台第一品牌效应，创造广告业绩加乘效果及节目衍生商品营业收入。

(4) 东森媒体集团跨媒体资源优势，创造东森电视台提供整合营销服务强大竞争力。

（5）东森拥有优秀专业的经营团队及员工,全心全力投入工作及业务,是未来事业发展的重要有利因素。

（二）不利因素

1. 外部因素

（1）当地主管部门对于数字付费频道及机顶盒的费率审议缓慢,加上台湾各县新闻处审查时间较长,对于月租费和节目内容设限较多。因此东森数字付费频道的推展障碍重重。另外在中华电信 MOD 上市时,东森及其他有线电视频道业者未能抢得市场先机。按照东森坚实的数字片库资源,目前只要市场时机成熟,马上就可以推出若干数字频道,以扩大电视媒体事业版图。

（2）"行政院"2005 年初通过法规,自当年 8 月 1 日起,电视台购买外来影片将课征 10％～25％不等的税金。目前有线电视台因频道过多,竞争激烈,为免自制戏剧资金投入过高导致亏损风险,因此多采取购买境外片的低成本策略,造成日剧、韩剧、大陆剧如《白色巨塔》、《大长今》、《康熙帝国》等的时兴,以至越来越依赖播出日剧、韩剧、大陆剧求取生存。

韩剧目前平均行情涨到一集 2 万美元,日剧则多年来维持在平均一集 8 千美元,大陆大型历史剧或金庸武侠剧一集 1.8 万美元,若再加上"政府"课征权利金,有线电视台将面临买片成本大幅提高的窘境,这将直接影响观众的收视权益。

为此,东森早已有了自己的应对策略。自 2003 年起,东森电视台陆续推出自制都会型轻松浪漫喜剧《老婆大人》、《婆媳过招千百回》,创造出清新优质喜剧的市场取向,广受观众好评。2005 年 3 月推出的《好美丽诊所》收视率突破 1.0,可见观众对于东森自制喜剧的喜爱。

另外,东森结合两岸三地的优秀演员及制作团队,创造属于全球华人市场的戏剧节目,并兼具导演个人风格与商业价值的作品,以挑战各项影展奖项。此外,采用数字拍摄手法,将使电视剧可以转成电影,开拓新的戏剧市场资源,增加海外销售及数字频道的收益。

（3）在东森拓展业务过程中,因中国大陆目前实行的政策,东森对内地市场始终保持审慎的态度。

到 2006 年,东森国际频道全球入网户数已达 500 万户,收视范围包括日本、泰国、菲律宾、印度尼西亚、澳大利亚、新西兰、日本、柬埔寨、新加坡、美国、加拿大、中南美洲、欧洲、非洲等地的 107 个国家。此外,东森积极开辟全球华文媒体市场,继美国洛杉矶成立"东森美洲卫视公司"后,为适应美国当地媒体事业的加速拓展,2004 年分别在纽约及旧金山设立"东森美洲卫视分公司"。与此同时东森香港分公司——"森鼎国际公司"及泰国分公司——"森旺国际公司"也相继成立,展现东森开拓亚洲地区华文媒体市场的决心。此外,自 2004 年 11 月起,东森电视台透过精宇卫视直播卫星平台进入中南美洲,涵盖区域包括墨西哥以南到最南端的巴西、阿根廷等 34 个国家。

目前东森除透过上海办事处审慎评估进入大陆媒体市场的可能性,也透过香港森鼎国际分公司积极探寻大陆媒体广告商机,并且与祖国大陆 19 家省市级电视台建立姊妹台的友好关系,采取稳妥方式,寻觅进入大陆市场的机会。

2. 内部因素

由于东森事业扩展快速,各类专业人才引进成为频道事业扩展的当务之急。面临台湾演艺圈人才大量流出、资深专业制作人员及优秀制作人员不易寻获的状况,东森为加强节目制作实力,以求在竞争激烈的台湾有线电视市场中,有更好的收视率表现,搜寻网罗优秀人才已成为东森目前业务拓展的一大挑战。

东森电视台为全方位强化节目自制能力与培养专业制作人才,正在以下两个方面进行专业人才的培养与训练。

(1) 积极培养节目演、编、导制作人才。综艺和戏剧节目一直是收视观众的最爱。未来东森除了持续与知名综艺节目制作人合作外,将积极培养节目演、编、导等节目制作专业人才,除预计成立的戏剧"编剧中心"外,每年将定期以招募或比赛方式,公开征求剧本、演员和导演,并将以举办节目、编剧、后制训练班模式,全面积极培养节目制作专业人才。

(2) 培养摄影/剪辑/制播等后期制作专业人才。为因应电视数字化和国际化媒体事业布局的策略发展,东森将结合规划中的"制作梦工厂"计划,积极寻找并培养专业制播后制人才,除了公开招募外,并将透过建教合作方式,从校园里培养摄影、剪辑、制播等专业人才,以因应未来数字化节目内容制作,国际化多国语言节目后制的人才需求,让东森真正成为华文影音节目的制作"梦工厂"。

第二章　保持领先的东森文化

文化通常被社会学家理解为社会行动者中的特殊群体共同习得的行为、智能和知识,社会组织和语言以及经济的、道德的和精神的价值系统。正是文化使我们身份各异,文化决定了我们的衣着,决定了我们的饮食习惯,决定了我们的行为方式,决定了我们的信仰。企业文化涉及的是我们的工作方式,而我们的工作方式是由我们共同的思维方式所决定的①。企业文化通常代表着一系列相互依存的价值观念和行为方式的总和,而价值观念和行为方式通常是经过较长时间积淀存留下来的。在实际工作中,正是企业文化指导着员工们怎样行动,怎样信仰,怎样发挥作用。企业文化的开拓者埃德加·沙因认为,企业文化分为三个层次:第一层次是人为现象,也就是看得见、较易觉察的人造文化。第二层次是信条价值观,也就是成文价值观,在企业的各种文件中有关企业的目标、任务、价值观和人生哲学等方面的规定。第三层次是最基本的理念,真正引导企业前进的价值理念。这些价值观、信念都来源于企业的创始人或其他主要领导人,他们关于产品质量、行业道德、顾客利益以及员工的发展等方面的价值观和信念就是企业的经营理念。有些具有远见卓识的企业领导人会把他们的价值理念清楚的表达出来并一直身体力行,同时,他们也坚决要求企业的每位员工照此行事②。

1991年王令麟在创建友联全线公司时就是这么做的。如前所述,友联全线是在台湾有线电视"第四台"盗版录影带泛滥时创建的,目的是供应合法的、优质的录影带。由此看见,从公司创立的最初王令麟就

---

① 朱金玉、巢立明著.中国广播电视业发展战略[M].上海:上海人民出版社,2005:52.
② 唐娜·迪普罗斯著,谭菁等译.企业间文化竞争优势[M].北京:万卷出版公司,2005:8～9.

非常重视行业道德和产品质量。此后,随着公司的扩张,东森的企业文化一步步完善,并对营利之道、待客之道、发展之道、用人之道和管理之道等都有了详细的解释,随着时间的推移,它们已经不知不觉地渗透进了企业整个集团的潜意识中。这一整套的理念引领东森媒体公司走向辉煌。

第一节　东森的愿景

所谓愿景(vision)是指所有成员所共同发自内心的意愿,这种意愿不是一种抽象的东西,而是具体的能够激发所有成员为这一愿景而奉献的任务、事业或使命,能够创造巨大的凝聚力。它一般由四部分组成:景象、价值观、使命和目标。

将东森打造成为世界华文传媒一流品牌,一直是所有东森人发自内心的愿望。自东森诞生的那一天起,这个愿景就深深地根植于每一个东森人的心中。回顾东森的成长历史,从1991年友联全线"跑带"开始到有了自己的新闻正规军,从卫星频道到有线电视再到网络,从台湾岛到登陆世界舞台。东森在这些年中所走的每一步,所做出的每一次努力,都是为了实现深植在他们心中的那个不变的共同愿景——打造华文传媒一流品牌。

一、东森的景象——朝世界级华文媒体迈进

东森电视台在前后任董事长王令麟及张树森领导公司经营团队及全体员工努力下,优质节目及公正媒体形象,已深受观众肯定,不论在收视总点数、广告受益及获利状况均呈现大幅增长,稳居台湾卫星电视频道家族第一品牌地位。鉴于卫星广播电视媒体具有跨国界、全球化的市场规模潜力,东森除了仍然兢兢业业于"电视媒体"的核心业务(Core business),专注经营、稳占台湾市场领先地位以外,同时也在积极开拓境外媒体事业。2002年东森亚洲卫视在中国香港地区落地播出;2003年3月在美国洛杉矶正式成立"东森美洲电视台";2004年东森中南美洲卫视正式落地中南美洲,东森香港及泰国子公司亦分别成立。2005年1月东森亚洲新闻台开播,为东南亚华人提供最新、最及

时的新闻信息。2005 年 4 月,东森再在泰国播出四个频道。东森电视台以具体行动展开国际化战略布局,迈向全球 15 亿人口的华文媒体市场,朝向国际级媒体公司发展。经过多年的努力之后,目前已经取得了一些初步成果:

1. 收视总点数占有率维持第一

东森电视台以"东森新闻台"、"东森幼幼台"、"东森电影台"、"东森洋片台"囊括台湾地区新闻、儿童、国产片及进口片类型频道前三名,是最受欢迎、也是台湾地区收视总点数第一名的有线电视频道家族。

2. 节目品质屡获奖项肯定

2004 年的台湾电视金钟奖,东森电视台共有四个奖项入围,其中,"统一瑞穗鲜乳:兆丰农场篇"勇夺最佳"商品类广告奖"。此外,东森所制作的新闻、幼儿节目、卡通动画及纪录片,均多次入围台湾岛内外多个奖项,并获得多个奖项肯定,显示东森电视台制作节目的优质水平。

3. 广告业绩超越其他电视台

随着收视率的跃升成长,东森家族频道深获岛内广告代理商的肯定,2004 年七个频道广告增长率为 23%,超越其他电视台的表现。七个频道广告营业收入达 38.2 亿元新台币,是业绩表现最佳的有线电视台。

4. 2006～2009 年的前景与展望

根据台湾"中央大学"台湾经济发展研究中心于 2005 年 1 月所发布的"消费者日常生活费用调查分析",有线电视是台湾民众最不可或缺的娱乐信息来源。随着国际经济中美国、中国经济稳定增长、亚洲经济形势持续看好,台湾与祖国大陆包机直航有利于两岸经济发展,2005 年有线电视广告量有近 10%左右的毛额增长率。这样的趋势有助于东森电视台对业绩增长的追求,也为东森打造华文第一媒体的愿景增长了信心。

二、东森的价值观——淬砺奋进、永无止息

"淬砺奋进、永无止息"是东森总裁王令麟在辅仁大学获荣誉博士

学位典礼上讲稿的标题，也是副总裁赵怡为东森的精神所作的第一个概括。这八个字最能够描述东森媒体集团领导阶层最基本的经营哲学。

在讲述这八个字的真义以前，东森集团的副总裁赵怡曾经用他自己在东森的多年工作经历给我们谈了一个观念。他在东森媒体集团前后断断续续服务差不多有六年的时间，在这六年中他曾经出任好几个职位，做过许多工作。而在这些工作中却有一项职务一直没有改变，就是担任公共事务委员会（过去叫做公共事务中心）的召集人。从事这个工作已久的他，和其他一起并肩努力的员工们都有一个共同的感受，就是他们都算是这个集团的"边缘份子"，因为在这里他们最常接触到外界的声音，最经常代表整个东森与外界接触。他们也深切地知道，外界的声音应该适时注入到东森集团的整个组织内部来。

美国有一位著名学者 Everet Rogers，研究文化差异以及组织沟通。他曾经在他提出的"组织沟通学"里面讲到一个很重要的观念。他说："一个组织要能够存活，最重要的环节可能不是一级主管，不是财务行政人员，也未必是研发或制造部门人员，而是'边缘人'。什么是'边缘人'？从我们门口柜台的小姐，接电话的 CALL CENTER 的成员，到我们的记者、民调专员、业务人员还有公关部门的工作同仁都可以算是一个组织的边缘人。"

由于这些人经常面对客户、面对舆论、面对观众和听众、面对社会各个族群，所以接受到外在环境的信息的速度最快、接受途径也最直接，因此应该要被决策者所重视。而在我们实际的工作中，他们的意见往往就是一个企业应该适应外界发生相应变化或者调整，从而适应社会变迁的基础。我们做危机处理，做内部调适最主要的一个过程，就是把边缘人的意见注入到组织里面来，而且经过仔细地评估、检验之后，能够变成决策的依据。

根据前面的叙述，东森集团的"边缘人"把他们在接触外在环境的时候所呼吸到的空气，也就是所接受到外界情势的变化以及社会对东森的褒贬，加以归纳整理以后，带入组织的内部来和其他人分享。正是由于这些边缘人的努力，才能够使得东森成为能够随时适应社会变迁和环境变化的组织，从而为将东森打造成为华文第一媒体的愿景提供坚实的基础。

"淬砺奋进,永无止息",这是对于东森人工作的勤奋、决心的坚定以及进取心旺盛的肯定,也是对东森人追求卓越的那股冲劲的一个最好的总结。而这一价值观,经过十余年来的沉淀,也已经内化而成为整个集团企业文化的主轴。正是由于这一价值观,当东森已经远远领先于岛内其他媒体集团时,都没有停止奋进的脚步。

淬砺奋进、永无止息"这一价值观,已经让所有的东森人都愿意接受,而且觉得"身在东森,得其所哉",因为每个员工都充分了解这个企业的现况,它成长的历程,它的处境以及它未来的发展方向,乃至于它成长中所有的障碍和所受到的公平对待等等。所以全体员工能够凝聚形成共识,创造了东森无可比拟的发展速度,并为实现华文媒体第一品牌的愿景继续努力打拼。

东森的管理阶层重视员工的个人愿景,关心每一个员工的工作和生活情况。员工们工作和生活在东森,为东森的发展和目标时刻在付出他们的努力,而东森回报给他们的,将不只是一份工资或者奖金,更多的还是心灵上的慰藉和关怀。

东森的管理阶层不仅给员工提供良好的成长环境,而且对社会也怀有一颗感恩的心。"以服务心和人结缘,以感恩心回馈社会",这是东森媒体集团总裁王令麟及其夫人的心愿。伴随着千禧之年春天的脚步,"东森慈善基金会"和"东森文化基金会"迈出了第一步。从此,对公益事业的热心一发而不可收。

三、东森的行为理念:坚定信念,甘于奉献

经营的宗旨最终必须落到实处才能体现出价值。要实现这一目标就需要一套严格的、详尽的行为准则来指导。东森的新闻品牌仅电视就包含了 2 个不同风格的电视台,此外,还有报纸、媒体科技等媒体组织,可以说每个小的媒体组织都有其最适合自身的行为规范手册,这里我们仅分析作为各媒体都必须遵守的总行为理念。

"坚定信念、甘于奉献",这就是东森媒体的总行为理念。也就是说集团内的所有员工要想在东森集团这个大环境里面,或在不同的小组织里面继续成长、进步,继续发挥其所长,最起码其行为必须要遵守这

一理念。坚定的信念,就是无论在什么情况下,员工都必须坚定组织的信念,确定自己的定位,不要被环境所左右,向前看,执著地向个人及集团共同的方向不停地走下去。只有这样,才能将自己理念与集团的理念融为一体,相辅相成,共存共荣,到达理想的彼岸;甘于奉献,是指员工具有忠于任务、甘于奉献的精神,才有可能激发出工作潜能,最大限度发挥出个人的优势,为个人、为公司、为社会创造出最大的价值。正是有了这一总的行为理念,使东森的员工有了身体力行的准则,才使东森新闻品牌有了得以发扬光大的东森人的支撑。

正是因为有了这些具体而又详尽的品牌理念作为指导,东森品牌才得以快速、准确地向前飞奔。

第二节　"哈佛级"东森黄金团队

企业管理从最初人为的经验管理,发展到以科学管理之父泰勒为代表的科学的制度及组织的管理,以及之后发展到以梅奥为代表的以人为本的管理,标志着企业管理从物质制度层面向文化层面发展的趋势,可以说企业管理以螺旋式上升的发展形式不断地向前运行。从现代管理的角度来看,企业的发展除了"硬件"的管理,更重要的是"软件"的管理,即人的管理。人是推动企业发展的动力,把人的积极性调动起来了,形成了凝聚力,企业的发展就有希望了。

媒体品牌的发展也是一样的。"品牌创造价值"。在市场竞争越来越激烈的时代,品牌已深入人心。媒体的运营也从过去片面追求收视率转变到塑造品牌,从注重做好某一个栏目到提升媒体整体品牌形象上来。媒体品牌运营过程中,如何了解受众心理,怎样给媒体形象定位,怎样创建名牌栏目等都不是靠一个人拍拍脑袋就可以解决的,而是要靠团队的协同来共同完成。因此,团队建设的强弱直接关系到媒体品牌建设的整体效应,培养成员的团队意识和团队协作精神已成为越来越多组织的共识。团队就像一座金字塔,每个人都很重要,不管他站在哪里,都是团队的成员,都要最大限度地挖掘其潜能,共同支撑起品牌。

所谓"团队",就是让组织成员打破传统的部门界限,绕过原来的管理层次,以任务为中心组成团队,直接面对服务对象,并对组织总体目标负责,力争以群体和协作优势赢得竞争的主导地位。团队一般有两种形式:一是专案团队,是指为了解决某一特定问题而临时组织在一起的团队,成员主要来自组织各单位的专业人员,一旦问题解决团队即告解散。二是工作团队,是指通过群体协作来更高效地从事日常事务和管理工作的团队,这种团队一般长期存在,其中又包括"高效团队"和"自我管理团队"。

为了使东森更好地适应内外部环境的变化,能够在激烈的市场竞争中拔得头筹,实现东森的愿景和使命。东森的团队建设是卓有成效的,无论是管理层还是集团员工,都是齐心协力地为东森的进步添砖加瓦,因而东森不但牢固地占领台湾媒体市场第一的位置,而且其国际化战略也颇具成效。

一、东森管理层团队

作为集团掌门人的王令麟始终认为,只有团队合作才是造就东森目前所取得的成就的直接原因。而建立一支高效运作的团队并不是那么容易,很大程度上取决于领导的选择,因为领导在确定决策和结果时起着关键性的作用;东森的精神支柱来自于它的领导团队。这个领导层就像战船的舵手,不仅指引战船前进的方向,也给船队成员以鼓励与支持。如果没有他们,战船无法航行,也分不清方向。东森领导团队有集团总裁暨创办人王令麟、集团副总裁赵怡、董事长张树森、前执行董事雷倩、朱宗轲、邱佩琳等一大批德才兼备的帅才,他们不仅通过高超的管理能力来运营媒体,把领方向,还不断以极具魅力的个人风格来吸引着集团内的每一位员工,协调着团队内部的各种关系,使东森的战船一路勇往向前。正如尼克松在《领导者》一书中所说:"在伟大领袖们的脚步中,我们可以听到历史的滚滚雷声。有史以来——从古希腊人,经过莎士比亚,直到现代——很少有什么主题能像伟大领袖人物那样经久不衰地吸引戏剧家和史学家。——这些领袖们扮演的角色所以引起人们如此之大的兴趣,不仅仅是因为它的戏剧性,也因为它的重要性——它的影响。当一曲戏闭幕时,观众鱼贯退出剧场,回家去继续他们正常的生活;而当一位领袖的生涯结束,降下帷幕时,观众的生活也就发生变化,同时历史的进程也可能发生深刻的变化。"可以说,东森的发展与这批缔造卓越的领导人是分不开的。

王令麟、赵怡、张树森是东森媒体集团的三巨头,由他们三人牵头组成的东森领导层,不仅充满着积极进取的氛围,而且洋溢着不畏艰难、不屈不挠的勇气。

"我来,我见,我征服。"这是罗马凯撒大帝征战欧、亚、非洲时的名言,用这句名言来形容东森三巨头的表现是再贴切不过的了。

1. 东森媒体集团总裁王令麟

玉山是台湾的象征,是台湾的母亲,为了向母亲学习和致敬,以王令麟总裁为首的东森登山队两次拜访玉山。王令麟从大自然的考验中,体悟谦卑精神,并运用到人生和事业中。

王令麟把登山精神视为东森集团精神,视为经营企业成功所必需的精神。登山是一个充满坎坷与艰辛的过程,是一个挑战和反省自己的过程,也是一个培养员工团队精神的过程。

2004年10月8日,总裁王令麟率领的东森集团77位身着统一服饰的登山队员成功登上东北亚最高峰——玉山主峰。当绘有东森标志的旗帜成功插上玉山顶峰时,大家兴奋欢呼着这历史性的一刻。配合登顶成功,东森电视台新闻部全体总动员,除了通过玉山顶峰、洛杉矶和台北三地进行现场连线外,副总裁赵怡也特别与主播卢秀芳一同播报"玉山登峰、旭日东森"的特别节目。而已经告别主播台15年,曾是华视主播的东森电视台董事长张树森也亲自参加,并率先爬上玉山顶峰连线报道。

2005年6月24日,由王令麟亲自领队,冒着风雨交加的恶劣天气,东森登山队再一次登临玉山。登山队友手牵手、心连心地相互扶持,成功登上了海拔3 518公尺的玉山西峰。尽管这次没有登上顶峰,但是在山的灵气氛围中,登山队成员感受到队友间情感的互动,集团的不畏艰难的文化。经营企业像登山一样艰辛,也像登山一样需要步步谨慎小心。人,特别是有成就的人往往过高估计自己,低估环境的影响力,而登山恰恰能让人对自然环境产生谦卑的心理,感觉到人的渺小,从而反省自己。作为东森集团的大家长,力避一失足成千古恨的事情发生,也是王令麟每次登山获得的体会和收获之一。

王令麟不仅对工作有着始终不怠的热情,他更把这种感情带给了身边每一个与他一起共事的员工。"东森有幸分享你生命的喜悦,也期待你愿意和东森共同彩绘生命。在属于你的特别日子里,祝你生日快乐! 王令麟敬贺。"任何一位身在东森的员工,如果在生日当天,收到这封署名"王令麟"、主题为"生日快乐"的电子信,请不要怀疑。这真的是东森媒体集团总裁王令麟的亲笔道贺。打开电子生日卡,还可以听到音乐美妙的 Happy Birthday。而除去电子生日贺卡是总裁对同仁的诚心祝福外,1 000 元新台币生日礼金也会如期交到员工手上。

王令麟非常重视团队合作,他把团队合作作为东森品牌的三大核心价值之一。实现公司目标没有什么捷径可走,如果有捷径的话,那么公司部门内、跨部门运作流程以及关系企业间的沟通联系就是达成工作目标的捷径。

好的计划都需要人去执行,所以高素质的人才是任何组织所必须。东森一方面高薪挖人才,另一方面鼓励员工积极进取,给自己充电。东森集团首席顾问戴国良 1994 年考取了台大商研所博士企划班,王令麟不仅积极支持他去台大上课研修,而且还不扣他在学期间的薪金。在总裁的大力支持下戴国良顺利完成了学业,获得了台大商研所企管博士学位。

2. 东森电视台董事长张树森

1960 年出生的张树森,曾经是台湾电视史上最年轻的电视台总经理。自 1995 年进入东森集团后,张树森在节目部、新闻部、行销部和公共事务部等部门任职,因这些从业管理经历而掌握了新闻业务、经营管理和公共关系等领域的知识。所以,当他 2002 年被正式升任东森电视台的总经理后,对所有业务都驾轻就熟,游刃有余,也对电视台的宏观管理有独到的见解。在他的领导下,东森 SNG 团队屡创佳绩,东森新闻收视率节节攀升。2002 年到 2004 年三年期间,无论在营业收入还是营业利润上都呈现跨越式增长。2003 年已成为东森电视台董事长兼总经理的张树森,2005 年又被东森董事会一致推举为东森电视台继任董事长。

作为东森电视台董事长的张树森,不放过任何一个展示东森实力、提升东森形象的机会。2005年5月,张树森代表东森电视赴美国参加CNN25周年庆,在各国与会媒体代表与CNN高层领导人面前,用英语谈论媒体专业与经营管理,挥洒自若,就连CNN的创办人泰德·特纳也对张树森的自信、沉着大表赞赏。

张树森的做事风格可以概括为:不断进取、无私无我、高抗压力。

张树森以苏轼的《赤壁赋》中的名句"大江东去,浪涛尽千古风流人物……"激励自己。东森内部有句俗语:"长江后浪推前浪,前浪死在沙滩上",如何不让自己成为死在沙滩上的"前浪",就非得要不断求进步不可。因为机会只留给已经准备好的人,所以随时要自我充电,懂得颠覆自己。

在东森这个企业体系里,由于以贤纳才,所以只要有才能,生存空间就会无限广大;不管你是什么样的人,都能在这里共生共荣,和谐的人际关系使每个人的才能得到充分发挥。不谈论别人是非,更不喜欢搞小圈子,把更多的精力用到工作上,"无私无我"是张树森的工作原则。

"无私无我"在张树森身上的另一个表现是凡事以公司利益为优先,以宏观的精神效命行事。作为东森电视台的创台元老,张树森从不以老资格自居,也从不谋一己之私利。尽管他与王令麟有亦师亦友的交情,但他仍然摆正自己的位置,工作是工作,友情归友情,他很用心思考领导的方向政策,凡事举一反三,并朝领导的战略目标去执行。

虽然东森电视台2004年的收益是四大主力公司中最少的一个,但是电视台在集团中具有非凡的影响力,是这些公司运营的根基,也是东森媒体集团的主轴。作为从东森内部第一个提升起来的董事长兼总经理,张树森是被委以重任的。特别是新世纪以来,台湾的媒体生态环境日益恶化,从事新闻、娱乐事业,压力非常大,收视率竞争的残酷性使张树森具备了较高的抗压力。东森电视台不但在岛内东拼西战成为各大电视、广播、报纸营收第一的电视台,而且积极布局海内外,走国际化发展道路,争取国际资源,扩大经营范围,节省内部成本,挖掘内部资源,一步一个脚印地克服面临的困难,成为一颗冲破重重迷雾冉冉升起的新星。

3. 东森媒体集团副总裁赵怡

东森媒体集团副总裁赵怡同时也在师大、政大、玄奘等大学担任教职。此外,他还是台北美国教育基金会执行长和东森媒体集团新闻委员会召集人,也是上海交通大学的客座教授。2005 年 5 月,东森媒体集团总裁王令麟及副总裁赵怡与东森电视董事长张树森三大巨头出席北京高规格的时代华纳集团"2005 年全球 500 强企业主——财富论坛"。这次财富论坛因北京当局高规格重视,国家主席胡锦涛亲临致辞而备受关注。随行的副总裁赵怡以幽默风趣与渊博学识,征服了中央电视台的主播群。赵副总裁在此次赴北京前,曾因连宋大陆行,多次以学者身分上中央电视台节目。几次访谈之后,中央电视台的主播群对其清晰的思路、有条理的谈吐印象深刻。赵副总裁深具语言天赋,各省方言脱口而出,打油诗信手拈来,致使央视的主播们都心服口服,认为在如何打破两岸隔阂的说话技巧上,得跟拥有口语传播博士学位的赵副总裁好好学习①。目前赵怡副总裁全面负责东森的国际化战略的推行。

4. 激励员工是管理团队的重任

按照人力资源管理的原则,在一定的时候给予做出成绩的员工一定的奖励,不仅是对他们做出成绩的肯定,还能挖掘出更大的潜能。激励方式多种多样,最常采用的方式是物质奖励和精神奖励,前者主要通过增加工资或奖金,后者主要指通过各种形式的表扬和荣誉来调动人的积极性。为了更好地调动员工的积极性,提升他们的士气,东森的领导团队灵活运用多种激励方法,根据激励相容原则采取激励措施。所谓激励相容,即针对不同的对象采用恰当的方式去激励人。东森领导层在团队建设中很好地把握了这一点,从而提升了员工的敬业精神。

首先,东森领导团队常常不惜重金给予奖励。东森电视台特别在2001 年举办了一场收视提升联合庆功宴,总经理张树森代表王令麟不仅颁发 100 万元新台币奖金勉励员工,还特别致赠神秘的"应战三宝"——鸡精、参茶及维生素来慰劳并期许各部门持续战力、再接再厉。

---

① 见《东森报》第 85 期.

为了使新闻部将东森新闻台收视率在年底前提升到每日平均25％,王令麟先生特地悬赏3 000万元新台币奖励给全体员工;2002年为庆贺东森综合台收视率节节高升,王令麟先生送出现金300万元新台币。看到公司如此的厚爱,东森的员工深受激励;2003年1月27日东森电视台又在喜来登饭店举行年终晚会,开席150桌犒赏近2 000名员工,并安排了精彩的节目与高达千万元新台币共240项的摸彩活动。会上王令麟总裁祝酒勉励所有同仁,共祝新年快乐。2004年7月19日东森羚羊队成立后,东森不仅在第一年就投入3 000万元新台币预算度身打造这批"灌篮高手",而且针对球员退役后的出路问题,利用集团的媒体资源优势,将安排其向体育主播、购物台主持人或演艺事业发展,以解决球员的后顾之忧,从而体现东森"以人为本"的管理理念。

其次,东森领导团队非常重视精神激励。东森电视台三个部门的军师,新闻部副总马咏睿、新闻部经理陈国君、新闻部副经理王育诚及ETtoday总编辑严智径,在2001年的庆功会上分别接受东森电视台总经理的加冕,被封为"东森三冠王"。在庆功会上他们还把全台首创的兵棋推演模型图搬到会场,上述四人在模型山顶上插上胜利旌旗,象征攻顶成功并收下大型的百万元新台币支票,接受收视第一、成长第一、点阅第一的奖励。

二、东森员工团队

一个好的团队除了杰出的领导人,还需要有一批尽心尽力愿为集团发展努力工作的员工。因为节目是由人来制作和播出的,要制播高水准的电视节目,必须要有高水准的制播人员。东森电视台不仅拥有海内外1 000多位专业的电视节目策划、制作、新闻采编、广告业务、节目版权采购、海外经营及专业幕僚人员等各类电视专业人才,而且知名主持人、播音员、记者、制片人、导演等等举不胜举,形成坚实的事业发展基础。这些优秀且专业的人才再加上东森良好的内部激励措施,促使了员工为提高收视率做出贡献,建立起了一个团结不畏艰难的团队,它往往能将高价值的新闻及时传送到观众的视野里,从而创造了一个又一个收视佳绩。

1. 全力以赴的团队

像东森电视台为了报导 2004 年雅典奥运这一运动盛事,特别派出主播黄晡瀚与资深记者狄志伟前往雅典采访赛况。透过他们的采访和报道,使海内外观众对台湾运动员的表现予以赞赏。2005 年国民党主席连战访问大陆,展开相隔 56 年的国共两党的历史性会晤,为了纪录这历史性的一刻,东森新闻动员 5 组记者前往采访,包括主跑国民党的资深政治记者林颖秀、郑淑敏,驻大陆记者苏日宏、李雅惠、杨钊等人,当家主播卢秀芳及总编辑陈国君也都亲自出马采访这次两岸的盛事。正是这些人的辛勤努力,使得海内外的观众能够透过东森电视台对连胡会有个全面深入的了解和认识。2005 年 7、8 月间东森电视台与中央电视台《东方时空》栏目合作《岩松看台湾》时,其工作人员全力以赴,认真仔细地与中央电视台的工作人员一起录制了十期的节目,东森员工的敬业精神连白岩松都深受感动地感叹道:"东森的工作人员的敬业认真态度是很值得我们学习的。"正是东森每一个员工都能秉承电视台优秀的企业文化和价值观,具有了为实现电视台的长远发展目标而勤恳工作、不畏险阻的工作态度,才使东森电视台的节目制作和播出水平不断提高。

东森员工的全身心投入还在于他们会尽自己最大的潜能来为集团工作。作为一个媒体,需要关注社会各个阶层、各个行业的态势发展,需要其工作人员穿梭于各种复杂的环境和场合,倘若没有广泛而良好的人际关系,有时候不仅要碰壁走很多弯路,而且还会影响工作效率,延误最佳报道时机。因此,拥有广泛而良好的人际关系也是强大制播实力的体现之一。东森电视台的每一位员工都利用自己与台湾商界、政界以及同行业比较融洽的友好关系,为其在诸多节目的制作和转播上提供了便利。2002 年东森新闻前主播周文慧之所以能过关斩将拿下"俄罗斯小白鲸来台"新闻独家转播权,就在于利用了东森电视台和她本来广而良的人际关系。东森全民高尔夫球教学频道台长张致平正是借助与国外体育经纪公司的良好关系,争取到了 2002 年度"日本凤凰杯高尔夫公开赛"的独家转播权。东森电视台承办 2003 年度电视金钟奖颁奖典礼成功之后,节目部副总经理马咏睿表示,此次东森承办金钟奖，要感谢许多资深电视人如葛士林、俞凯尔、王钧等人的鼎力相助，以及卜人美副总协助敲下刘德华、郑秀文等巨星参与。2005年2月28日东森新闻台凭借台内上层及主持人等在政界的知名度和影响力，邀请到政治明星——美国前总统克林顿、台北市市长马英九等造访东森电视台，并对其进行专访，这在台湾地区的电视史上是罕见的。可见东森团队广泛而良好的人际关系的运用，赢得节目制作的优质资源和独家转播权，验证了其新闻品牌的高知名度和美誉度。

2. 超强执行力的团队

执行力是决定一个企业成败的重要因素。再好的战略规划如果没有执行力，战略将成为一句空话。因此，一个企业的执行力如何将决定着这个企业的可持续发展能力。执行是一整套系统化流程，是一个完整的体系，有效地执行需要领导者亲历亲为。由于东森有一套具有出类拔萃执行能力的领导班子，因此在他们的倡导下，执行文化得以成为东森员工团队的基因，贯穿于集团发展的方方面面。

大型颁奖典礼很难做，难在需要整合的事情太多，从基本的人员分工、预算控制到精致的舞台、表演设计，知名艺人的邀约，都是大学问。很多电视台有兴趣，但真正敢接手执行的却少之又少。原因很简单，因为只要其中一个环节考虑不周，出现纰漏，串不起来，届时呈现出来的就是一场松散而又难堪的闹剧。因此，承办大型颁奖典礼是费力不讨好的事。"广播电视金钟奖"颁奖典礼就是这样一个烫手山芋。但是东森不计成本已经连续两年转播，整个团队合作得如此漂亮。筹划前期，每个人不仅尽力地扮演自己的角色，更懂得在关键时刻主动提问题，想办法解决。工程制播团队、业务团队、节目团队都是"硬"角色，没有妥协的空间，只有执行力的充分展现。一个星期，两场大型典礼转播，让全球看到了最完美的演出，东森团队的制播实力因而得以彰显，外界口碑频传。

玉山顶峰传输试验开创了四方对话的先例，展示了东森团队高水准的制播能力；连续两届"广播电视金钟奖"大型颁奖典礼的完美谢幕，东森团队打开了台湾电视史的新局面；2004年末，东森团队结合制播部、新闻部、工程部以及SNG组，在户外现场转播法国蜘蛛人登上世界第一高楼台北 101，再一次以万全的准备、强大的阵容、跨部门整合的经验与实力，搭配绝佳团队默契与一流的工程技术展现了东森团队自我挑战的勇气。除此之外，两岸春节包机和连宋大陆行的报道都充分体现了东森团队超强的执行能力。

第三节 华文媒体的 CNN

提到 24 小时滚动播出新闻，没有人不知道美国有线电视新闻网（CNN）。就是这家电视网，开创了纯新闻频道，成为此后各国媒体开办新闻频道的典范。还不仅如此，CNN 通过米高梅饭店火灾事件、"挑战者号"航天飞机爆炸、海湾战争等重大事件与三大电视网较量，结果是 CNN 名声大噪。CNN 不仅是新闻时效性的代名词，是现场直播的代名词，还是热线电话、卫星传递、直播间、数字图像等传播模式的创造者。CNN 以自己的实际行动告诉我们，真正的媒体是这样的：为世界作证，让所有的不幸得到哀悼，让所有的欢乐得到庆祝。从来没有糟糕的新闻，只有糟糕的记者。从来没有滞后的新闻，只有滞后的编辑和制片人。要了解新闻，看到新闻发生的过程，你就必须看 CNN[①]。CNN 是世界媒体业的典范。

追求打造华文媒体 CNN 的东森新闻台，无论在新闻报道的时效性上，还是在重大事件的现场直播上以及对新闻事件报道的应变能力上，都已经具备了成为华文媒体 CNN 的资格，成为华文媒体也得 NO.1。

一、新闻报道时效第一

当各大通讯社为谁先报道了肯尼迪总统遇刺的消息争抢时，当为 2～3 秒的报道时差而遗憾时，你就明白新闻报道时效性对媒体的重大作用。在当今电子传媒激烈竞争的时代，哪家媒体不重视新闻报道的时效性，而跟在别的媒体后面炒冷饭，哪家媒体注定不能长久。因此，"抢新闻"已经成为重大事件发生时各大媒体司空见惯的事情，而现场

---

① 里斯·舍恩菲尔德著，陈虹译.铸造 CNN[M].北京:机械工业出版社,2004.

直播更是零时差、同步传送新闻事件。

东森新闻频道的开播为新闻的同步播出创造了条件,24 小时滚动播出新闻为突发重大新闻事件的即时插播提供了便利,也为快速报道新闻实践提供了保障。

举世瞩目的"9·11"事件,聚集了全球观众的目光。东森电视台比台湾的其他电视台都抢先播出,无论在时效性上、新闻内容和画面上都高出一筹,使观众从一开始就跟定东森,所以东森取得了亮眼的收视成绩。从晚间 8:45 事件发生时一直到凌晨 1 点钟,东森的收视率一直居于领先地位。根据 AGB 尼尔森的收视调查显示,东森新闻在"9·11"事件上的收视率为 96%,胜过 TVBSN 的 95%。

2001 年 9 月的纳莉台风给台湾造成了重大损失,对东森来说则又是一次新闻竞争力的考验。由于纳莉台风行踪不定,就连气象局也一度认为它不会登陆台湾。在这样复杂而又多变的情况下,东森新闻严阵以待,当 17 日台风登陆时,最迅速地播报台风最新情况,为居民的防风自救提供了及时的信息。9 月 17 日东森新闻总收视率也以 79.81%超过了 TVBSN 的 79.3%。

事实上,当观众在最初的新闻事件发生时,一旦发现了在报道中谁最快,就会只关注最快的报道。

二、重大新闻事件的现场直播和应变能力最强

东森电视台除了对上述"9·11"事件和纳莉台风进行了长时间的现场直播外,10 个多小时马拉松式的 2004 年美国总统大选的现场直播更让我们看到了东森新闻的实力。举世瞩目的中国神州六号载人飞船的发射,中央电视台首次全程直播,并提供独家直播信号,东森电视台则作为唯一一家获准参与直播报道的境外电视台。此后,中央电视台与东森电视台联合制作《两岸看神舟》专题直播节目。

重大新闻事件的现场直播最能考验团队的应变能力,在现场直播过程中,任何一个环节的纰漏都会带来不可挽回的影响。观众用眼睛投票,谁最强,就会只看最强的节目。东森在近几年的全球重大新闻事件报道中没有缺席,且有出色的表现,已经在全球华人的心目中留下了深刻的印象。东森凭借国际上主流媒体提供的共享资料,保证了自己

新闻报道的时效性。因此,外部的资源是东森成功的重要因素。

三、拥有最广泛的华人收视群体

作为后起之秀的电视台,如果希望在较短的时间内崭露头脚,采取的最佳措施就是策略联盟。而最能提升电视台影响力的则是对新闻及时地报道和有效的后续跟进。

通常新闻材料共享有两种方式:一种是双方用相互交换节目的方式进行新闻资料共享;另一种是付费共享。新闻资料共享通常是为了确保新闻不会遗漏,而有时纯粹是为了方便,这种合作更多的是为了节约经费的考虑。因为新闻的获得要么派自己的记者亲自前往采访,要么依靠通讯社提供,尤其是国际新闻。如果不想过分依赖通讯社,或不想为此付费,那么国际通行的方法是媒体间合作,双方用相互交换节目的方式进行新闻资料共享。东森电视台就是依靠与其他媒体合作或结盟的方式,相互交换节目或互换频道落地,迅速拓展了国际市场,提升了国际知名度。

首先,与亚洲各电视台网合作。东森电视台与日本的 NHK 结盟,相互交换节目。同时,积极与亚洲国家和地区的电视台网合作。东森亚洲卫视是东森电视进军岛外市场的第一个频道,于 2002 年 7 月正式进入中国香港的有线电视,8 月入网中国澳门有线;服务东南亚洲及大洋洲近 190 万收视户。目前菲律宾、印尼、澳大利亚、新西兰等地皆可透过直播卫星或有线电视收看东森亚洲卫视。东森亚洲卫视是一个以亚洲观众为对象的综合性频道,精选了东森电视的新闻、综艺、美食、旅游等多元化节目,并且按照亚洲观众的喜爱编排节目时段,满足不同受众喜好与需求。节目内容包括新闻报导,美食节目,深度访谈报导,以及探讨星座命理、生活智能、两性议题的综艺节目等等。此外,东森在其他亚太地区国家包括新加坡、马来西亚、日本、韩国等,也正在洽谈相关的入网事项。2005 年 7 月 15 日与香港电讯盈科电信集团旗下的 Now Broadband TV 合作后,增加香港用户 40 万之多。其次,与美加、中南美、澳国家电视台网结盟。从 2001 年起,东森就与国际知名媒体 CNN 结盟,提升东森在全球政要人物面前的关注度。此后几年东森加快了在美国的落地步伐。东森美洲卫视也许能成为一个服务所有华人的媒体平台,根据观众的收视喜好,设置了 11 个来自两岸三地华文的频道,同步提供两岸三地的华语频道与节目,满足该地区的近 290 万华人观众。借用东森美洲电视台这个平台,与美国第二大直播卫星电视 Echo Star 签约,此外还与全美最大的 Comcast 有线电视网合作,从而使受众可以通过直播卫星和有线电视两种途径收看到东森的五个优质频道。不仅如此,东森还代理英国的 BBC World 和 ITN、法国 TV5、德国 DW 等六家国际频道,东森的触角已经伸到了欧洲各地。在 2005 年克林顿到访期间,东森国际新闻中心特别制作了长、短两版的英文新闻带,提供给国际媒体播出。CNN 一播就是一周,连续七天,CNN 并没有剪掉克林顿在东森的背景画面,而且在播送中提到运用的是东森提供的新闻资料。显示 CNN 对东森身为华文媒体领航者的肯定。

东森不仅在传统媒体领域与国际主流媒体合作,而且东森新闻网站 ETtoday. com 与 BBC 新闻网站合作,ETtoday. com 的网友可浏览 BBC 提供的全球中英文新闻,BBC 中文网网友也可看到 ETtoday 提供的台湾最新信息。这样通过新闻网站的合作,东森几乎覆盖到全球每一个角落里的华人用户。

此外,2006 年还规划落地欧洲及非洲地区,朝向服务全球 15 亿华人的目标迈进。

四、在华文媒体中惠誉信评等级最高

东森电视在 2005 年获惠誉信评提升为 BBB(正向)评等佳绩(见表 2－1),与国际主流媒体信评结果相近,在亚洲媒体界居于领先,显示东森经营实绩已经迈入国际级媒体水准,也为东森向全世界范围内拓展业务提供了基础,增强了信心。

表 2－1　2005 年 2 月 24 日东森与国际大型优良主流
媒体企业的惠誉信评结果一览表

公司名称 评等资料	长 期 债 信			短 期 债 信		
	评等	展望	评等日期	评等	展望	评等日期
Viacom Inc.	A－	Stable	2001.5.11	F2	N. A.	2001.5.11
AOL Time Warner	BBB+	Negative	2002.8.14	F2	N. A.	2002.8.14

（续表）

评等资料 / 公司名称	长期债信			短期债信		
	评等	展望	评等日期	评等	展望	评等日期
The Walt Disney Co.	BBB+	Negative	2003.9.15	F2	N.A.	2003.9.15
Comcast Cable	BBB	Positive	2004.5.18	N.A.	N.A.	N.A.
东森电视台	BBB	Positive	2005.2.24	F3	N.A.	2005.2.24
News Corporation	BBB	Stable	2004.5.27	N.A.	N.A.	N.A.
Carlton Comm. Plc	BBB	Stable	2004.3.3	F2	N.A.	2004.3.3
Grupo Televisa, S.A.	BBB	Stable	2004.6.17	N.A.	N.A.	N.A.
Univision Comm. Inc.	BBB−	Positive	2004.5.6	N.A.	N.A.	N.A.
ProSiebenSat. 1 Media AG	BB+	Stable	2004.5.10	N.A.	N.A.	N.A.
Hurriyet Gazetecilik ve Matbaacilik A.S.	B+	Stable	2004.2.16	N.A.	N.A.	N.A.

除此之外,东森电视台毛利率与营业利益率已达国际水平。就媒体公司整体而言(含媒体及非媒体事业单位),国外主流媒体公司2003年之毛利率(gross margin)介于28%至45%之间,平均数为35.82%;营业利益率(operating profit margin)则介于10%至19%间,平均数为14.5%。东森电视公司2003年之毛利率为36.1%,营业利益率为13%,与国际主流媒体获利水平不相上下(见表2-2)。

表2-2　2003年东森与美国知名媒体公司(含媒体及
非媒体事业单位)的获利率比较

	Time Warner	Comcast	Fox	Viacom	Disney	东森
毛利率	39.53%	45.26%	28.41%	30.09%	—	36.1%
营业利益率	13.6%	18.9%	16.2%	13.6%	10.0%	13.0%

资料撷取自各媒体公司2003年之财报数据;Disney因仅为成本与管销费用的合并数,故无法正确估算毛利率.

五、未来发展展望

拓展洛杉矶、旧金山、纽约、香港、上海、泰国及马来西亚等地的广告及户数业务是目前东森的最直接目标。这样不但可以扩大东森在华文界,甚至全世界的影响力,而且也可以为东森增加收入。此外,东森正在打算推动全球五星级饭店旅馆公播业务,做到与CNN同样普及的程度,使有华人的地方就有东森新闻,成为华人首选的电视品牌。

2005年东森集团的研发项目共区分为制度研发类、市场研发类与运营模式研发类,预算总金额达1亿605万元新台币。各项目所涵盖的范围及效益包括:

(1)媒体资产暨节目版权管理系统项目:强化现存片库系统功能、统整相关信息及机制、进行片库数字化基础建设,以利数字频道播放平台的建置。

(2)制播作业数字化:有效缩短制播部作业时程,降低成本、扩充产能以因应越来越多节目的制播需求。

(3)凤凰计划:借由与台商的合作关系推广中南美洲直播卫星(DTH)。

(4)外事管理辅导项目:培训公司优秀干部定期分批至各海外据点进行海外市场的了解与熟悉、海外办事处的管理与作业辅导等,以作为拓展海外市场、加强海外市场的管理及辅导基础。

(5)数字频道项目:研拟数字频道推出策略,及制播优良数字节目的发展方向,并建立新的运营模式。

(6)数字内容项目:研拟自制优良数字内容节目如卡通动画的运营方针及策略,并开发新的数字内容运营模式。

对于东森的未来发展,集团总裁王令麟曾经在2004年12月29日由东森电视、文化大学主办东森文化基金会协办的"全传播媒体营"中有所表述。由王令麟主讲的"华文全媒体市场趋势与优势",解析了台湾有线媒体产业未来的前景,以及全球华文媒体市场。两岸同时加入WTO后,媒体界所面临庞大市场及其应具备的市场竞争力进行分析。他表示,资料显示在2010年时,祖国大陆有线电视用户数,将从目前的9 500万户,增加至2亿户,而有线电视的收费规模届时将高达570亿元人民币,至于大陆整体市场的广告规模,也将达到2 290亿元人民币,成为亚洲最大广告市场;因此东森立志锁定祖国大陆,本身也有条件符合大陆市场的收视需求,目前的东森电视旗下七个频道,总收视率六年内增长40%,而广告总营业收入,也从第一年的3亿元人民币,快速跃升到 2001 年的 20 多亿元人民币目标。东森旗下的许多电视台将会受到更多观众的重视。例如东森幼幼台，就扮演着台商眷属所需的幼儿园机能而受到重视，不过碍于两岸政治关卡，东森将先从海外扎根，待两岸充分沟通与时机成熟时，一举赢得市场先机。

而这个时候的东森，除将使本身成为华文媒体中骄傲的品牌之外，不忘自己的社会责任。"9·21"地震时，东森新闻是第一家前往灾区实地报导的媒体，画面一播出，东森立刻收到其他多国媒体要求提供灾区报导画面的电话，而世界各国的救难队也闻讯相继赶来台湾，比透过官方渠道请求人道支持还要迅速。就这样，跨越式发展的东森，正在向全世界媒体市场迈进。

第三章　富有活力的东森团体

随着市场经济的发展和媒介产业改革的不断深化，传媒产业集团扮演着越来越重要的角色。而良好的组织架构是一个传媒产业集团成功的关键。组织的存在使很多人有效的协调工作，从而完成要做的事。一个组织的架构就是组织中的角色、关系和成员间相互协调的模式。组织构架是否合理关系到该组织的效率高低。企业是组织的一个典型代表，员工必须团结合作，清楚自己在企业中应负的责任以及与其他成员之间的相互关系。这样，企业的运行效率将会大大提高。

要想提高组织的运行效率，就必须构建良好的组织结构，设计并保存好组织的角色定位系统。科学有效的组织结构是确保管理效率的基础，是企业实现短期经营目标和长期战略目标的制度平台。就如同美国通用电器公司前总裁杰克·韦尔奇所说："企业组织就像一栋房子，当一个组织变得越大时，房子中的墙和门就越多，这些墙和门就阻碍了部门间的沟通和协调，而为了加强沟通和协调，你必须把这些门和墙拆除。"

正是考虑到了组织架构如此重要，在全球化的背景下，面对激烈的媒介集团的竞争，东森媒体集团以其独特的弹性组织结构、扁平化的管理模式和高效的运作机制在媒介市场上赢得了良好的声誉。

第一节　高度弹性的组织

21世纪是个充满变动的时代。人类已经进入了一个崭新的信息社会和媒介时代。由于信息技术的进步、经济的全球化及媒体环境的瞬息万变，媒介集团必须保持组织管理上的弹性以随时面对高度的竞争压力及不确定性。从管理学的角度来看，过去在组织管理中，建立起一套完整的组织系统,长期固定不变,显得僵硬。但现在,由于社会环境的不断变化,要求组织机构应该逐渐变得灵活而富有弹性,以求信息畅通并行动敏捷,能够具有很强的对环境的适应能力。

东森媒体集团是一个囊括了十多家公司的媒介集团,为了应对激烈的竞争,适应媒介环境的变化,其内部的组织并不是固定不变的、僵硬的,而一个灵活的富有弹性的。从固定的组织系统向富有弹性的组织系统发展,这是社会管理发展一个重要趋势。

处于复杂环境中的媒介,面临着难以把握的环境影响。而且,随着日益变化的新传播技术的运用,不确定性越来越大。各类媒介都必须面对不断变化、日益复杂的生存环境。影响东森媒体集团事业发展的原因有多方面因素,既有媒体本身经营的问题,也有政治、经济、人口以及教育等等客观环境。台湾媒体环境的变化对东森的发展有着重要的影响。

一、台湾的媒体环境

在 1987 年初,台湾解除戒严,台湾当局对新闻事业的限制也有所放宽,解除了报禁,报刊、电台、电视台等大众传媒发展迅速。报禁解除十年来,台湾的媒介生态环境发生了重大变化,并且在变化发展中形成了自身的特点。

1. 集团化经营应对竞争

台湾的媒体竞争非常激烈,在 3.6 万平方公里的台湾岛上,就有 20 多家电视台(包括有线电视近百套节目),200 多家广播电台,100 多家报纸及各种数不清的刊物在争夺 2 300 万的受众。打开台湾电视或上台湾任何一家网站,常常可以看到,各媒体都在为一条相同内容的新闻抢头条、争独家,以吸引更多的观众。媒体之间的竞争达到了白热化。在全球化市场逐渐形成的背景下,传媒业资本运营、跨行业跨地域扩张、集团化整合风起云涌。由此看来,台湾媒体环境的这种自由开放的竞争格局,也唯有实行集团化的方式经营,才能做到合理地分配媒体内部资源、降低生产成本,同时提升竞争力的目标。媒体集团按市场经济规律运作,在经营项目和经营地区上有自己的自主权。它对经营项目的选择、经营地区的确定都要在服从社会整体利益的前提下紧扣集团自身发展的各种需要。媒体集团化经营可以合理布局，盘活存量资产，优化资源配置，发展集约经营，同时能够形成规模优势。面对这种情况，台湾地区已经组建了多家媒介集团，如东森媒体集团、台湾中时媒体集团等等。

2. 媒介市场化的加剧

2001 年面对巨大的媒介市场，规模扩张欲望在膨胀。同时，大的市场资本也有着同样的市场冲动。有的媒体关联企业开始上市，也有一些公司开始纷纷投资入股传媒领域。在种种条件的促成下，大规模的市场运作成为台湾的媒介生态的一种趋势。传媒业不断地在其行业内外进行业务融合、市场整合以此形成规模。另一方面，依附在传媒身上的资本以产业资本的形式，大规模进入资本市场运作，这样一来，传媒业就能获取更多的资本、占领更大的市场。

3. 媒介经营的多元化

在台湾，许多媒体集团除了投资新闻媒体以外，还涉足资讯、科技、旅游、证券等领域，实行多元化经营。媒体只是媒介集团经营的一个方面，或者说仅是其实现公司赢利目标和发展的途径之一。纵观台湾岛内，除媒体以外的多元化发展，利用媒体进行多方面的延伸性开发，是台湾各媒体集团的一大特色。媒体为了获得最大的经济效益和长期稳定经营，除了主营一些诸如电视台、报社、网络等媒介以外，还常常通过开发若干种相关或不相关的有发展潜力的产品，或通过丰富、充实产品组合结构来进行多元化经营。这也是媒体寻求长远发展而采取的一种增长或扩张行为。实现多元化的途径很多，媒介集团一般是通过内部积聚并向新产品领域投资，也有些媒介集团则是通过兼并其他媒体扩大自身生产经营范围。多元化经营是媒介经营中普遍选择的方式之一，可以在比较大的范围内重新进行资源的配置，还有助于实现规模经济。

二、富有弹性的东森媒体组织

哈佛大学战略管理学派认为，组织的概念有两个含义。一是一般意义上的组织,泛指各种各样的社会组织或事业单位,如企业、学校、医院等等。二是管理学意义的组织,这是按照一定的目的和程序而组成的一种权责角色结构(structure of roles)。

任何企业都要选择特定的组织结构形式,传媒业也不例外。现代的传媒产业处在不断发展变化的环境之中,规模扩大、人员充实、技术更新都会对媒体产生组织变革的要求。新职位的出现或职员规模的扩大,需要设立新的部门和新型的层级关系,组织结构的变革因此而产生。

东森媒体集团是一个富有弹性的组织,其发展的根本策略是不断追求营收与获利的"新双高"成长型企业。从1991年现任东森媒体总裁的王令麟创建友联全线公司,到现在15年的发展历程中,它一直是根据媒体集团和市场的需要来扩大自己的产业。东森媒体集团在1995年才正式介入有线电视。到2004年,东森媒体集团有线电视、卫星电视、电视购物三大块的营业额已达500亿元新台币,约15亿美元。根据台湾相关机构的调查,东森媒体集团在台湾同业中的营业额、受欢迎程度,均名列第一。目前,它的旗下有四大主力公司和11个子公司:即东森电视、东森媒体科技公司、东森购物、东森国际公司、东森公关公司、东森休闲育乐公司、东森资产管理公司、东森建业不动产公司、东森美洲卫视公司、东富资讯公司、东森巨蛋经营管理公司、东森购物百货公司、东森及森辉旅行社、东森财产保险代理人公司和东森人身保险代理人公司等。

从组织结构模式设计的角度来讲,在组织结构模式设计时环境因素是一个关键的因素。在稳定型环境中,组织结构呈现正规化和集权化,并且具有永久性;非急速变动的环境下,组织结构仍呈现正规化,但已开始适当分权,并加强专家团的作用,体制具有一定程度的灵活性;在剧烈变动的环境里,组织结构一般采用高度分权模式,具有极度灵活的弹性体制,以利于组织及时转向,适应变动的环境,有更多的横向信息沟通渠道,以减少正式结构过度控制引起的组织僵化。

考虑到媒介集团面临着高度变化的内外部环境,设计具有高度弹性的组织结构代表着组织为了应对内、外环境的变化所采取的一系列必要的措施。其中,弹性的核心强调的是组织对环境变化的适应力以及反应能力。东森媒体集团在组织机构的设计上,根据组织环境的变化,在管理层次和管理部门的划分上富有一定的弹性,而且随着环境的变化也在不断地改变部门的设置,适应组织环境的变化。东森购物公司于2003年11月从税务管理效益化考量,将购物2台业务分割出来,独立成立"东森购物百货公司"(ESD),成为东森购物公司转投资的旗下子公司。

为了增加效益,扩大经营范围,东森购物在2004年12月还以"全球旅游秘书"来定位,成立了东森旅行社,把海内外旅游事业作为运营内容,还搭配东森电视购物旅游产品及东森休闲育乐公司特许登记服务需求。2005年,东森集团还成立了东森巨蛋经营管理公司,该公司主要围绕与传媒行业相关的业务进行多元化经营。其主要运营内容包括:广告行销业务、节目表演、演艺经纪、公关活动、场地租赁和票务贩售等业务。东森媒体集团根据市场的需要在不断地进行组织的扩大和调整。

东森媒体集团不仅在组织结构上富有弹性,在利用人力资源、工作时间分配、绩效评估和奖酬制度等各方面也都充分展现其弹性。

弹性原则要求管理者在进行一些决策和处理管理方面的问题时,除了尽可能考虑多种因素之外,还必须从一开始就保持可以调节的余地,这样,即使出现问题,也可采取相应对策来应付。

人力资源弹性一直是组织管理的重要议题,可以是绩效的原因,也可以当成绩效的一种特征。人力资源弹性是指在人力资源管理中,灵活调整人力结构、员工数量、工作内容、工作时间与员工薪资等因素,以满足企业对不同层次、不同水平、不同模式的人力资源的需求。组织在人员管理以及各部门互相替代上,做好及时的应变措施,让组织保持正常运作,甚至更好。

随着信息技术的进步、经济的全球化及市场环境的瞬息万变,企业必须在管理上保持一定的弹性以随时面对高度的竞争压力及不确定性。而人力资源可能是组织维持竞争优势的唯一来源。如何保有人力资源弹性,使企业达到效益最大化而成本最小化的目的,也是企业优先考虑的问题。

分析东森媒体集团的成功之道,它所取得的辉煌业绩自然离不开员工的聪明才智,充分利用员工的知识和技能来创造财富。

东森媒体集团顺应市场的潮流,在人力安排方面也并不是一成不变的,在人力资源运用上也采取了一定的弹性机制,常常根据需要而进行调整。它运用与企业经营策略密切结合的人力资源弹性策略,有效地整合有限资源,降低运营成本,并建立持续的竞争优势。为了提高竞争优势,东森媒体集团加大了对东森购物的人力资源分配,东森购物有86位购物专家专门为客户提供介绍说明产品的种种特性,引导消费者理性购物。同时它还有115位专业模特为客户展示产品,让客户能清楚地了解到产品的优点,在镜头前面展示高度的责任感和事业心,创造出消费者的需求,进而刺激购买行为。为了让客户满意,给客户提供优质的服务,东森购物招募有1 300位经过严格训练的客户服务人员,这些人员以专业亲切的态度为会员提供24小时专人定购的贴心服务,还开办有为会员量身定制的专属服务。

因投入产出量的变化对人力的数量或种类的需求也相应的发生变化时,东森集团能迅速调整人力安排,以符合实际需要的能力。2004年12月25日下午为了直播世界知名的法国蜘蛛人 Alain Robert 攀登世界第一高楼台北101,东森团队进行了跨部门整合,结合制播部、新闻部、工程部及 SNG 组,向世界史无前例的转播作业挑战,最终使得转播获得了主办单位和各大媒体的高度评价。然而,东森集团并不是在任何一个机构都一味地加大人力成本。新闻的制作、采集方面,东森媒体有运用大编辑台的策略减少人力资源成本,即只有两个人连大编辑台上截取新闻供电视台、报社、网络、广播等各个媒体根据需要进行编辑、采用,大大节约了成本,提高了效率。

东森媒体集团非常注重员工的个人发展。根据各个员工的兴趣、特长和公司的需要制定相应的培训计划,不断更新员工的知识和技能,为每一个员工提供充分发展的空间和机会。正是运用这样的机制,东森集团才能够留住人才,让其为集团做贡献。东森媒体集团员工总数为7 500人,是全球最具规模的民营华文媒体集团。东森集团在人才培训方面投入很多,主要以专业知识与技能、主管领导管理培育系统、潜能发挥、知识管理机制、创新管理、国际观的培养等为训练主轴。而且还让每位同仁应用数字传播科技,来提升学习效果。新人一到公司会依职位、职责的不同,进行1周到13周不等的任职之前的训练。与其他媒体不同的是,东森集团还采用了"师徒制"的带人方式,每一新进人员,集团都会安排一位资深员工带领,能使新员工快速进入工作状况,这样节省了许多时间,也提高了工作效率。

东森集团还成立了"卓越团队推动委员会",来建立有发展潜力人员的完整纪录,在里面包含已经具备各项能力的项目、尚有待加强的能力项目、历年来所取得的成绩、获得的奖励、岗位调动的记录以及接受培训的记录等等,除了记录直到目前为止该员工所取得的绩效,还非常重视其未来可能担任职位所需各项能力的培养。对于优秀的员工,东森集团发放工作奖金和公开进行表扬其业绩,以激励员工的工作积极性。

在东森,为了鼓励创新,在每个部门里,大家都有着充分的主导权和发言权。"头脑风暴"(brain storming)法在这个团队中得以充分的运用。所谓"头脑风暴"法是指采用会议的方式,引导每个参加会议的人围绕着某个中心议题,广开言路,激发灵感,在自己头脑中掀起思想风暴,毫无顾忌、畅所欲言地发表独立见解的一种集体创造性思维的方法。东森媒体集团鼓励员工运用头脑风暴的方法进行"相互启示",这样的一种方法可以使得团队中的每个人都能自在的发言,彼此分享经验,达到相互交流,彼此互相学习的目的,也能让集团鼓励员工不但要跳脱个人既有的思考框架,不要局限在他们自己所专属的领域中,更要跨越部门间的藩篱,站在更高的高度来对集团的发展提出建设性的想法,更能激励团队中的每个人主动获取新的知识,让每个人都能培养好自己,做好准备,随时能站在前方带领团队前进,也能面对组织突发的各种情况,在最短的时间内恢复达到平衡状态。

东森媒体集团为每一个员工创造公平竞争的机会,给他们充分发展的空间,满足他们自我实现的需要,同时根据员工的绩效对其进行奖励,充分调动员工的积极性。物质方面的奖励主要有福利、加薪、颁发奖金、分红和其他奖励办法,所有员工的福利有:投保劳工保险及全民健康保险,享有一些购物优惠活动,提供电影首映的门票等等。员工到职六个月后的福利则有所增加,给员工发放有伤病慰问金、结婚礼金、生日礼金、生育贺礼、丧葬津贴等等,当然还有其他各种各样的福利补贴。对于做出突出成绩的员工给予加薪、颁发奖金等奖励。同时,东森媒体集团也任人唯贤,给那些具有一定能力的员工以大量升迁的机会。也正因为如此,东森媒体集团充满了创造力。

第二节 扁平化的管理模式

一个企业成功的因素是多方面的,东森媒体集团除了组织上富有弹性是它的一大优势以外,其内部采取的扁平化管理模式也是它的另一个竞争优势。"扁平化"是现代企业管理的新概念,企业管理的扁平化也是每个管理者必须面对的问题。这一方面是扁平化管理本身的优点决定的,另一方面也是信息化带来的必然结果。

东森采用扁平化管理提高了管理效率,其主要的优点就是可以增加组织效能,因为总公司与事业部主管有了明确的分工,且总公司负责长期的规划,而事业部主管负责满足顾客的需求。第二个优势是可以提高控制,因为总公司只要监督事业部主管的绩效即可。同时,扁平化管理模式尊重人格,重视人的需求,开发人的潜能,为各类职工提供施展才华的舞台。

一、传统管理模式的不足

在激烈竞争的环境中,东森媒体集团脱颖而出,2005年的营业收入额完成了两位数的增长,达到536亿元新台币。东森媒体集团所取得的辉煌业绩与它先进的管理制度有密切的关系。东森媒体集团是一个拥有十多家公司、其经营涉及多行业产品的集团,在这样的架构下,如果不实行扁平化管理,那么垂直分工等级分明的金字塔式的臃肿结构,势必会造成管理低效率的缺陷。

拿东森媒体集团扁平化的管理模式与传统的金字塔管理模式相比,扁平化的管理模式就如同是将高高的金字塔管理模式进行压缩,直至变平变扁,而压缩的手段就是减少中间层次,增大管理幅度。在过去,市场信息的传递只能通过电话、传真、信函等途径进行,公司难以对众多经销商提供的、来自市场的大量原始信息进行处理,企业的信息反应能力极度缓慢。随着企业的不断发展和壮大,企业不得不增加管理层次和管理人员,以应对复杂的市场信息和日益庞大的企业内部机构,从决策层到操作层之间的中间管理环节越来越多,从而形成了金字塔式的管理模式。

　　金字塔组织形式管理层级纷繁复杂，而且越往高层，一个管理者所能有效管理的下属越少。在一个组织的人数确定后，由于有效管理幅度的限制，就必须增加一些管理层，管理层次与管理幅度呈反比。在传统管理模式之下，当组织规模扩大，而管理幅度又有其极限时，管理层次就会逐步增加。那些大型跨国公司的员工人数可达几十万人，管理层次就更多了。

　　在传统的金字塔结构的企业组织里，权力是自上而下的，是上级分配的。最高层的权利和权威不容置疑，巨大的权力金字塔压迫着基层组织成员个人的意愿和思维。在这种刚性结构里，组织管理的一切都以制度形式凝固化。上一级的主管被要求必须控制下属，监督其一举一动，形成一层一层的控制；下属的思想被要求统一于上级的指令，有自己的想法或越权行事是绝对被禁止的。

　　然而，对高度信息化、全球化的外部世界来说，每一秒时间都在发生着各种各样的变化。传统的金字塔形组织结构已经使人显得无所适从。在这种组织中，基层感受到的信息需要层层传递才能达到高层。同样高层的决策意图也要通过层层传递才能达到基层。无论采取何种传递方式，下级都接受直接上级所确认的指令和决策，这就需要许多时间。而且在变幻莫测的市场环境中，基层能最快地获得来自市场反馈的信息，如果依旧层层上报，待高层做出决策再层层下传执行时，已事过境迁。外部环境的快速变化要求企业快速应变，具备极强的应对能力。而管理层次众多的层级结构所缺少的恰恰是一种对变化的快速感应能力和适应性。决策层的意旨不容易迅速传达、贯彻到操作层，因而常常出现上推不动下，下推不动上的问题。其次，管理层级多，不仅影响信息传达的速度效率，甚至信息传达的准确度也不够。最重要的一点，金字塔式的管理模式的管理成本也必然比较高，众多的管理层级都是管理成本增加的原因。

　　组织结构的一个主要目的就是确定管理权距，根据这一点，我们把组织结构划分为中央集权制、分权制、矩阵机构和网络结构。中央集权制的组织结构一个常见的问题是管理权距窄小而管理层次众多，导致组织结构高耸入云而上下关系协调困难。分权制的组织结构鼓励权力分散，一个共同的问题是向管理者传递的信息混乱，管理上也不很容易,因为一方面各分支机构可以自己决策,对观众的反应,在具体处理上不必向总部请示;另一方面,各分支机构又都是总体团队的一部分,对总部的决策和计划等都要有相应的计划行动。矩阵结构意味着两个不同的结构,比如可以把观众地区结构和观众类型结构结合起来,形成一个矩阵,一般是为了完成某一特定任务而把不同的专业人员组织起来形成一个团队。矩阵式结构也有缺点,一个员工可以向各自的上司汇报工作,也可以向该项任务的管理者汇报工作,由此导致员工忠诚度的降低,更有甚者,易造成内部员工的内讧。若建立更有效率的组织结构,必须使组织结构更加柔韧化,这就是网络化的组织结构,根据奈斯比特给网络化组织所下的定义:"网络就是人们彼此沟通交流,分享信息、思想和资源。网络组织是个动词,而不是名词。重要的不是最终的产品——网络,而是达到目标的过程,也就是人与人、人群与人群相互之间联系的沟通渠道。"该组织结构表明部门之间或者个人之间都是相互联系、相互依赖的,大家都是一个整体,这种组织结构可以自由发展以满足不同利益相关方的需要。

网络组织首先改变了组织内部的工作方式,员工享有更多的行动权力,可以与主管,甚至最高领导人联系,因此也有了更多的活动空间。由于能动性的发挥,他们个人的工作能力大大提高,许多业务活动,由以前的以部门为基础活动的单元转变为以小型团队或个人为基础活动的单元。所以,在扁平化组织里,每个人都变得精干,因而可以用更少的人员负担更多的制造、销售和顾客服务方面的工作。组织的权力大规模下放改变了金字塔结构中员工等级地位,所有的员工地位趋于一致,大家都对实现组织的远景负责。

二、东森媒体集团扁平化的管理模式

扁平化是指通过减少管理的中间层次,缩短经营管理通道和路径、增大管理宽度和幅度,促进信息传递与沟通,从而提高经营管理效益与效率的企业组织模式。

东森媒体集团积极适应这一新形式,在集团内较早开始应用扁平化的管理模式。东森集团实行董事会领导下的总经理负责制,下设按八大条线划分的八大副总,分管从生产、大行政、外贸、策划、市场研究到供应等各个领域。总经理直接面向八大副总,大大减少了管理层次,而八大副总的管理面显著加宽了,各基层的工作也能一步到位,以前的那种层层上报、层层审批的情况不见了,原来政令多、交叉管理的状况没有了,管理效率有了显著提高。

以东森电视台为例,我们可以清楚地看到东森集团的扁平化管理模式,如图 3-1 所示。

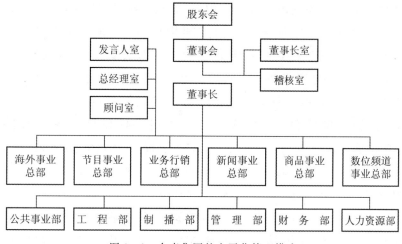

图 3-1　东森集团的扁平化管理模式

它的组织架构分为总公司、事业部及功能三个管理层级,中间没有很多繁杂的管理层级,其主要的六个事业总部,包括新闻、商品、数字频道、业务行销、节目及海外事业。另外,还包括工程部、制播部及其他幕僚部门。其中,新闻事业部为一整合性新闻平台,负责规划制作各媒体新闻内容,包含东森新闻台、ETtoday 东森新闻报、ETFM 东森广播网及企划部;业务行销总部负责各频道广告秒数之销售,并分析广告市场的变化及拟定行销策略;海外事业总部负责版权采购暨发行、影片市场信息搜集分析、境外频道代理、国际频道海外落地及推展、海外广告推广及亚洲卫视台频道规划;商品事业总部负责东森各项节目所衍生产品的规划及销售、授权代理品牌的商品开发及会员经营;数字频道事业总部负责系统业务通路推广活动及行销资源规划、教学节目制作规划;节目事业总部负责东森电影台、东森洋片台、东森综合台、东森戏剧台及东森幼幼台的节目播放类型、属性,及安排节目播放时间,及收视状况的掌握分析暨节目内容制作规划。

三、东森媒体集团扁平化管理的优势

从东森电视台的六大事业部及其分管项目上可以看出,它的管理层次少,只有总公司、事业部及功能三个管理层。但每个事业部的管理幅度都要比传统公司大,而且这些事业部都直接面对各自的市场。各事业部按产品、地区或市场划分,相对独立经营、单独核算,这样各层级之间的联系相对减少,各基层组织之间相对独立,既有利于最高管理层摆脱日常行政事务,集中精力研究企业的大政方针和战略问题,又能充分发挥部门管理的积极性、主动性和创造性,提高企业经营的适应能力。作为独立核算的主体,各事业部对市场的把握能力增强,应对风险能力提高,相对地降低了"经营风险",这对整体发展是一个保障。同时,各事业部之间也就引入了竞争,有利于提高公司的整体效率。这与层层上报、层层审批的模式相比,企业对市场的反映更加灵活,总公司的意见也会及时准确地传达到各功能单位。

东森媒体集团的扁平化管理不仅提高了企业的运作效率,同时也调动了广大员工的积极性。它的组织结构扁平化,使管理幅度进一步扩大,这可以使上级充分授权,给了基层职工更大的自主权和发展的空间,从而保证下级人员有较大的自主性、积极性,有利于下级人员进行创新,能更好地得到锻炼和培训。同时,东森扁平化的组织结构也缩短了上下级之间的心理距离,密切了上下级间的关系,有利于下级人员积极性的发挥。而且,在东森自由发展的空间里,集团鼓励员工参与决策、支持员工有用的建议。这些建议和意见可以很快地传达到决策层,一旦被采纳,员工就会有一种被认可的归属感,促使其在本职岗位更加努力工作。

"创新进步"是东森电视台的六大经营理念之一,要创新就必须最大限度地发挥自身潜能,达到所追求的目标。东森电视台对员工的承诺就是"提供良好的、具成长性的工作环境。当员工发挥了全部才能、取得事业的成功时,自然会产生强烈的快乐感和满足感。久而久之,这种满足感和成就感就会使得员工把工作视为生活的一部分,促使其更加热情地、创造性地投入到工作中。特别像东森电视台这种知识性人

才占多数的企业,员工的成功参与对调动员工积极性更显重要。因为大多数员工都是知识型员工,1992 年东森电视台大学学历以上人才的比例就已经达到了 77％。他们成就欲强,独立性和创造性也很强,不仅想获得一定的物质报酬,更想获得社会的尊重、得到上级的器重、为自己赢得个人的声望。站在管理者或领导者的角度,只有掌握人的需求才能积极创造条件去满足人们的需要,有目的地引导需要,才能有针对性地做好管理工作,从而达到激励人的积极性的目的。东森扁平化的管理模式为这一目的的实现提供了一个基础。

四、信息技术支撑东森媒体集团的扁平化管理

东森媒体集团的扁平化管理是通过现代化的信息手段,将最新的管理思想与管理模式贯穿到具体的工作流程中。今天,随着信息技术的发展,现代网络技术和功能强大的营销管理软件能够对各管理层反馈的大量信息进行快速处理,并能通过因特网系统将企业的信息"集群式"(即在同一时点向所有对象传送信息)传递给经销商。

东森媒体集团下属的东富资讯科技公司为集团扁平化的管理模式提供技术支持。东富资讯科技自 2000 年成立以来,以 2 亿元新台币资本额,90 名员工和丰富的实战经验,专业负责东森媒体集团旗下十几家大、小公司的资讯管理工作。现代社会已经迈入 e 时代,讯息畅通与资源整合能力关系着一个企业生存与竞争力。东富资讯科技公司肩负着重大责任,以企业规划为整合基础,发展新一代客户导向的资讯管理系统,快速反应市场。它通过整合各子公司、企业母体之间的资讯设备、应用系统与 IT 技术人力,做系统的规划,将资源做最有效的分享。近年来其服务触角更伸向了集团外,提供网络间、网络内以及资料存储系统建置和顾问服务,既拓展了成长空间,也创造了更大的利润。东富还建立了横跨十大区块的网路架构,统筹 5 000 部计算机的及时维护运作工作,并率先采用先进的 HA DB 架构,完成台湾境内最大、最复杂的 Call Center 平台,以及电视新闻数位平台。扁平化管理过程中所遇到的信息的传递与处理问题,能够通过现代信息技术迎刃而解,这极大地推动了渠道扁平化趋势的发展。

第三节 高效率的运作机制

东森媒体集团自 1995 年起,创造 2005 年 536 亿元新台币营业收入额,10 年营业损益成长 7 倍。东森不仅在内部组织和管理上非常成功,同时在外部市场的运作机制方面也是高效率的。

一、多元化的经营机制

多元化经营作为现代经济中一种重要的经营方式,已经被媒介产业充分重视,并已经普遍应用在媒介战略管理的实践中,多元化经营方式的优越性在于能够有效地均衡市场风险,通过不同行业、不同产业对市场的渗透,可以争取更多的市场机遇。同时,多元化经营能够加强不同产业和产品之间的联系,扩大收入渠道,增强媒介集团的整体经济实力,提高对市场的适应能力、应变能力和竞争能力。

多元化经营机制一般有两种形式,一是相关多元化,二是非相关多元化。前者是指推出与现有产品在价值链上拥有竞争性的、有价值的战略匹配关系的新产品;后者是指无论该产品是否与传媒现有产品有关联,只要具有有力的财务条件和令人满意的利润前景的产品领域均可进入。东森媒体集团的多元化经营策略是这两者的结合。

东森媒体集团的一大特色就是以媒体为主业的多元化发展,利用媒体进行延伸开发,它的媒体只是其经营的一个重要方面,或者说是其实现公司赢利目标和发展的重要途径之一。东森媒体集团包含了四家主力公司,其中三家都与媒体业密切相关。东森电视的运营主轴拥有:八个有线电视频道、ETFM 东森广播网(2006 年中停播)、东森购物报、东森新闻网站等从事一些媒介的制作与经营。东森媒体科技公司的运营主轴有:有线电视系统台投资与经营、HFC 宽频网路加值经营、电视频道代理等。东森购物的运营主轴则是通过各种各样的手段或平台如电视、网络、广播、报纸和手机进行购物。

台湾东森媒体集团的延伸开发可谓千方百计、五花八门。东森集团公司除传媒业外,还经营有百货、休闲业、保险业、电信网络业、仓储、航运业等。这些产业的共同发展,构成了东森集团整个的经营事业范畴。

东森电视台也已经从媒体发展到商品经营,经营领域涵盖有线电视系统、卫星电视频道、电视购物等,拥有 18 个有线系统、8 个卫星电视频道、5 个电视购物频道,在海外,东森的亚洲卫视 2 个频道、美洲 7 个频道、中南美洲卫视 3 个频道、泰国 2 个频道外,也开始衍生出商品及代理,主要经营有儿童影音出版品,如儿童卡通动画、学习教育节目等;平面出版品如生活智能王、部落寻奇等;还代理授权品牌商品,如与 Disney、Warner Brothers 及 NHK 签订电视购物及邮购型录等特定通路之全商品销售。同时东森电视还发展自有品牌商品,如 YOYO MAN 系列商品开发,东森幼幼外围商品销售,发展肖像授权业务,扩大媒体核心价值,积极开发一般市场通路,发挥通路串联开发最大效益。东森电视台的商品营收占该公司总营业收入额的 30% 以上。

资讯产业化也给东森媒体集团带来了巨大的经济效益,信息资源的争夺是媒体业激烈竞争的重要表现,抢占信息资源制高点,做大做强信息产业,已成为台湾一些媒体集团的战略重点。东森媒体集团扮演了一个新闻数据供应商的角色。东森旗下的《民众日报》编辑部场所不大,但资讯资料室却占有相当空间。《民众日报》在资讯资料数字化的基础上,根据不同的专题,为编辑部作了各类不同的资讯光盘。东森资讯已介入手机的高端信息服务,定期赊账收费;东森向凤凰卫视提供资讯服务,每年可收取 120 万美元的费用;通过资讯服务和电视直销等方式,每年销售额达 2 亿元新台币。在东森未来的规划上,将数据(资讯)与影像(电视)、多媒体(4C)、声音(电信)并列为集团发展的四大要件,并视其为实现全球战略的必要条件。

东森媒体科技公司(EMC)为一个领先亚洲、全球排名前 20 位之内的有线电视多系统经营者(MSO)。现正积极推动数字化有线电视及数字加值内容服务付费频道的经营,供全方位宽带网际网络服务及电路出租之服务;而且还与电信业者及 ISP 服务业者策略联盟,长期营收分享,并建立非独家合作关系。东森媒体科技独家代理东森电视台的诸多优质频道,授予全岛有线电视业者。

网络科技公司也是东森集团下属的一家公司,面对资讯革命和知识经济的发展趋势,东森国际公司正在积极的朝多元化、科技化以及全球化发展,强化企业的竞争优势。东森国际公司目前有仓储、航运、综合开发、贸易及大陆货柜场等五大事业部门,并以"发展高附加值型高资产报酬型事业体"为核心策略,一方面维持大宗物资港、航、贸一条龙服务的优势,朝全台最具营运前景的港埠公司、散装航运公司等目标迈进;另一方面东森国际公司还投资媒体、通讯、科技等产业领域,为企业带来更快速多元化的成长。不仅如此,网络科技公司还拓展消费性商品开发,布局两岸物流,以投资位于上海港的货柜场为基础,再以高雄自由贸易港区的运营许可,结合东森媒体集团资源,发展两岸多功能仓储转运服务。

2005年台北小巨蛋9年运营权的获得,不仅为东森媒体集团的多元化经营增添了浓墨重彩的一笔,而且为集团增加了巨大的运营潜能。2005年5月25日,是东森媒体集团发展史上令人心情激动又忐忑不安的日子,东森以9年15.8亿元新台币标下了自2005年12月1日起到2014年11月30日止的台北巨蛋的场馆运营权。之所以心情激动,是因为以东森巨蛋经营管理股份有限公司为代表的东森媒体集团经过一年的仔细评估,该运营权终于花落东森;之所以又忐忑不安,是因为该标单创下了集团创建以来的标单之最,需要平均每年的营业净利至少1.76亿元新台币才能支付租赁费用;因此,运营的压力和风险都相当高。但是东森媒体集团倾集团之力,在其他企业纷纷打退堂鼓的情况下,决定取得该运营权,是因为看到了台北巨蛋巨大的策略价值,用王令麟总裁的话说就是台北巨蛋将是东森的超大DNA,东森的入主将使台湾未来的娱乐生态改写。

对于率先获得巨蛋经营权的东森媒体集团而言,获得的不仅仅是一个多功能体育馆,而是一个大型的运动休闲观光、文艺娱乐表演产业大市场;东森不仅仅在经营一个体育场馆,而是在营造高质量健康的休闲文化生活;不仅仅在于创造新的运营模式,而是要留名,在台湾的运动娱乐产业上留名。因为巨蛋是台北的新地标,而东森是台湾的媒体领航者,东森标下巨蛋,从而形成了优势相加。东森不仅获得了一个地标性的实体平台,使东森的所有资源与品牌都能在这个平台上展示,而且展现了东森集团的实力,大幅度提升了东森的品牌形象,而品牌形象的提升给周边产品带来无限商机。像巨蛋这样的优秀场馆,将为东森大幅度降低相关节目的制作成本;而东森则借媒体力量,将促成各项文艺、娱乐和体育活动在巨蛋的集结,再借媒体之力,将这些活动形成的风气、时尚扩散出去。两相互动的结果是多方得利,媒体产生综合效益,带动产业升级,市民气质、品位、涵养甚至体能都得到优化。

东森集团在多元化的经营过程中非常重视集团资产多元化的组合,吸引外部资本的投入。2002 年东森集团的股东包括:远森科技、中央投资、太平洋世代、华新丽华、富邦集团、中兴保全、顶华双子星、宏泰集团、象山集团及美国资本国际公司、亚洲基建基金公司、花旗国际投资、新加坡政府基金、野村证券、汇亚集团、亚太基金等集团。多元化的资产组合、雄厚的经济规模,成了东森集团延伸大开发的坚实后盾。

另外,东森媒体集团总裁王令麟还要求东森媒体科技股份有限公司不仅在电视数字化、宽频上网、频道代理方面与国际主流媒体合作,而且还希望他们在资本的经营管理方面与世界资本市场接轨。2004年 3 月,东森媒体科技股份有限公司果然不负众望,顺利完成 138 亿元新台币、有 9 个国家与地区参与的中外银行联合贷款,创下了台湾媒体产业空前纪录,其经营能力和发展前景深获地区内外资本市场的认同与肯定,真正而全面地走上了国际化经营之路。

在其他一些次要公司中,东森公关公司主营公关业务。东森资产管理公司和东森建业不动产公司还主营房屋中介和不动产买卖及租赁等业务。森辉旅行社经营有旅游事业的运营活动。

二、多方位的运营模式

在庞大的东森媒体集团中,各公司的运营模式不拘一格,但高效率运作的东森购物可以称得上是一个亮点。东森购物以经营电视购物及休闲娱乐事业起家,是台湾第一家为岛内消费者创造最大价值的无店铺通路百货公司(如图 3-2 所示)。东森购物成立六年,拥有 460 万家庭的高普及率,综合了电视,型录,网络"无店铺通路购物"。"新天堂,就在东森购物"已成为台湾零售流通业的新话题与新奇迹。东森电视购物台,也是东森开展延伸服务的一个成功例子。东森购物 5 个购物频道,1 300 名 Call Center 客户服务人员网络,每天不停地向观众介绍商品和商品知识,通过电话接听,实现电视、电话购物,每日 20 小时现场直播精彩节目,成功开创虚拟购物运营模式,为许多中小企业打开新的商机,并将物流配送等结合起来,形成形象而有辐射力的行销网。对消费者而言,东森购物提供一个教育消费者的销售平台,厂商通过强势大众传播媒体详细说明产品特性,创造出消费者的需求并进而刺激购买行为。一个小小的电视购物台,其销售商品总额已超过投资数亿元新台币的台北最大的购物城。东森购物频道的成功,是因为他们以企业形态经营,在金融、物流、商品质量及售后服务上,都能让民众享受购物的安心。2005 年东森购物已经达到 280 万名购物会员,消费者最多24 期无息分期付款与刷卡不加价。

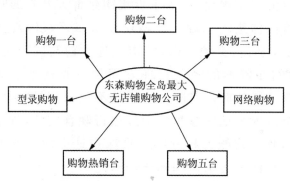

图 3-2　东森购物的整合式无店铺通路的零售交易平台

东森购物产品涵盖了个人流行商品、3C 商品、休闲文化用品、日常用品、珠宝饰品等,其中以 3C 产品所占销售金额最高;连注重新鲜度的食品也有贩卖,而且效益可观。东森购物的产品选择可谓是非常严格,欲上档销售的商品必须通过商品审议会的通过,才能开始排入档期。而且厂商与商品采购人员必须在提案前将商品包装准备完成,方能向商品审议会提案;此外,于每次正式录像播出前,还有制播会议,在制播会议中,导播还会视商品包装的丰富性,要求提供更完整的附加赠品。经商品审议会通过的商品,会排入录像的排程,由于东森购物的节目大都为现场直播,在每次录像前 4 天,会举行制播会议,会议由导播、助理导播、主持人、商品采购人员跟厂商共同参加,制播会议是让制作单位与厂商互动的首次机会。东森购物的客户服务也是一流的,服务团队主要是电话营销人员,东森的电话营销团队拥有百人的庞大阵容,由于电话是东森对外主要的接收讯息端,因此东森购物也引进客户关系管理系统(CRM),让电话专员不仅接电话,而且主动关心客户的产品满意度和何时用完等细节,促进客户的购买意愿。东森还以"免费送货到家"、"10天鉴赏期与免费退换货"等服务收买消费者的心。在物流方面,大件商品是由厂商直接寄送,而体积小的商品则需进到东森仓库,由东森负责寄送。东森购物媒体通路化、消费娱乐化,而且还建立了 T-Commerce 经营模式等创新策略。

三、通过资源整合提高效率

1. 多媒体新闻资源整合

企业集团将若干企业联合在一起后能否取得"整体大于各部分之和"的效果,在根本上取决于集团组织结构的设计是否合理,集团内部的相互关系是否得当。集团组织结构设计合理,内部各方面关系处理的协调,可以取得"1+1>2"的放大效应。协调就是要将各部门、各活动、各任务努力结合为一个有机整体系统,推向一个共同的目标,在方法上、时机上、目标上、努力程度上调和彼此的差异,尽量避免相互抵消力量的情况发生的一种组织行为。相反,集团组织结构不合理,内部关系不协调,那就不仅难以取得"1+1≥2"的效果,还可能出现"1+1<2",甚至"1+1<1"的不良效果。

东森媒体科技集团是一个多媒体集合体,面对台湾日益激烈的媒体竞争,东森于 2001 年决定对这四大类多媒体资源进行整合,也结合各系统平台,共同建构"四合一"的超媒体新闻平台,犹如"新闻中心"。它具有跨媒体新闻资源共享优势,东森所有的新闻来源,是通过这个大编辑台分发至电台、电视台、报纸、网络编辑部等不同平台,即时新闻同时在电视、广播、网络直播,电视的音频信号在播出的同时,被资深编辑改写成广播、网络使用的文字稿件,在直播后再次使用,这些资料晚上则提供给报纸使用。东森媒体这种大编辑台方式可以有效集中资源,节省成本,创造一定的经济效益,并能扩大优势,强化市场的深度与速度,进而提升新闻的品质与效率。

新闻资源整合,推进了新闻采集与编辑的专业化,有效地提高了新闻传播的速度与水平。整合后,各媒体间统合作战、整合力量,相互发挥各自媒体平台的优势。超媒体新闻平台如同一个大厨房,谁需要什么就自己去取,大大提高了新闻的采集量与新闻的传播速度,同时记者的知识面和专业素质也整体增强。

资源整合可以有效降低人力成本,同时使管理成本大大缩小,不必要每个单位都有一套组织管理人马。台湾地区的新闻资源是有限的,如果不进行资源整合,在对同源新闻的采访中,本来可以用一套人马完成的工作要由多套人马来完成,客观上又造成人力成本的增加。而且不进行资源整合还会造成受众资源的浪费,目前电台、电视台,以及宽带网络公司等的运营是彼此独立的,但其受众却是重叠的,这就造成了系统内的各家媒体要耗费几倍的精力、财力和物力去重复开发同样的受众资源。

东森媒体科技集团采用的大编辑台概念也可以称之为"中央厨房概念",采访某一新闻事件,由一新闻小组承担,小组内通常有文字与摄像两名记者。到达现场采访时,先由文字记者通过电话或其他通讯手段,口头向东森广播网发布信息,由电台率先播出;然后当摄像机架好并进行电视采访时,新闻信息就开始流向电视媒体,供各电视台编辑后播出或及时播出;同时,文字记者又以最快速度整理出文字新闻稿,发给集团的网络媒体,即东华网络新闻(ETtoday.com),由网站滚动播出;而集团内的平面媒体——《民众日报》等,则从东森网络新闻中下载所需新闻,经编辑后在报纸上刊出。当一个新闻事件发生时,到现场的东森集团记者,往往只有两名,而刊播这条新闻的却可能是集团内的众多媒体。为了避免雷同,媒体在制作新闻时,往往根据自身特点,结合新闻背景及相关资料进行选取、编辑、制作和发布。

东森集团的新闻资源整合表现在很多方面,不仅表现在各电台、电视台都具有最快速度的滚动性的新闻资源上,而且还突出表现在东森网络新闻媒体上,网络媒体既向社会公开又可内部使用。东森网络新闻媒体也就是ETtoday.com,具体的采编工作由新闻中心负责。ETtoday.com整合了东森新闻台等下属的8个电视频道,以及《民众日报》等不同媒体的资源,拥有极其丰富的文字、影音和图片,它和东森电视媒体、广播媒体都以实时新闻为主,在超媒体新闻平台的整合下,相辅相成,每分钟都更新新闻,是台湾地区发稿速度最快的网络媒体。据台湾网络调查公司 Netvalue 的调查，自 2001 年 5 月开始到现在，ETtoday.com 也是台湾点击率最高的网络新闻媒体。

2. 多媒体资源整合带来了整合行销的优势

东森媒体科技集团具有雄厚的资源，加上"整合行销"策略的成功运用，可为每位客户提供广告、促销、公关和宣传等传播整合行销活动，主要通过四大媒体（电视、网站、广播、报纸）一次购足的专业媒体广告。

东森媒体业的多元化发展，并不是单个孤立地发展，而是与集团经营事业范畴进行有机结合。为此，东森提出了集团多元化服务的行销通路平台。这一平台对集团的对外服务项目进行整合，统一设置了 PC 宽带上网增值服务，电视宽带上网增值服务，网络电话服务，优质频道节目服务，分众化、专用型及偏远地区 PTH 频道增值服务，电视、网络、购物服务等 6 大类。对于以上不同的服务内容它又设置了 7 种行销方式：直销业务推广、经销道路推广、专案推广行销、客户推广行销、媒体公关行销、活动事件行销、网络媒体行销。而以上延伸开发和行销通路平台的基本理念是：在数字宽带时代的崭新行销中获利。

东森公关公司为台湾唯一整合多元媒体资源的行销团队，以东森媒体集团旗下所属电视、网络、报纸、型录、广播以及会员通路等资源做后盾，经由专业化的实务操作经验，结合行销与传播的 know-how，针对客户不同要求，度身规划全方位的整合行销服务，创造百分之百的宣传效益。

3. 媒体资产管理带来丰厚品牌价值

在台湾东森电视台是传播媒体唯一重视"媒体资产管理"的公司，所有片库资产均以国际管理水平妥善维护，并不断再生利用、创造核心价值，也是台湾唯一接受片库资产价值鉴定的电视媒体。到 2005 年 12 月为止，东森电视台历年自制与采购永久版权已累计 1.8 万多个小时丰厚片库资产，经中华无形资产有限公司鉴定约 36 亿元新台币，公司商誉及品牌价值鉴价约 18 亿元新台币。

正是根据这样的经营理念，东森明确提出 4C 媒体的概念。所谓 4C 媒体，就是与市场紧密结合的大媒体概念，而这一大媒体在发展进程中，实际形成了多媒体有机整合的态势。4C 即媒体内容事业

（Content）、网络与通信事业（Communication）、顾客资源整合社群事业（Community）、电子商务事业（E-Commerce）的整合行销服务。

富有弹性的组织、扁平化的管理模式、高效率的运作机制这三方面构成了东森媒体集团强大的竞争优势，使其成为一个富有活力的媒体集团。

第四章　东森的新闻品牌战略

在21世纪的今天,传媒经济的真正价值就是"注意力经济",也就是指媒介所凝聚的受众注意力。换句话说,哪个媒体能获取更多的受众注意力,其竞争力必然更强。而媒体吸引到的注意力能否成为恒久的资源则取决于信息源的影响力,也就是品牌力。中国人民大学舆论研究所曾预测说:具有品牌效应的"名牌"媒体将是受众青睐的对象。

成立于1991年的东森电视台,在经过近15年的努力,整合了报纸、广播、网络、电视等媒体,形成一个大型媒体集团,成为台湾地区媒体的第一品牌,2005年已达到61.8亿元新台币的总收入。东森新闻品牌之所以能成为台湾地区的强势媒体品牌,正是其格外重视创立并发展自己的品牌,牢牢地抓住了受众的眼球,使之成为自己最忠实的受众。可以说,东森的品牌发展过程就是华人媒体品牌发展过程的一个缩影,下面让我们一起走进东森的品牌发展史,去看看他们走过的路,去听听他们圆梦的歌,去真真切切地感受这个杰出华人媒体品牌的成功秘诀。

第一节　东森新闻品牌的基础构建

东森一路走来,经历了风雨,经历了艰险,但它还是以出乎人们想象的速度快速地奔跑在世界华人媒体品牌发展的前列。它的成功与它从成立以来的品牌建设是分不开的。在这里我们一起从东森新闻品牌的理念、标志以及定位三个方面来分析它的追求卓越之道。

一、东森新闻品牌的理念

理念是品牌传播的核心资源,起到凝聚思想,规范行为,扩大宣传,提升形象的作用。东森新闻的品牌创立与发展,与其品牌的理念是紧密地联系在一起的。其品牌的标志、品牌的个性以及品牌的定位都深深地打上了品牌理念的烙印。品牌的理念是指公司价值、公司哲学、公司精神等的综合体现,它作为公司发展的最终指导决定着公司前进的方向,引导着公司成就宏图大业。有什么样的理念就有什么样的公司。东森新闻的理念主要可归纳为以下几方面:

1. 经营宗旨

经营宗旨是决定经营组织前进的方向,如灯塔起导向和辐射的作用;如发动机起推动和激励的作用。东森电视台自成立以来,不断追求在地区发展的同时,也在全球扩展业务,使东森的节目获得社会的肯定。

在台湾地区,东森电视台经营了八个有线电视频道。从1991年成立之初的两个电视台开始,东森就一直努力立足本土,不断扩展自己的事业。他们不仅以台湾地区的受众为目标消费群,制作了大量脍炙人口的好节目,在本地建立了很高的品牌忠诚度,还大力开展了各种各样的品牌强化活动,以巩固自己在当地的品牌领先地位。在1991年台湾的媒体刚刚起步建设有线电视时,东森就进行了宽频网络建设;在1995年7月成立了东森有线电视,陆续在台湾地区完成了宽频网络,建设了台湾地区民间第一条宽频网络的道路;从1999年8月集团组建后,7年来他们更是快速整合了报纸、网路、电视,形成一个媒体大网络,成为台湾地区最大的媒体品牌。1991年AGB尼尔森公司的收视率数据显示,东森频道家族总收视点数已领先其他有线电视频道家族,是台湾地区第一的有线电视频道。公司经营的ETtoday.com新闻网站之点阅率,亦为台湾地区前矛,再加上《民众日报》,东森电视台是台湾地区唯一全方位、具有独特竞争优势的跨媒体平台经营公司。

东森电视台在台湾地区已奠定了有线频道第一品牌的地位后,进军世界的脚步也在不断加快。2001年东森开始透过国际频道的推广、跨国频道节目等方式,与欧、亚、美国等20多个国家和地区进行合作播出东森自制的节目;2002年正式筹备了东森节目平台,以跨地区的平台,积极在世界各地进行落地网络的布局。自开展跨国业务以来,东森已经在多个国家和地区成立了分公司,例如亚洲卫视,2002年7月9日成为第一个入网港澳地区的台湾电视媒体。目前,东森正在全力拓展祖国大陆、北美、中南美、东南亚、澳大利亚、新西兰、欧洲、非洲等地的频道落地、节目版权销售事业，以实现东森电视台迈向世界市场，成为国际华文媒体领航者的最终目标。

2. 经营风格：专业经营、顾客导向、创新进步、坚持第一、成长优先、社会责任

没有专就没有精，要成就东森新闻精品，首先必须走专业经营的道路。只有走好了专业经营的道路，做好了专业化，才能够具备多元化发展的基石，具有广阔发展的基础。任何多元化发展都是由坚实的专业化基础来支撑和推动的，没有专业化，就没有多元化。因此，东森新闻品牌的经营风格之一是做好专业化经营。

顾客就是上帝，这是市场的原则。在东森看来，只有充分满足了顾客的各类需求，提供给他们想到的甚至没有想到的节目，他们才会选择我们，才会喜欢我们，才能忠实我们。因此，东森新闻品牌的经营风格之二是顾客导向，要以顾客为根本方向，来经营自己的媒体。

没有创新就没有进步，没有进步就会被淘汰，这是时代的要求。因此，东森新闻经营品牌要想出人头地，就必须要通过创新来支撑，要通过各种细节的不断创新来力求跟上及超过时代的步伐。所以，自觉创新进步是东森新闻品牌经营风格之三。

做了第一就要坚持做第一，做好第一。故东森新闻品牌经营风格之四就是要坚持第一，东森努力把什么都要力争做到最好，品牌才可能不断得到丰富和深化。只有坚持第一，品牌才能稳固，才有发展的空间。

点滴成长造就成功，没有成长，品牌就没有生命力，东森新闻经营风格之五就是成长优先，以促进不断的成长为前提来发展整个集团。只要有助于成长的，什么都可以优先考虑。

品牌是社会的，是大家的。因此，东森新闻经营风格之六就是社会责任，只有富有社会责任感的品牌，具有强烈企业伦理的公司，才能在长久的发展中为广大的受众所接受、承认并喜爱。

思路决定出路，东森给自己制定了详尽并具可操作性的经营风格，这为集团的广阔发展提供了明确的方针。

3. 价值观：诚实正直、企业公民、创新、成长、承诺

中国有句老话：一种米养出百种人。讲的就是人性的异质化。每

个人对事物的看法都是不一样的,但作为一个组织,它在发展进程中要想不断的进步,就需要要求组织中的每一个人必须建立一种与组织理念相似的价值观并严格的遵守,才能尽快地实现所定的目标。东森新闻品牌的快速提升正是同他们给组织定下的价值观息息相关。

东森新闻品牌的价值观就是:

诚实正直,即说真话,做实事,不夸张,不做秀,品德经营,诚信经营,资讯公开透明,不做违法的事。

企业公民,即善尽企业社会责任和媒体公器责任,发挥对社会发展正面的、引导性的影响力。

传新与成长,即不断地创新与改革,走在时代的前端,做一个学习型的组织体;追求成长型企业经营,不成长即代表退步;长期守住第一品牌领导地位;不任意扩展非核心能力的转投资事业。

承诺,即遵守所提出的所有承诺。如对全体股东的承诺——要获利赚钱;对全体员工的承诺——提供良好、具成长性的工作环境。

统一了的组织价值观使东森对内统一了思想,对外建立起了一致的规范承诺,很好地梳理了自己发展的内外环境,为东森的腾飞奠定了坚实的基础。

二、东森新闻品牌的标志

品牌不仅仅表现为名称,而且是以名称为核心,包含商标、图形、色彩等要素的一系列因子的完整组合。它是品牌性格的外化。受众对品牌的认知,首先就是通过这些极具感染力和传播力的表征来感知的。所以说,一个能激发视觉印象的符号,会给受众带去较强的视觉冲击力,形成品牌的威慑力。正如大卫·奥格威所说:"一个成功的符号(或标志),能整合和强化一个品牌的认同,并且让受众对这个品牌的认同更加印象深刻……可能会替这个品牌奠下成功的基石。"东森的品牌视觉系统以其独特的风格与个性给品牌的发展起了很好的推动作用。

1. 名称的设计

美国当代营销大师阿尔·里斯在其著作《品牌的 22 条法则》中说过:"从长远观点来看,对于一个品牌来说,最重要的就是名字。"因为名称不仅仅是一个简单的文字符号，它也是组织整体的形象化身，是组织理念的缩影和体现。

1991 年东森电视台成立之初，起名为友联全线公司。为了更好地提高竞争力和扩大品牌的影响里，1997 年 9 月底以"万年长青、永续经营、旭日东升"为象征，更名"东森电视台"(Eastern Television)，并以此为基础向更广的来源发展。诚如其名，"东森"就像一片屹立在东方的大森林，在这里，老干新枝欣欣向荣，不断扩展。新的名称不仅意味着东森的事业会蒸蒸日上，节节高；还表示了在东森大家庭里，大家团结一致，共同追求一份打造优质华人媒体的理想。可以说从"友联"更名为"东森"，对其品牌的提升起到了重要的作用，成为集团在其发展过程中的历史关键时刻。从此开始，集团不断壮大，到今天已发展成为东森电视事业股份有限公司(Eastern Broadcasting Company)，下属 27 个电视频道。

2. 标志的设计

一个好的标志，不仅可以与组织或产品相映生辉、相得益彰，还能经得起艺术上和市场上的考验。东森改版后的标志正是很好表达了其名称的寓意，带给受众清晰、准确的品牌概念。

东森电视事业股份有限公司(Eastern Broadcasting Company)的标志是由"EBC"三个英文字母和"东森电视"宋体中文字组成。"EBC"和"东森电视"均用了金黄色的字体，这是"中国龙"的典型代表色，标志着东森新闻品牌"立足台湾"的本土理念；"EBC"的"E"字中间一横在标志中被变形为一个不停旋转的地球仪，这暗喻了东森"放眼世界"的宗旨，还表达了东森要向全球华文媒体第一品牌努力的决心。东森这一标志的设计恰如其分地表现了它的经营宗旨。

东森名字的修正和标志的设计都是基于其品牌的基本理念的，这一组合对其目标受众——华人来说，既有亲切感，又有号召力，能很好地缩短媒体与受众之间的距离，同时也在树立品牌、扩大影响等方面发挥了巨大的作用。其董事长张树森先生感叹道："更名后的东森仿佛'脱胎换骨'，无论知名度与业务都扶摇直上。"

三、东森的新闻品牌的定位

科学家发现，人只能接受有限的感觉，超过某一点，大脑就会拒绝对信息的处理。所以,在激烈的"眼球争夺大战"中,一个企图满足所有受众需要的媒体品牌,或者搞不清特定受众对象的媒体品牌是很难立足的。正如美国广告大师艾里斯和杰克·特劳特所说的:企业必须根据消费者对某种产品属性的重视程度,给产品确定一定的市场地位,即为产品培养一定的特色,在受众心目中树立起一面与众不同的旗帜,以满足受众的某种特殊需要和偏好。所以品牌定位是媒体经营的灵魂,没有与竞争品牌形成差别的品牌,不仅会失去了存在的价值,还会让受众也就失去了观看的理由。作为台湾地区媒体品牌龙头的东森新闻品牌能成就今天的地位,同它能根据自己独特的个性制定了明确的形象定位是息息相关的。

1. 东森集团的新闻品牌定位

东森集团成立以来,就一直把"坚持卓越品质、保持领先地位"作为其新闻品牌定位,并以此为准则来追求发展。

质量是新闻媒体的灵魂,有了较为准确的定位,没有高质量来保证,媒体的市场定位就起不到应有的作用。媒体不是靠卖新闻"活"着的,而是靠新闻的采编、传播形成的声誉和影响力赚钱的。媒体服务质量的好坏就是品牌提升快慢的"催化剂"。媒体在为受众服务的过程中必须提高品牌的档次,塑造媒体形象,形成自己的鲜明特色。因此,从战略角度来讲,注重媒体的产品和服务的质量是非常重要的。

东森在台湾地区就是以质量为先导,不断推出高品质,高水准的制作,而成为家喻户晓的媒体品牌。2004年10月东森新闻台及新闻S台双双入围"亚洲电视奖",入围的奖项除东森新闻入围两项外,东森幼幼台也入围两项奖项;2005年6月由东森电视3D制作团队所制作的"金鸡报喜"贺年动画,在新加坡举办的2005阿波罗广告大奖中,击败澳洲、印度等强劲对手,夺得最佳3D动画奖;东森电视台于1月12日取得"营业总部运营量程证明函",成为经济部工业局认定的第一家媒体运营总部;东森电视台为了加强资源集成,积极推动大编辑台的运作方式,不仅在包括新闻、幼教、综合、娱乐、电影等八个频道中,以最具专业的节目制作水平,获得全岛观众的认同与好评,并在四年内收视率成长达到250%,整体收视率并已超越其他频道家族。期间,东森同时成立了东森新闻报及商品事业总部,发挥了多介质平台经营的效应,使东森当之无愧地成为台湾地区第一品牌的电视集团。

东森集团在实施品牌战略运营中就十分注重对质量的监控。它在各权威调查机构的测评中一直位居台湾地区媒体品牌榜首的事实很好地佐证了其不可动摇的高品质媒体地位。根据 2004 年 1 月出炉的媒体观察委员会评监,2004 年度 1 月至 3 月儿童及青少年适合收视的优质节目名单,东森幼幼台 35 个节目获奖,为最大赢家;2004 年 2 月根据新闻主管部门所公布"台闽地区有线电视收视及满意度调查",东森新闻在全台北、中、南、东四区均荣获最常收看频道榜首。东森电影台、综合台、洋片台、幼幼台、新闻 S 台、戏剧台均名列民众最常收看的频道;AGB Nielsen2004 年媒体大调查第二季期报告,台湾民众最常收看频道由东森新闻台夺冠;AGB Nielsen2005 年媒体大调查第 1 季结果 5 月出炉,台湾民众最常收看的"电视新闻频道",由东森新闻台以 44.8% 的佳绩,蝉联第 1 名宝座;2005 年 5 月 1 日出刊的《天下》杂志 500 大服务业、5 月 9 日出刊的《商业周刊》1 000 大服务业调查,东森媒体集团旗下的东森电视与东森媒体科技公司表现亮眼,营业收入双双蝉联"媒体娱乐类"冠亚军,稳坐媒体娱乐业龙头宝座;2006 年 5 月惠誉国际信用评等公司修订台湾评等等级,东森电视事业股份有限公司的评等由 BBB 列入正向评等观察,这个评等结果和美国主流电视媒体的评等相同,在亚洲媒体界则居领先,显示东森经营实绩已经迈入国际级媒体水平;且与同等级的国际同业如英国的 Carlton、美国的 Univision 等电视公司相比,东森电视台之各项财务比率毫不逊色。另外,国际投资银行"雷曼兄弟公司"(Leman Brothers)出具的信用报告(Credit Report)也对东森的经营绩效及财务状况提出不错的评价,认为东森电视是一个"稳健成长"的公司。《天下》杂志 2006 年 5 月公布 2005 年媒体娱乐业的营收排行,东森电视台位居台湾媒体第二,超越所有有线及无线电视台。第一名因为东森媒体科技公司,再一次蝉联台湾"媒体娱乐类"冠亚军。

可以毫不夸张地说,像这样高品质的节目制作在东森是天天有。正是有了这样的品质保障,东森新闻品牌才有了成功的基础。因为对任何的品牌而言,质量是存在的唯一保障。

2. 准确鲜明的分层定位

根据多品牌制的原则,在母体品牌的统领下,不同的子品牌一定要根据不同的受众确定定位。美国传播学者托尼·哈里森在《传播技能》一书中指出:"传播定位是指一个传媒的特点在受众心目中的总体反映。它包括传媒的特质或价值。"所以,媒体定位关键是应进行市场区分,确定具有相同需求的目标受众,遵循差别化原则,以合乎政策并有利可图的方式满足受众的需求。广告大师 R·雷斯在他的广告创意策略理论中也提出了"独特销售主张"(USP),指出一个有效的广告运动必须得到相应的反映,使企业的产品或服务与竞争对手区分开来。这就需要一个独立的销售说辞,而它应该作为能够表现出来的产品或服务中最有效、最有力、独一无二的东西出现,它应该成为目标受众最有意义的诉求声明。媒体品牌的定位也如此,一个独特的定位诉求,就最能够表现出企业自身的特殊性以及与众不同的地位,并通过准确的形象诉求,传递给受众自身个性化的特征,使之在受众心目中牢固地占有一席地位。东森在这方面做得是很有成效的。他们在集团总理念的指导下,针对下属的八个电视频道各自的特色与个性,制定出了最适合自己的定位,以满足目标受众的需要(见表 4-1)。

表 4-1　东森八个电视频道的特色与个性

东森新闻	东森娱乐台	东森幼幼台	东森综合
东森新闻台是以提供最真实、最完整的实时新闻报道给观众	东森娱乐台以娱乐资讯为主线,综合各种娱乐节目形态,为观众呈现娱乐盛宴	东森幼幼台专门针对儿童度身定做的频道内容包括各国的幼教卡通节目	东森综合台网罗各类型节目,包括人文、知性、娱乐、美食等类型
东森洋片	东森电影	东森戏剧	东森(新闻)
东森洋片台是当前市场上唯一西片强片兼备的专业电影频道	东森电影台是专业的电影频道,拥有丰富片藏量	东森戏剧台是全球华人戏剧节目平台,华人的戏剧频道	东森(新闻)是专业新闻性节目频道,以财经、国际新闻为特色

由此可见,东森电视台是在把握了集团的基本定位基础上,根据自

己的特色和目标消费群落的需求来进行划分定位的,不同的电视台服务着不同偏好的受众,各台之间相互弥补定位差异,以求建立起广泛的电视网络,成就"保持领先"的地位。

不仅在岛内的各电视台如此,东森向外扩展的过程中也是同样遵循这个原则的。2002 年 7、9 月东森卫视生活台分别于中国香港、澳门地区落地播出,并根据当地受众的喜好进行节目的调配。2003 年 9 月东森美洲卫视取得北美世华电视网经营权,更名为美洲卫视,同时经营影带发行、直播卫星与广告业务,专门服务北美侨胞。随着 2005 年 1 月东森亚洲新闻台的开播拥有 2 个 24 小时全天候播出优质的频道,东森亚洲是一个以亚洲人为观众对象的综合性频道,提供了幼儿、美食、旅游等多元化的节目,依照亚洲观看的习惯满足不同观众的喜好,并针对海外特派记者的权威人士现场联线做深入的分析。这些根据自身特点和受众需求而进行的合理定位,为东森新闻品牌的构建与发展提供了有利的条件。

高瞻远瞩而有切实可行的理念、恰如其分而有极具冲击力的标志、鲜明准确而又适合市场的定位为东森品牌的良性发展铺平了道路,让东森一路高歌,不断向前,向前。

第二节 东森新闻品牌的战略运营

品牌战略作为现代企业营销的核心,关系到一个企业的兴衰成败和长远发展,其规划和实施都必须是经过深思熟虑的。所谓品牌战略是指企业通过创立市场良好品牌形象,提升产品知名度,并以知名度来开拓市场,吸引受众,扩展影响力,取得丰厚的利润回报,培养忠诚品牌的消费者的一种战略选择。从品牌战略的功能来看,一个品牌不仅仅是一个产品的标志,更多的是产品的质量、性能、满足受众消费者效用的可靠程度的综合体现。它凝结着企业的科学管理、市场信誉、追求完美的精神文化内涵,决定和影响着产品市场结构与服务定位。因此,发挥品牌的市场影响力,带给受众信心,给予受众以物质和精神的享受正是品牌战略的基本功能所在。事实证明,良好的品牌往往能给人以特别的印象,在同等质量下可以获得更高的利润。

同样,媒体品牌战略也是有形的,它不仅是一种观念,一种思想,更是一具体的设计、规划和管理过程。它的首要前提是以市场需求为导向,树立品牌战略管理的观念。制定战略计划的依据是对媒体品牌经营内外环境的分析,实质是通过战略的实现,使媒体产业的资源和人才得到最优化的组合,从而不断发展壮大;同时,用有竞争力,有吸引力的媒体产品维系、吸引当前和潜在的受众。

实施品牌战略的重要目的是利用已有品牌的声誉,迅速将产品推向市场。因此,提升现有媒体品牌的档次、培育品牌的知名度与美誉度,扩大品牌的影响力,是实施媒体品牌战略的关键。东森集团就是十分注意自己新闻品牌的战略运营,以此来强化提升品牌的。下面我们来看看他们是怎样运营的。

一、品牌维护:精品战略

媒体品牌运用的是大众传播手段,较容易产生影响和树立品牌,但同时由于与受众日常接触较多、关注度较高,如果节目的质量稍有回落,就可能导致品牌的贬值,影响已建立起来的品牌威信。因为无论在何处,受众对媒体的选择,总是以上乘质量的节目为选择对象的。所以要保持品牌的平稳发展,就必须加强质量管理,实施精品战略。

东森新闻品牌在实施精品战略,进行品牌维护方面是卓有成效的。

热点节目本身就具有聚焦眼球的特点,所以抓住热点并且进行有质量保证的实况转播,是提高收视率的有效方式。东森电视台就很好地认识到了这一点,从而通过这一方式为其收视率的不断提高添砖加瓦。由东森电视台实况转播的《2002 爱上高雄》跨年晚会,当晚勇夺台湾地区有线电视台收视率第一,并在跨年晚会这诸家必争的竞技场上打下辉煌的成绩。除了收视率 1.51 的亮眼成绩,现场涌入将近 5 万人的人潮,更让现场气氛十分强烈。2002 年东森综合台自从《开运鉴定团》收视进榜后就好运不断,待《十点王牌系列》坚强的主持、企划阵容加入之后,收视更是锐不可当,平均收视总点数从 2001 年的 13.25 跃升至目前的 16.08,成长率高达 21.34%。八点档《少年张三丰》播出之后,更往上提升了东森综合台整体收视。东森新闻 S 台《新闻谁最大》,

播出满周年,收视不负众望,勇夺八点档谈话性节目收视冠军。东森电视台在 2000 年推出了一个叫做《互动漫画》的节目,在这个节目里,名人政要都有一副根据他们长相特征制作的固定的"脸谱",由于 Flash 具有互动功能,即上网者不仅可以在网上调看、下载观看,它还像电子游戏一般设置了若干操作键。如八掌溪事件是引起台湾全社会反响的重大突发新闻,东森电视除了利用自己的信息资源优势刊出大量文字及视频报道外,还及时推出了一部 Flash 作品《阿扁道歉任你打》。为了让民众出气泄愤,这部作品设置了四个键,上网者可以用左勾拳、右勾拳、直拳狠揍陈水扁,最后离开时是一脚将陈水扁踢飞,深受民众的喜爱。不仅如此,东森电视旗下共经营新闻台、新闻 S 台、综合台、幼幼台、电影台、洋片台、戏剧台、娱乐台等八个频道,服务家庭各年龄层,包括了各层面的收视族群,能关注并满足各类消费者的需求,投其所好并保证制作播出高质量的节目,当然会受到观众欢迎,收视率自然也就不断攀升。

要做到精品节目的出台,必须要有周密的事前准备,因为成功属于有准备的人。像对重大事件的实况直播能有多成功,很大程度上取决于事前的准备有多周密。东森电视台在之所以能在对一系列的重大事件进行实况直播时取得成功,应归功于电视台各方面工作人员的充足准备。2005 年春节两岸包机直航于 1 月 29 日起航,为了迎接这场首航,媒体可说是全面备战。东森新闻不但派出了近 30 组记者及 9 部 SNG 车前往北京、上海、广州、高雄、桃园等 5 地机场,还与北京的中央电视台、香港凤凰电视台连手制播,协助提供在台湾的采访、报道,并在上海、广州与当地电视台结盟成为报道阵线。另外,也提供了关注这个两岸盛事的国际媒体包含 CNN、BBC、美联社、路透社、港澳媒体等第一手的画面与报道。这种对新闻品牌细节的注重,自然迎来了精品节目的成功。

精品的节目赢得了良好口碑和受众信任,其新闻品牌的影响力也就极大地显现出来。2003 年 8 月是青岛啤酒建厂 100 周年,也是第十三届青岛国际啤酒节,东森电视台成为青岛国际啤酒节举办以来第一家、也是台湾唯一受邀协办的单位。像这样受邀参加的各种大型活动东森电视台是岛内外均有,这不仅强化和显现了东森电视台的强大制播实力,而且也把优质精品带给了更多的受众,扩大并强化东森的新闻品牌。

东森电视台良好的国际形象和高品质的制作,已成为重要外宾来台指定参访的"景点"。因为良好的国际形象,东森电视台赢得了很多独家专访、独家报道和转播的机会。美国前总统克林顿造访东森电视台,并接受电视台的独家专访,这在媒体报道的历史上无疑是少见的,而这正是东森电视台优良的国际形象为其带来的福利。东森电视台新闻品牌形象的不断提升使其自身成为新闻报道的对象,赢得独家报道的机会,展现了其新闻品牌的高价值。

东森能抓好精品制作,实施品牌维护,充分体现出其新闻品牌战略的长远性和广泛性,所以,其收视总点数能够持续位居台湾第一的宝座也就不足为奇了。

二、品牌创新:更新求变

全球经济一体化以及新经济时代的到来,使得媒体品牌的生命周期越来越短,品牌的模仿率也越来越高,受众的感受偏好也变化多样。按照马斯洛的需求层次理论,受众的需求是会随着不断的满足而提高的,过去曾经是合理的品牌特征或品牌承诺逐渐会被受众抛弃而成为新的发展需求中的不合理现象。因此,这就要求媒体品牌的创新。正如 Berton 所说:"为了成长,组织必须像个体一样,要迎接挑战,迎接创新。"

应该怎样去动态地演示创新呢? Andrew C. Boynton 在其所著的《创新价值》一书中总结道:认识自己已有的优势,确定自己已有的优势,确定受众真正想要什么,决定公司需要具备的特殊能力,再根据这一切进行组织改革、管理程序和营销手段等方面的创新。东森在维系品牌的过程中正是深知这一点,他们不仅把"创新进步"写进了经营风格之中,还根据自身特点与受众的实际情况,进行了很好的品牌创新演示。

作为电视台,最重要的创新活动就是节目的创新。东森综合台于2003年发表年前改版记者会,自1月13日推出一系列十点线新节目,首日登场的是由沉玉琳制作、李明依主持的《最后的晚餐》。收视传出捷报,该时段收视率攀升至 1.25。该节目 13 日播出第一集后,广受观众热烈反响,挤爆了当晚制作单位的报名电话,有 50 几对观众希望透过《最后的晚餐》解决他们目前所面临的疑难杂症。2003 年东森幼幼台新推出的《哈姆太郎》、《噜噜米》、《天线宝宝》、《认识台湾系列——小小地理家》和《YOYO DIY 学园》不仅深受孩子们的喜爱,还荣获台湾地区"青少年节目五星奖";在继英国《天线宝宝》、瑞典《企鹅家族》、日本《YOYO 新乐园》后,2005 年东森幼幼台引进风靡内地的大型科学卡通片《淘气的蓝猫》,带给孩子们再一个惊喜。东森新闻台在与中央电视台合作制作了《岩松看台湾》后,又在快马加鞭地制作大型纪实节目《秀芳看内地》,并已开始与上海市台办及上海交通大学媒体与设计学院合作制作《上海大观园》,准备带给台湾同胞一个崭新的大陆行。

不仅如此,东森在节目创新中还挑战极限,赢得独家转播权。2002年 9 月份,东森电视台一度出击播出《超越巅峰挑战帕米尔》,触角拉到中亚帕米尔高原,纪录台湾地区登山队首次挑战中亚第一高峰的壮举,东森新闻也成为台湾地区首家媒体登上中亚第一高峰;2002 年 9 月,东森新闻继独家转播列宁峰画面后,再度登上海拔 3 952 公尺的玉山,独家转播亚运圣火传递活动,写下新闻节目的采访创举。2004 年 12月 25 日,东森现场成功转播法国蜘蛛人登上世界第一高楼台北 101,让全世界零时差、零缺失共同见证了这历史性的一刻。正是这种不断追求创新的精神和敢于挑战极限的勇气,使东森电视台把一个又一个精彩绝伦而又富有新意的节目呈现在广大的电视观众面前,让受众得到超过其预期的满足,让其品牌的优势如芝麻开花——节节高。

三、品牌扩张:境外发展

立足台湾,放眼世界是东森电视台的奋斗目标和发展蓝图,也是东森品牌扩展必经之路。东森电视台积极进行中国大陆、美加、东南亚、澳大利亚、新西兰及日本地区的事业拓展,除与海外电视台及媒体集团进行策略合作外,并进行内部资源调整,扩充派驻境外据点人员,以期使东森电视台成为全球华文媒体的领航者,铸就一个全球电视新闻大品牌。

国际合作制作高水平的节目,是东森电视台的重要砝码。东森电视台作为台湾地区本土发展起来的一个媒体,一方面不能为了走向国际化而失去台湾本土特色,完全为外国的文化价值观所侵蚀;另一方面,为了适应经济全球化趋势,也不能一味拒绝接受国外先进文明的东西。所以,东森电视台要通过国际合作来实现立足台湾,放眼世界的理想。而国际合作的起点就是节目制作,力求充分发挥本岛和祖国大陆及国外各方优势,制作高质量高水平的电视节目,从而为台湾人民,为广大的世界人民奉上一份精美的精神大餐。这正是成就一个大品牌所需要的不可或缺的精神所在。

东森在国际媒体合作上一向在台湾地区居于领导地位。每次台湾地区有重大事情发生,东森电视台俨然就成为国际新闻中心,像CNN的亚洲资深特派员齐麦可(Mike Chinoy),在2004年台湾"政治大选"期间就长期进驻东森。东森的角色,就是协助各国际媒体更快更准地报道台湾地区的新闻;由于拥有东森电视台、亚洲台、美洲台、泰国台等岛内外播出通路和数字频道,东森决定积极投资自制戏剧,利用台北小巨蛋、杨梅温泉会馆和关渡东森运营总部摄影棚拍戏,不但可带动三地的繁荣,并配合开放大陆民众来台观光,掀起媲美"韩流"的"台风",吸引各地观众来台旅游;从2003年的1月1日起,东森新闻台制播长荣空中新闻,这是台湾地区第一家有线电视媒体开创空中新闻的首例。东森新闻每天提供15分钟的实时新闻,最特殊的是该节新闻将以中英双语、男女双音双轨播出的形式,重新编辑录制,方便乘客自由选择中文或英文,扩大东森新闻品牌的国际化影响。

与境外合作制作的高水平节目不仅内容更加丰富充实,而且形式更加多样,技术水平更加娴熟,因此不仅能吸引更多的台湾观众,更能为许多境外的华人提供丰盛的精神食粮,这样就直接增加了收看东森电视台节目的人数,从而提高其收视率。通过收视率增长的一系列数据,东森电视台向广大消费者和同行业竞争者传递出其新闻品牌高品质、高品位的形象,为其品牌形象的不断丰富和优化提供支撑。

借着丰富的节目内容,东森专为北美华人度身打造了《东森美洲新闻》、《东森全球开讲》等节目。自2003年8月起,东森在北美的频道更扩增新闻、综合、幼儿、戏剧与综艺等频道,以满足当地华人的多种需要。东森电视台2002年入网澳门之后,将为澳门地区10万收视户和旅澳台胞提供东森最快速新闻和精心制作的优质节目。澳门有线电视系当地唯一合法的有线电视台，目前提供 55 个频道服务，包括北京中央电视台在内的 5 个华语频道。东森电视台入网香港后，以独家形式在香港有线电视播出融合台湾地区"东森新闻台"制作严谨、揭露事实真相的新闻节目。"东森综合台"极尽声色、创意崭新的综合娱乐节目及"东森幼幼台"富教育意义、表达生动有趣的幼教节目，务求在满足香港观众视听娱乐享受的同时，将台湾地区的社会文化、经济发展、政制时事、台式流行文化等一并带给香港观众认识。应香港观众的要求，东森亚洲卫视将节目时段重新规划，尤其是午、晚、夜安排播出三节首播新闻。为了提供亚洲观众掌握时事脉动，并特别制作亚洲观点的《东森亚洲新闻》，请来自香港的主播坐镇台北直播新闻，并在新闻中加入香港元素，周一至周五晚间黄金时段，分别安排美食、时事、综艺、命理及戏剧等五大类节目，周六日则以娱乐性、歌唱性节目为主轴、旅游及财经节目为辅，务使节目革新更迎合香港观众的需要。为了让香港同胞更快更好地看到东森的节目公司还特别安排以"联播"的方法，与台湾同步播放香港观众最喜爱的《开运鉴定团》等节目，务求能够将最新、最实时、娱乐信息兼而有之的节目带给香港观众。2003 年，东森亚洲卫视全力在境外发展，特别为香港观众在节目内容上进行革新。作为国际都市以及财经金融中心的香港，能够及时掌握财经消息是非常重要的。因此，东森亚洲卫视在香港派驻记者，第一时间为香港观众报道香港的财经消息。2005 年 7 月与 Now TV 合作后，东森电视 24 小时全天候实时提供东森亚洲卫视、东森亚洲新闻台 2 个优质节目频道。东森亚洲卫视是一个以亚洲观众为对象的娱乐性频道；东森亚洲新闻则是专为亚洲观众设立的 24 小时全新闻频道，由资深主播黄宝慧、王利旋等专业主播坐镇，兼顾不同国家观众的观点，在各节新闻中，聚焦重大的国际时事，并与海外特派记者及权威人士现场联机，深度剖析全球大事。想受众之所想，一切为了受众的国际化理念，使东森的电视节目广受香港观众欢迎，尤其是综合及生活节目的收视一直名列前茅。

东森电视台在国际化进程中还通过与世界诸国诸地区的合作，制作出了大量的高水平节目，这些节目的制作和播出，一方面提高了东森电视台在台湾本土的品牌知名度和美誉度，另一方面也扩散了其在国外的知名度和影响力，最终促使东森电视台的品牌价值不断得到累积，日益丰厚。

2002年9月21日由东森电视台与中国中央电视台、广西桂林电视台以及香港亚视联合制作近年来最大的一次中秋晚会"漓江花月夜"，在广西桂林的地标象鼻山前举行，这是东森继2001年中秋后，二度与中央台联合制作的中秋晚会。为了更深入地参与，东森电视派出辛隆作为东森的代表主持人，费玉清则是代表东森的歌手，两人在漓江的水上舞台中，一个化身成"小凌峰"，一个卖力演唱，迎得了一致的好评。由于这次晚会是由中央台的国际频道主导，因此晚会透过十一颗卫星同时播放到全球华人地区，也在东森综合台以及东森在香港澳门的国际频道一起播出，等于是全球大联播；为了强化东森电视台在中国大陆的影响力和形象力，公司决定举办大型"七夕晚会"，除了制作相关新闻专题播出，也应无锡之邀，派遣东森电视的当家主播共同主持七夕晚会，并在无锡与台湾地区做卫星联机报道，以打响东森电视在大陆的名声。另外，东森电视也邀请了香港凤凰卫视参与此次活动，为两岸三地的情人热情演出，共同见证这一美好的夜晚。

2003年伊拉克战争在激烈进行中，东森新闻部下令全员停休，主播更是轮番上阵，24小时为观众播报最新的局势。东森电视除了有来自"半岛"电视台的最新信息外，亦与美国CNN、英国BBC、法国TV5及德国DW等四大电视台合作。美伊激战的第三天，CNN小组被赶出科威特，只剩法国记者群，而东森电视台独家取得由法国TV5及德国DW前线记者拍摄的独家画面，相当珍贵，让受众大饱眼福。

布局全球，加强国际化合作，提高东森电视台的新闻品牌知名度和美誉度，累积丰富的品牌价值，是东森品牌国际化的宗旨。他们这么想的，也是这么做的，他们用自己高水平制作和广泛的联盟与合作，意图实现打造华人第一品牌的愿景。

四、品牌延伸：多元并进

在市场经济环境下，媒体出售的是一种特殊的商品，是以赚取受众注意力而成就自身影响力为经营导向的。因此媒体品牌要挖掘潜力，充分利用品牌价值的最佳方法就是品牌的延伸，即将现有成功的品牌应用到新产品上,用以缩短受众的认同时间;它不是简单地将一个品牌的名字放在另一个产品上,而是对整个品牌资产的策略性使用。

东森在实施品牌延伸时采用的就是多元化的方式。品牌的多元化,是在专业化已经比较成熟的基础上做出的选择。东森新闻品牌多元化就是指它向多媒体、商品事业和数位频道事业发展的过程。

延伸现有品牌,比新品牌打入市场容易得多。品牌是一个商品透过受众的认知、体验、信任及感情所建立的关系。当品牌进行延伸时,由于带有熟悉的名称,受众会将现有品牌的美好印象很容易转移到延伸的新产品中。东森集团最初的品牌延伸就是很好地运用了这一原理。东森起源于电视,东森电视台的快速发展使之有了机会把这个在台湾地区家喻户晓的品牌向相关的行业发展。它旗下的媒体资源可分为 4 大类:①全省电视媒体:东森电视台;②地方电视媒体:全省系统台;③平面媒体:《民众日报》、其他策略联盟;④网络媒体:东华森网络新闻。为了很好地管理这些业务,东森成立了不同的公司来负责各自的业务。在东森母品牌的效应统领下,发展着各自的子品牌。东森的子品牌包括了东森媒体科技公司(有线电视系统台投资与经营、HFC 宽带网络加值服务经营、频道行销,节目行销);东森电视公司(八个有线电视频道制作与经营、电视周边商品经营、网络新闻制作与经营);《民众日报》(报纸发行经营、广告刊登经营);台湾地区 14 家有线电视系统台(地方系统台有线频道播送经营、HFC 宽带网络加值服务推广)。

品牌延伸还能够发挥协同作用,节约成本,共享资源。这在跨媒体集团的运营中体现得最为明显。它们以最大限度地利用和开发不同之间的协同效应,同样的内容可以根据用户的不同需求多次利用,以达到有效集中资源,降地成本。东森集团于 2001 年决定对多媒体资源进行整合,结合北南中系统平台,共同建构所谓“四合一”的超媒体新闻平台,跨经营电视、广播(2006 年中停播)、报纸和网络电子报,使之一旦有新闻事件发生,集团新闻中心一般只需派文字与摄像两名记者到现场采访,属下各个媒体均可同时得到相关的报道资料。

品牌延伸不仅可以在相关的行业延伸,也可以在不相关的行业发展,关键在于品牌的驾驭力与运营力。东森集团除媒体业以外,还向百货、休闲业(包括东森购物公司、台北海洋馆、衣蝶百货);电信网络业

（包括东森宽频电信公司、东富资讯公司）；仓储航运业等方面进行品牌的延伸。它的品牌，不是单个孤立地发展，而是与集团整体的品牌经营有机结合。为此，东森提出了集团多元化服务的行销通路平台。这一平台对集团的对外服务项目进行整合，统一设置了 PC 宽带上网增值服务；网络电话；电视宽带上网增值服务；优质频道节目内容；分众化、专用型及偏远地区 PTH 频道增值服务；电视、网络、购物等 6 大类服务。并对以上不同的服务内容设置了 7 种行销方式：直销业务推广、经销道路推广、专案推广行销、客户推广行销、媒体公关行销、活动事件行销、网络媒体行销。这样的品牌延伸方式使东森的品牌多元化得到了很好的发展。如东森电视购物台，它每天不停地向观众介绍商品和商品知识，并通过电话接听，实现电视购物，其方式是将购物指南、商品广告、电话购物、物流配送等结合起来，形成形象而有辐射力的行销能力。据东森集团称，一个小小的电视购物台，其销售商品总额已超过投资数亿元新台币的台北最大的购物城。

在东森集团品牌多元化延伸开发过程中，还非常重视集团资产多元化的组合，吸引外部资本的投入。目前东森集团的股东包括：东森国际中央投资、太平洋世代、华新丽华、富邦集团、中兴保全、顶华双子星、宏泰集团、象山集团及美国资本国际公司、亚洲基建基金公司、花旗国际投资、新加坡政府基金、野村证券、汇亚集团、亚太基金等集团。多元化的资产组合、雄厚的经济规模，成了东森集团延伸大开发的坚实后盾。

东森得当的品牌延伸扩大了品牌的辐射力，提高了品牌的美誉度，创造了更好的经济效益，强化了市场的深度与速度，加快了朝华文媒体巨人的目标挺进的步伐。

五、品牌传播：公关铺路

斯科特·卡特利普在他著名的《有效的公共关系》一书中指出：公共关系可以通过组织一系列非赢利性的活动向公众传递组织良好的品牌形象。在以社会形象为焦点的现代品牌激战中，公共关系无疑是一条行之有效的各组织趋之若鹜的良好组织形象建立之路。

强大的制播实力让东森电视台业绩突出，营收年年增长。但是，更为社会各界称道的是,东森电视台从成立之初就致力于公益事业的那份热忱,以及它永不自满,求进步求发展而布局全球,争做全球民营华文媒体领航者的那份恒心。所以,东森电视台在其成长发展的过程中使它自身成为媒体关注的焦点,成为社会各界关注的热点。由此更加促进了东森电视台在制播实力上的提升。

东森大力投资教育事业,2003年11月与南加州大学安娜堡传播学院签约,投资媒体品牌的研究。2003年还跨地区设置"东森电视传播奖学金",帮助有志从事大众传播研究青年赴美深造。2004年12月为培育在校优秀学生,东森媒体集团与台湾地区五所知名学府——台大、政大、成大、辅大、世新签定产学合作计划,提供五校奖助学金培育优秀传播、新闻及企业管理人才,创下岛内有史以来奖助学金总金额最高记录,此项产学合作计划将使上百名青年学子受惠并且顺利完成学业。2004年4月与上海交通大学媒体与设计学院签约建教合作,为台湾海峡两岸产学交流揭开新纪元。

电视媒体作为媒体在这方面则具有得天独厚的优势。作为大众传播渠道,电视媒体可以更好地对从活动策划到传播并完成的全过程进行宣传和跟踪报道,从而扩大品牌的影响力。为响应全球为印尼强震海啸赈灾的活动,在台湾地区,由世界展望会、港台演艺圈及东森电视台共同发起"爱心无国界"义卖活动,通过东森综合台、东森新闻S台、东森亚洲卫视以及东森美洲卫视,将300多位艺人参与的义演活动,传送至全世界52个国家。东森关爱社会,热心公益的形象也随着发向世界的电波传播开来。

东森不仅不遗余力地进行着公益活动,还在集体内专门成立了东森慈善基金会和东森文化基金会,专门为社会公益事业服务。他们开展了针对弱势族群和各种救灾捐赠活动,如"原住民希望儿童台北之旅"、"放生活动"、"两岸和平小天使互访活动"、"捐血活动"、"9·12赈灾祈福"、"爱在台北海洋之旅"、"桃芝风灾赈灾捐款"、"'爱心送暖'慈善义卖活动"等。几年里,它们先后举办并宣传报道了许许多多的慈善活动,不仅为部分需要帮助的人们送去了温暖,还大力向社会呼吁,让更多的人来关心和帮助这部分弱势群体,让爱心如阵阵清风注入人们的心怀。

由于东森对公益事业的热心,在 2004 年盖洛普公司"台湾企业公益形象"调查中,在"对社会公益活动贡献"这个项目,东森集团高居榜首;东森电视台在"电视媒体公益形象"项目也独占鳌头。2005 年 2 月美国前总统克林顿参访东森集团,在接受东森电视新闻的全球独家专访时,就高度肯定东森美洲电视台在全球华人社区推动公益的爱心,这一画面同步传送到了全球 52 个国家,让东森的良好的品牌形象也随着这些出神入化的公关活动深入了人心。

综上所述,东森的新闻品牌战略运营,主要是通过品牌维护的精品战略、品牌支撑的团队建设、品牌创新的更新求变、品牌扩张的国际发展、品牌延伸的多元并进和品牌传播的公关铺路六大战略来进行的。这些品牌战略的实施,强化了东森的凝聚力,提升了企业文化;扩大了东森的知名度和美誉度,深化了品牌忠诚度;提高和创新了东森电视台的收视率,保证了在台湾地区第一的位置;发展了东森的国际化、多元化合作,使之大踏步地向着全品牌愿景——全球华人媒体的领航者迈进。

第三节 东森新闻品牌的价值表现

品牌之所以有存在的意义,就在于它有品牌价值。也正是由于这种价值,才产生出了品牌的个性、信心、识别等品牌的社会属性和根本属性。东森新闻品牌能成为华人媒体品牌的佼佼者,与它高附加值的品牌价值是密不可分的。东森新闻品牌的价值表现到底有哪些?

一、东森新闻品牌的价值表现之一:权威性

新闻的权威性是媒体持续稳定的新闻质量在受众中形成的一种公信力,是衡量新闻品牌价值的重要标准。它强调的是总体新闻质量长期的稳定。没有新闻权威性的媒体品牌,绝对不可能成为强势品牌。东森新闻品牌的权威性是由以下几个方面组成的:

(一)权威性的基础:领先同行的优势

权威性是东森新闻品牌的核心价值,东森所属东森媒体科技公司、

东森电视公司、东森国际公司、《民众日报》、台湾地区 14 家有线电视系统台、东森购物公司和东富资讯科技股份有限公司都是背靠东森集团这个母体品牌的。东森集团从 1991 年成立以来，一直以良好的信誉和质量闻名台湾地区，成为东森新闻品牌权威性的基础。下面我们仅以东森电视台为例来分析。

东森电视台全名为东森电视事业股份有限公司。它主要经营八个有线电视频道制作与经营、电视周边商品经营、网络新闻制作与经营，是东森媒体品牌的核心竞争力。它的无数领先同行的优势，为其权威性奠定了基础。

1. 市场细分优势

在台湾地区，东森新闻是最早的新闻频道，1991 年成立之初就有。东森电视台自 1997 年 9 月更名以来，由早期的两个频道逐步扩充到八个，其中就有两个以"新闻"命名的频道：东森新闻台和东森新闻 S 台。它们也是台湾地区最早分别以不同的角度对相同的社会新闻进行报道分析，最大限度地满足目标受众的需求。

2. 资源整合优势

东森电视台的频道类型是台湾地区最多元化的，节目制作品质精良名扬岛内，它的各个电视台之间形成优势互补，掌握全省各阶层族群收视目光。面对日益激烈的媒体竞争，东森还对旗下的多媒体资源进行整合，结合北南中系统平台，共同建构超媒体新闻平台，这个平台使各媒体可从中获取新闻信息，然后依据自身特点进行编辑、制作、发布。这种有效集中资源，节省成本，创造经济效益，发挥大平台经济的优势的做法，绝非单一新闻频道可比拟的。

3. 完整产业链优势

东森电视台与集团内的其他公司一起组成了拥有媒体产业上、中、下游完整的产业链条的竞争优势。东森电视台与东森媒体科技公司、东森公关公司、东森休闲育乐公司等连结，并可与集团间的资源整合，发挥价值链的作用，展现牢不可破的垂直整合能力。像与东森媒体科技公司一起开发电视宽带，数字电视等，这种垂直整合的优势不仅为两个公司都带来了可观的效益，还建起了别的媒体难以达到的品牌竞争优势。

4. 经营管理优势

"创新、速度、应变"是东森新闻品牌在经营管理上的一大特色。这种管理理念使得整个东森电视台变成了一只高速运行的战船。东森是台湾地区最早开办多角度新闻报道的电视台，是最早进行资源共享的电视台，也是最早、最多与祖国大陆电视台合作的台湾地区媒体，还是台湾地区在海外成立了最多分台、最多与海外电视台联盟进行各种热点新闻直播的电视台。所以求创新，比速度，快应变的特色，成为了东森新闻品牌能领先竞争对手的决胜关键。

（二）权威性的起点：报道的立场

新闻品牌要保持其权威性，还必须做到客观公正的报道立场，讲真话不讲假话，提供理性、建设性的深度分析，提供先进的思想理念，全心全意地维护公众利益，推动社会发展，以达到成熟稳定的新闻追求和新闻价值判断。

东森新闻台正是秉持客观、公平、公正之信念，在所有的电视频道中都力争保持它的客观公正的报道立场。以新闻频道为例，在新闻的报道中，无论是台湾本土的实时《整点新闻》，还是在美国制作的《东森美洲新闻》、在亚洲制作的《东森亚洲新闻》，以及与全球知名媒体合作的《东森全球新闻》，都是本着实事求是的精神，把原汁原味的当地新闻及时地向受众转播。如：

东森新闻：专业新闻实时报导，全天候 24 小时滚动实时新闻频道，随时为您掌握最新社会动态，提供最真实、最完整的实时新闻报导，内容可在 ETtoday.com 呈现。

东森新闻 S 台：专业新闻节目频道，深入台湾本土，挖掘深具时效性、争议性、话题性的新闻追踪，并深入解读其涵义，提供全方位的诠释观点，同时以财经新闻、国际新闻为特色，积极开展兼具深度与广度、精致的专题式新闻频道。

（三）权威性的保障：重大事件的实况直播

新闻品牌权威性是靠对重要新闻的首发率、覆盖率和转载率高于其他媒体,以及对同题报道快捷、准确、全面来保障的。这是由新闻品牌的特性所决定的,所以用正当的方式"抢新闻"是新闻媒体建立其权威性的重要手段。

对于新闻媒体来说,重大事件的新闻难做,重大事件的直播更难做。但是东森新闻硬是用自己的实力突破了一个又一个重大事件的实况直播。展现了东森的制播实力,同时也奠定了东森新闻品牌权威性的地位。下面我们只在其无数的个案中摘取几例:

"9·11"事件　发生在台湾 2001 年 9 月 11 日当晚 8 点 45 分,东森新闻抢先播出,TVBS 随后跟进,SETV 及民视都慢了半拍,新闻内容与画面更逊一等。由于新闻及画面必须依赖 CNN 及外电,各台的国际新闻中心应变能力就是制胜关键。东森远远把 SETV 及民视新闻抛在后面,深夜 12 时到凌晨 1 时,东森收视率还超过 TVBS 居冠。

俄罗斯小白鲸来台　东森新闻从 2002 年 7 月 16 日至 10 月 8 日于每节整点新闻中独家转播《小白鲸来台特辑》,共 30 集。

美总统大选　备受国际瞩目的 2004 年美国总统大选结果于 11 月 3 日揭晓,由现任总统布什连任成功,东森电视与东森美洲卫视、东森亚洲卫视从台北时间 11 月 3 日早上 7 点到傍晚 5 点展开长达 10 小时的马拉松转播,创下华人媒体新纪录。

在转播过程中,除了由赵心屏、李健光及王利旋等主播联手主持的特别报导外,国际中心主播钟陈杰也利用虚拟棚现场实时报导关键州的选举结果;洛杉矶记者廖文宏更是亚洲唯一在俄亥俄州首府哥伦布市采访的记者。由于凯瑞在凌晨 3 点承认落选并发表感言,布什随后于凌晨 4 点发表当选感言,台北东森新闻台立刻决定延长新闻转播至凌晨 5 点,成为台湾唯一延长转播两场重要记者会的媒体。

快捷、全面的新闻直播,使东森新闻品牌在台湾受众心目中树立起了不可动摇的第一媒体品牌形象。"看时事,找东森"已成为台湾受众心中不争的事实了。

(四)权威性的巩固剂:权威人物的肯定

在现今这个时代,权威人物的肯定无疑是巩固自身权威地位的有利因素。可以说更多的权威机构和个人对新闻品牌的认同是强化起权威性的主要因素,因为权威的力量是无穷的。东森新闻品牌在发展之中深谙其道,所以一直在努力修炼内功的时候,也不忘有效的借助外界势力来扩大影响。外界的权威势力的青睐,也正好证实了东森新闻品牌的权威性。我们来看看一些权威人物是怎样肯定东森的新闻品牌的。

克林顿与王令麟东森英雄会　旋风访问台湾地区的美国前总统克林顿,除了公开演讲、签名售书和会晤少数访客外,在停留不到 24 小时的百忙之中,还特别腾出离台前的 1 个半小时于 2005 年 2 月 28 日下午在王令麟总裁陪同下专程参观东森媒体集团,并接受东森电视新闻的独家专访。他高度肯定东森美洲电视台在美国少数民族社区推动公益的用心,表示若有需要,愿意协助。由此足可见他对东森重视的程度。

连战首度大选媒体专访献给东森　国民党主席连战,2004 年 2 月 4 日上午将"政治大选"的第一次电视媒体专访献给东森,作为打响"政治大选"文宣战的第一炮!

据了解,连战从 2 月 4 日正式向中选会登记参选开始,就准备有计划的曝光,此次选择东森电视作为打响这一波文宣战的第一炮,充分说明东森新闻的重要性与影响力。

要成为新闻品牌的领军人,就必须做到新闻品牌的权威性。东森新闻品牌在强化媒体背景、保持公正客观的报道立场、快捷全面的直播方式和权威人士的充足等都做的卓有成效。这为其新闻品牌的价值提升提供了基础。

二、东森新闻品牌价值表现特征之二:独特性

戏剧理论上有一个概念,叫做推倒"第四堵墙",也就是要打破舞台与看台、演员与观众之间地域的和行为的界限,变舞台交流为人际交流。现在,电视新闻也在探索采取人际化的方式传播新闻事件。而要很好地表现这一特点,最重要的就是要注重新闻的深刻性,挖掘出藏在一般新闻之后的本质的特性,通过恰当的栏目组合和主持人环环相扣的深入剖析,把新闻原本的深刻内涵与受众一起分享,以达到展现强势新闻品牌独特的魅力。

东森新闻品牌"保持台湾地区领先,向世界华人第一媒体努力"的经营愿景决定了它在新闻的挖掘与制作方面必然要比同行多一些思想性,多一些独特性,要用与众不同的视角和深度思考来挖掘、报道新闻,所以独特性成为东森新闻品牌的重要价值表现。

东森新闻品牌主要通过栏目组合和主持人的培养来完成其新闻独特性的价值表现的。

(一)独特性的内容表现:栏目组合

一个重大的题材,如果仅运用简单的采写编形式,或放在一般的栏目、一般的时间中播出,效果自然很为一般。但如果能借助一个精品栏目组合,进行深度的报道,反响就一定会强烈得多。所以新闻品牌独特性的内容是由它所依存的栏目决定的。东森新闻品牌在栏目组合方面很下功夫,他们从栏目的定位、经典栏目的组合、专题的设计等方面来强化新闻的独特性。

1.栏目的定位

作为一个品牌栏目,它应该有相对稳定的风格,无论是内容还是形式,无论是标志还是播出时间等都应保持相对的稳定统一。因为市场永远会有空隙,没有一种媒体品牌能够覆盖整个市场,这就需要定好位。定位准了,栏目才有极致的个性化,才有强烈的排他性,才有表现新闻的独特环境。

东森新闻台的频道定位就是 24 小时整点滚动新闻专业频道。每档节目时长 60 分钟,整点播出,时间和内容准确、清晰,节目编排脉络清晰,便于受众准时收看或收听,第一时间全方位掌握新闻资讯。

东森新闻 S 台的频道定位是以新闻性节目为主轴,深度新闻节目为经纬的专业频道。以透视社会百态、政坛热门事件、文教信息的焦点问题来进行深度报道,形式多以纪实、谈话和访谈为主。另外并以丰富的财经新闻与国际新闻报导树立特色。

同是新闻台,但不同的定位为它们各自表现自己独特的新闻视角以及思想性都奠定了不同的基础。

2.经典栏目组合

新闻品牌要有独特性,还必须有多种经典栏目的组合,过于单一的栏目不仅受众面窄,还容易让受众产生"视觉疲劳"。因此,把各种不同的经典栏目不断地推陈出新进行整合,不仅会给受众带来惊喜,还会让你的品牌独树一帜地立于众媒体品牌之前。

东森电视在两个较为严肃的新闻频道中加播了一些与之相合适的娱乐性较强的节目,组成新的节目单元,收到了很好的效果,强化了原栏目的忠诚度,也提升了品牌的排他性。

台湾大解码 东森新闻S台全新政论性节目《台湾大解码》,由"台湾阿姐"——黄越绥主持,节目中邀请各界意见领袖、政治名嘴、政府官员与主持人一起参与《台湾大解码》,观众反应热烈。

东森早安新闻 东森早安新闻自2005年4月21日起推出多个全新单元,包括以各国语言说早安的《东森起床号》、介绍各地的好吃料理的《早餐吃什么》、今日大事件的《青蓉报马仔》、活动筋骨的《运动元气动一动》以及《微笑说英语》等多个全新单元。为此,林青蓉还特别挑战穿上日本和服、厨师围裙、老学究衣衫、运动装以及女教师服等各种不同造型为全新单元拍摄片头。这些节目都很受欢迎。

3. 重大专题设计

对于受众关心或可能感兴趣的重大专题进行专门的设计,对提升新闻品牌的价值有着很重要的作用。因为对于这些重大专题的详尽报道,深入分析,在无形中强化了新闻品牌的辐射力,对其品牌价值的提升有着很大的帮助。

东森对于重大专题设计可谓是不惜血本,他们的很多报道都是独家报道,这是东森能长久保持台湾地区新闻品牌第一的秘诀之一。

两蒋父子档案解密 两蒋逝世多年,在2005年9月移灵葬在台北五指山,为了让全球华人观众了解两蒋在历史上的定位及影响,东森新闻于4月1日起一连10天推出"两蒋父子档案解密"专辑,更于4月4日推出1个小时的"两蒋父子档案特别报道"。

为了这部纪录片,东森新闻可说是不惜巨资到岛内外购买大量资料,东森新闻部专题企划处经理王凌霄更是远赴美国寻找史料,而资深制作人刘宝杰、资深政治记者王时齐以及主播温淑梅参与制作。负责统筹此专题的王凌霄表示,这是岛内民营电视台首次制作高水平的纪录片,许多珍贵画面都在此专辑独家首次曝光。

两岸跨世纪直航　2005 年春节两岸包机直航于 1 月 29 日起航,为了迎接这场首航,媒体可说是全面备战! 东森新闻不但派出了近 30 组记者及 9 部 SNG 车前往北京、上海、广州、高雄、桃园等 5 地机场,还特别与北京中央电视台、香港凤凰电视台联手制播,协助提供在台湾的采访、报道与新闻画面,并在上海、广州与当地电视台结盟成为报道阵线。另外,也提供了关注这个两岸盛事的国际媒体包含 CNN、BBC、美联社、路透社、港澳媒体等第一手的画面与报道。

为了让全球华人一同见证这历史性的一刻,东森新闻可说是积极部署,当家主播卢秀芳在当日上午 9 点至 10 点开辟《跨世纪直航特别报导》;赵心屏则是一大早就赶赴中正机场守候第 1 班飞机的降落;主播王佳婉赶在直航前特地飞到北京,在两岸直航首日,一大早赶到首都机场,见证历史时刻并进行报道,中午则赶赴中央电视台,进驻中央电视台新闻摄影棚,与中央电视台主播白岩松进行 1 个小时的独家对谈,王佳婉此行也成为台湾地区第一位进入中央电视台播报的主播。此外,主播李大华也与中央电视台主播张泉灵,共同录制 1 个春节包机直航后座谈会,由东森新闻美洲台与亚洲台全程转播。

这些珍贵的时刻在由东森通过电视媒体向广大受众转播的同时,东森新闻品牌的价值也就同时传递出去了。

(二)独特性的直接载体:主持人

"信息、情感、个性"是国外电视新闻界对成功新闻品牌提出的三个标准。如果说新闻事件的零信息损耗靠直播得以实现,那么新闻品牌的独特性、新闻事件中的情感与个性就要靠观点载体的主持人来展现了。因此,新闻品牌的优秀性和独特性,与素质高超、风格迥异的主持人是密不可分的。

个性化主持人有两个方向的追求,那就是学者型和记者型。学者型的主持人要有深刻的思维能力,即对事实有独到的见解,能从新闻报道中开掘出尚不清晰的思路,解决那些尚未解决的问题,道出新闻的价值意义,揭示出客观事物的本质。记者型主持人是个性化的另一个方面,它要求主持人还应该是个出色的记者,如果主持人没有新闻敏感,没有丰富的报道经验,那么面对纷繁复杂的社会现象和社会生活就难以把握报道的时机,就难以在重大新闻事件中做出出色的现场报道和镇定自若的传递信息。

注重主持人的个性化,这一点在东森新闻中尤其突出。东森新闻努力以记者、主持人出镜的方式来报道新闻,使之置身于事件和受众之间,受众获知的信息除了新闻事件本身外,还有记者或主持人对事件的态度及个人魅力,这种传播使电视新闻的采访尤其是播报带有强烈的个性色彩,同时也增强了新闻的可信性和独特性。

突出主持人的地位,使主持人作用得到异乎寻常的重视的最好例证就是"名人主持"。东森新闻造就了一大批自己的名人主持,为东森新闻品牌的独特性提供了表现载体。让我们来看看她们中的几位:

资深主播赵心屏　赵心屏无疑是东森的资深记者型主持人,其严谨的工作作风、严密的思维逻辑,为东森新闻增添了一道亮丽的风景线。

全世界聚焦的美国共和党全国代表大会 2004 年 8 月 30 日在纽约揭幕,由于事关美国总统大选,全球重要媒体都齐聚纽约,东森则派出资深主播赵心屏飞往美国采访第一手消息。此行工作紧凑,赵心屏连时差都没有时间调整,就立即投入采访工作中。虽然有上万名记者进驻美国共和党大会的"媒体中心",但是见惯大场面的赵心屏却一点也不紧张,原来早在 1996 年时,她就曾经采访过美国民主党全国党代表大会,不过较为不同的是,此次共和党大会是纽约在"9·11"恐怖攻击后,历经三年才重新举办的大型活动,虽然限制较多,却也可借更多角度来观察与报道。正是因为赵心屏敏感的新闻触角,丰富的报道经验,在纷繁复杂的环境中把握报道的时机,最后出色完成了现场的报道,为东森的新闻品牌添了光彩的一笔。

当家主播卢秀芳　卢秀芳是东森的当家主播。在台湾地区被称为"新闻女王"、"秀丽芳华女主播"等称号。她以主持时事直播节目闻名。2005 年 5 月初因她前往祖国大陆专访"连胡会"、"宋胡会",凭借其独特的播报风格和新锐的新闻触角以及超凡的个人魅力迅速在大陆打开知名度,大陆民众在网站上开始讨论她,东森借机在新浪网上为其度身定做开通了个人"博客",以期进一步提升她的知名度,许多大陆媒体也开始对这位台湾当家主播相当感兴趣,因此采访邀约不断。

在 2005 年 6、7 月间她与中央电视台的白岩松一起录制了《岩松看台湾》,随后又为东森在大陆准备录制《秀芳看大陆》;8 月间青岛啤酒节开幕式上,卢秀芳代表东森电视台参与主持啤酒节的开幕式,再展她的迷人"新闻直播"风采。2005 年 6 月接受江苏广播电视总台的招牌节目的邀请,成为大陆最受欢迎的女性座谈节目《女人百分百》的嘉宾,节目播出后,大陆观众对卢主播的机智幽默、专业和干练,给予高度赞扬,致使她在大陆的人气大肆飙升。不久前卢秀芳参加"上海电视节"活动消息一曝光,包括上海东方卫视、南京江苏广播电视总台、厦门海峡卫视以及多家平面媒体都争相前来专访卢秀芳。上海东方电视台还为她度身打造 1 个两米高的人形立牌,厦门电视台更是派人搭机前往上海专访她,让卢秀芳备受礼遇。卢秀芳的名气大作,不仅是其个人形象的提升,也是无形中提升了东森的新闻品牌形象。

台湾阿姐黄越绥　黄越绥号称"台湾阿姐"不是没有道理的。S 台台长李惠惠表示:黄越绥正义敢言,有新时代女性的风范。她主持的全新政论性节目《台湾大解码》,能够做到透过节目反应基层声音给政府,真正做到了一个新闻工作者全心为民,服务社会的职责。

除此之外,东森电视台还拥有李娜亚、王时齐、李健光、马千惠及王利旋等一大批的知名的主持人。像东森新闻 S 台主播靳秀丽以《台湾尚美》获得"文教信息节目主持人"奖,他们通过自己的能力和个性的张扬,一起打造出东森新闻品牌的连锁性。

三、东森新闻品牌价值的表现之三:时效性

时效性是新闻的一个重要特征,没有时效性的新闻就不能算着是新闻,因此要很好地体现新闻品牌的价值,就不能不讲时效性。时效性直接关系到一个新闻品牌的成功与否。东森的时效性是由快速反映的内功和强大的外在资源整合来完成的。

(一)东森的内在功力:快速反应的能力

东森新闻品牌的经营管理理念要求对大事件的反应必须是快速度

的,这无疑为其时效性提供了保障。

有些大事件是可以预料到的,因此能够事先做好采访制作的准备,但是有些大事件则是难以预料的,这就要求媒体要有敏锐的应变能力和及时的反应速度。在大事件突发之时,能够及时予以报道,从而保证新闻的高价值。东森新闻在面临一系列突发性事件的时候所表现出来的高应变能力,不得不让我们叹服它强大的制播实力。

台风纳莉袭台报道 2001年9月17日一度似乎已经远离台风"纳莉"突然登陆北台湾,大量的风雨造成岛内一片灾情。"东森"的新闻台则严阵以待,不断发出灾情的最新报道。东森新闻台原定在当天凌晨两点收台,后来为了更快、更准地报道灾情,改为通宵报道。这一快速的反应力,充分展示了东森深厚的内功。人常说,马无夜草不肥,媒体也是如此。突发意外状况,往往是媒体竞争制胜关键。纳莉袭台,再度证明东森新闻的竞争力经得起考验。

台风艾利袭台报道 2004年8月,台风"艾利"重创台湾,为了让民众随时掌握最新状况,东森电视台动员大批人力深入灾区采访。为了报道灾情,主播李娜亚身陷南投仁爱乡的土石泥泞中,记者黄贞茹则受困新竹尖石灾区,另一位记者许少苹更冒着生命危险,徒步行走18个小时,深入惨遭泥石流掩埋最严重的新竹五峰乡土场……但是,这些辛苦都有了价值:东森的风灾新闻以76.84的高收视率领先群雄,比收视率居第二位的TVBS(63.81)高出13个百分点,站上有线新闻台收视第一的位置。

对大事件的及时反映,对突发事件的快速应变,为东森新闻赢得了在台湾地区一个又一个的第一,而这些第一共同筑起了东森新闻品牌的超强价值。

(二)东森的外部资源:强势媒体的合作

东森新闻能有如此的反应敏锐性,能够保证新闻的时效性,除了自身的功力之外,还有一个重要因素,就是东森有很强大的外部资源,有与海内外各大媒体之间的紧密合作的良好基础。

东森新闻人明白信息社会中信息的重要性,所以和很多的强势媒体合作,从而有效的保证了自己的时效性。

东森在国际媒体合作上一向在台湾居于领先地位。2000 年 8 月东森新闻频道进驻美国有线电视新闻网(CNN);2001 年 11 月东森电视台将与美国第一大有线电视 MSO 公司签订合作合同,将东森新闻台入美国 CATV 网;ETtoday.com 东森新闻报与 BBC 结盟;与香港有线电视(i-CABLE)合作,前进美国媒体市场,增添粤语节目内容,希望经由双方的合作嘉惠更多海外华人观众;2003 年 7 月东森电视与美国最大卫星电视公司 ECHOSTAR,在美西时间 7 月 10 日号完成签约;2004 年 3 月东森电视台联合新闻服务机构美联社、法国电信公司成立"国际媒体中心",提供 20 多家国际媒体采访"3·20"政治大选的各项新闻、采访制作软硬件设备与发稿场地;2004 年 11 月正式落地中南美洲,东森通过精宇卫视的直播卫星平台,提供"东森南美洲卫视"等 3 个华文频道;正式入网美国最大的有线电视系统业者 Comcast Cable,提供北加州旧金山市与湾区的十几万户华人家庭完整的影音服务。其境外数字频道目前就代理了英国的 BBC、德国的 DW、法国的 TV5、新加坡的 Channel News Asia、韩国的阿里郎、澳洲的 ABC 等频道。尤其在中国加入 WTO 之后,东森积极与国际媒体交流,提升全球知名度,当前在美洲、中国大陆、东南亚及澳大利亚、新西兰都可以收看东森电视台的节目,2006 年更拓展到欧洲、非洲等地。此外,东森媒体集团所打造的东森美洲卫视及美洲新闻台,也以进入全球 DTH 市场及有线电视网为目标。

在与大陆合作中东森也走在台湾地区各媒体的前列。它与中国中央电视台合作,保证了连宋大陆行的顺利播出,保证了《连战访问大陆》报道的时效性。国民党主席连战访问大陆,展开暌违 56 年的国共两党的历史性会晤,为了及时的传播这历史性的一刻,东森新闻动员 5 组的记者前往采访,特别独家与中央电视台(CCTV)合作,收到了很好的时效直播效果;它与中央电视台合作录制的《岩松看台湾》已顺利完成并很快会在大陆播出;同时东森的《秀芳看大陆》也会在中央电视台的配合下开机。

这些与海内外各大媒体广泛的合作,为东森以第一手的资料进行新闻的报道赢得了时间。在时间就是生命的时代,东森还有什么理由不成其为华人媒体的强势品牌之一。

　　新闻品牌,既有一般品牌构成的基本特征,又有新闻品牌的独有内在特质。东森新闻,通过科学的要素构成,完成对东森新闻品牌的构建,而作为强势品牌,东森新闻又在其中充分感受到了品牌力带来的实惠和影响。本章通过对东森新闻品牌的构建、品牌战略的运营、品牌价值表现的系统梳理,在完成对东森新闻品牌的挖掘的同时,也对其他新闻品牌的创立提供了有益的借鉴和系统的素材。

第五章　打造亚洲第一的购物电视

在东森媒体集团的战略发展架构中,东森购物作为一枚极重要的战略棋子熠熠生辉。六年来的努力成长,缔造出了营业额每年倍数成长的亮丽成绩,与台湾地区 21 世纪以来逐年下滑的 GDP 增长相比,更显得是一个不可思议的奇迹。这一奇迹从何而来,里面蕴藏着哪些赢利的诀窍?对媒体经济的赢利模式带来了哪些改变?这些都值得我们仔细探究。

第一节　东森购物的目标定位

有意思的是,东森购物的成功不是来源于东森媒体集团的深谋远虑,不是说王令麟早就料到能有今天的辉煌?从某种程度看来,这甚至可以被认为是一次巨大的商业冒险。

一、遭遇哈姆雷特难题:要不要做电视购物频道

电视购物在台湾的历史其实很长,最初始的电视购物始于 1992 年有线电视兴起后,一些购物公司通过向电视媒体租用频道以播放节目带的形式推销产品。产品主要集中在美容、增高、减肥等方面,由于产品种类少、重叠性高、效果夸大不实,市场一直发展不大,年销售量一直徘徊在百亿元新台币之内。1999 年,台湾当局通过了"卫生食品管理法",原本充斥在电视购物中的医疗药物广告。因为有了法律规范倾刻间便销声匿迹,许多电视购物的时间一下就空置出来。

作为台湾最大的有线电视系统供应商之一,东森集团马上就感到了形势的危机。这些卖膏药的电视购物广告虽然不怎么有品味,但毕竟给公司每年带来了 2 亿元新台币的有线电视的上视费。他们走了,谁来做这一块?这一块的窟窿怎么补?要么自己来做电视购物,要么

另想办法销售这些空出来的电视时段。"电视购物"是上,还是不上,这就像个"哈姆雷特难题"困扰着作为东森集团掌门人的王令麟。

在王令麟先生的父亲——他的商业导师看来,电视购物是一个极不入流的行业,作为堂堂台湾地区有线电视系统的老大,怎么能投入这种形象极为负面的行业呢?他以自己五十余年的从商经验告诫自己好胜心极强的儿子,千万不要走这步险棋。而同行此前的实践似乎也证明了此路不通。1998年,同是台湾有线电视系统的大佬和信集团在这一市场投入2亿元新台币,但迅速就赔光。政治大学一位教授的研究结论是,台湾根本就没有这个市场,五步、十步随处可见的便利店和百货公司,怎么能再容下这些看不见、摸不着的虚拟市场呢?

虚拟购物行业形象差、市场空间小,这成为横亘在王令麟面前的两道难题。

二、借鉴别国经验:东森购物艰难诞生

台湾真就做不出电视购物吗?王令麟不相信。他的眼界放到了美国电视购物的老大QVC(Quality Value Convenience)。该公司创立于1986年,拥有全美80%的有线电视用户,全天专业购物频道覆盖美国、德国、英国及日本市场。2002年收到来自全球各国1.5亿个电话订单,寄出1.07亿宗商品,销售额达44亿美元;2003年QVC的销售额更是增至49亿美元。QVC平均每天收到25万个订货电话,每天发送21.4万余件货物。2001年12月,QVC曾创下一天最高销售额超过8 000万美元的记录。

不仅是远在大洋彼岸的QVC做出了惊人的业绩,就是近在咫尺的亚洲韩国,电视购物产业发展得也是欣欣向荣。兴起于1994年的"LG购物"的销售额仅13亿韩元(1美元约合1 200韩元),而到1999年的销售额则近1千亿韩元,比1994年增长770倍。韩国传统流通业的代表"乐天百货店"的总店用了20年才使年销售额达到了1 000亿韩元,而"LG电视购物"仅用5年就实现了这个目标。惊人的发展速度使电视购物已经与百货店、大型超市并驾齐驱,形成韩国流通业界三足鼎立的局面,并使百货店、大型超市等传统流通方式感到了被超越的威胁。

显然，电视购物不是没有赢利空间，而是看你怎么做，如果做得好，做得到位，这个烫手山芋反倒可能成为人人想捧的金蛋。"行到水穷处，坐看云起时"，危机也许就是转机，就是时机。

想通了这些，东森集团掌门人王令麟力排众议，做出了一个坚定的决断，向电视购物进军，倾尽全力地做好电视购物。1999 年 8 月，东森购物公司在东森的战略版图上落地生根。

决心已下，但推进决心的具体行动却是困难的。回顾东森购物的早期历史，真可以用"战战兢兢、如履薄冰"来形容。王令麟清楚地记得，成立东森购物之初，他费尽唇舌地说服东森媒体科技的董事会来投资，结果所有成员统统反对，只不过碍于王令麟作为东森掌门人的情面，总市值达 90 亿元新台币的东森媒体科技公司只象征性地掏出了6 000万新台币。就这 6 000 万新台币，东森媒体科技公司的股东们在东森购物连续亏损两年后也表示出了后悔，对王令麟群起而攻之，要他为这一失败的投资承担个人责任。王令麟没办法，只好以每股十元的价格买了当时每股净值为负十元的股份，从而成为东森购物的唯一股东，东森购物也从而成为了一个纯粹的个人公司，公司的成与败、荣与辱都系于王令麟个人一身。

东森购物的发展情形实在不容乐观。在东森购物成立之初，创业方案预测，成立第一年业绩可达 10 亿元新台币，损益持平。但实际运行的结果却与预测大相径庭：东森购物第一年的营业额才做到 5 亿元新台币，赔掉 2 亿元新台币；第二年，继续赔掉 2 亿元新台币；第三年，再赔 1 亿 5 千万元新台币。

短短三年，资本额 2 亿元新台币的东森购物已赔掉自己的近三个公司。怎么办？是壮士断腕，还是继续一条道走到底？东森媒体科技公司的离去反倒使王令麟抛去了对股东负责的患得患失的摇摆之心，轻装上阵，相信自己，坚定地继续上路。

三、东森购物目标定位：打造亚洲无店铺购物第一品牌

王令麟不傻，也不倔，他相信自己的商业直觉。十余年经营媒体获利的经验告诉他，媒体是一个固定投入成本很高，但回报也很高的行业。只要撑过前几年，就可以进入回收期，前提是一定要做市场的老

大,矢志成为台湾无店铺购物的第一品牌。

前三年的亏损并没有击退王令麟,相反他继续加大投资力度,以经营东森电视台的力度来经营东森购物,大手笔地引进优秀人才,添置先进设备,在台湾的无店铺购物市场上掀起了惊涛骇浪。

王令麟要做市场的老大,走出最重要的一步就是要彻底颠覆这个市场的游戏规则。

台湾地区传统的电视购物业,进入行业的门槛极低,一般的电视购物商只需百万元新台币资本。其根本的赢利模式就是通过卖膏药的低成本投入来获取消费者的暴利。但东森购物断然抛弃了这一游戏规则,而是以百倍以上的投资额进入这个市场。其令人信赖的品牌形象,严格的售后服务,微利的销售模式,娱乐性的电视服务,让整个台湾商界开始重新审视这个被他们漠视的虚拟购物市场。

为破除消费者对电视购物是卖膏药的心理疑虑,东森购物借助东森电视台公众信赖的号召力,推出了商品销售的"东森严选"制度,所有在东森购物销售的商品都须经过"商品审议会"的审议机制。

(1)商品提报到商品审议会之前,已层层把关,举凡规格、功能、价格及售后服务,商品开发人员早与厂商谈妥,不符标准的早已剔除。

(2)每样商品都得经过实际操作、测试,甚至连赠品也得接受考验,通过审议才会签约。

(3)在价格、规格、品质经商品审议会审核通过后,样品会送到样品仓,根据当初所提报的规格逐项检验,才能制作节目播出。

(4)节目制作人会与主持节目的购物专家、厂商及商品开发人员,召开节目制播会,沟通商品的发表方式,然后开始制作节目。

除此之外,为保护消费者利益,东森购物还与众不同地提供了"十天满意鉴赏期"的售后服务机制,如不满意,派专人到顾客府上免费退换货。令人信赖的品牌形象,严格的售后服务,这两招解决了电视购物不易获得顾客信任这一难题。

在台湾经济日趋衰退的大背景下,东森购物一改传统电视购物的暴利模式,用微利的办法紧紧抓住了对价格敏感的消费者之心。在这一新型业态下,电视购物商品不仅价格便宜,还有品种新奇的和知名品牌的商品,满足了消费者对产品价廉物美的需求。东森购物一反以前节目录像带的销售商品录播模式,通过专业的节目主持人,在现场进行直播,使电视购物节目娱乐化,极大地提升了消费者的购物意愿,满足了消费者的娱乐互动性需求。微利的销售模式,娱乐性的电视服务,这两招更解决了电视购物没市场这一难题。

题已破!怎么解?这些都只能在东森购物的实际运营中去探求。

第二节　现代化的技术支撑平台

目标是指我们能够成为什么,而理念是指我们将如何做。

"为消费者提供更佳服务",这是东森购物开台的理念,而实现这一理念的利器就是东森购物强大的现代化技术支撑平台。

致力于把公司建设成为台湾第一个专业的购物频道的王令麟,始终围绕着他的目标定位。他深知,媒体是建立在信息化技术平台基础之上的,任何一种媒体形式都无法脱离现代通信技术的影响。在公司的筹建阶段,强劲的软硬件技术平台更是举足轻重。只有技术上领跑同仁,才能争取到购物频道的第一席位。

王令麟借其在媒体高科技投资的经验,挥大手笔,以巨资投入到电视购物的高科技硬件支撑平台,不但为此后的顾客关系管理提供了方便,而且也给后来的市场竞争者抬高了门槛。作为一个企业的领袖,其独到、睿智的眼光总是在最困难的时期得以体现。在东森购物开台的第三年,为了强化对购物公司各类数据信息的管理,必须向韩国的 LD 资讯公司购买计算机系统,需要 100 万美元。但是公司的账上现金却为零。公司总经理为难地与王令麟商量,看准购物频道商机的王令麟不光要买,还要花重金继续投入,进一步改善信息系统。王令麟又自掏腰包,以私人名义再投入到东森购物 1 亿 5 千万新台币。

王令麟分析台湾电视购物现状,对比国际上成功的同行,他发现,台湾的电视购物市场远远落后于世界前列水平,要开辟这块市场,最好的办法便是向国外寻求合作和学习。因此,经过多方的协商和谈判,东森与各类电子平台技术公司、信息管理软件公司、客服软件公司等进行广泛的合作。2003 年 11 月 27 日,东森购物与台湾微软公司正式签约,微软为东森购物提供完整的电子商务解决方案。东森购物积极建设网络商城(ET Mall)新系统,以 Cheetah(美洲豹)为项目名称,让消费者在 ET Mall 购物时,能加快浏览、搜寻、处理资料等功能的速度。网络购物的核心优势在于克服了电视购物一个时间只能卖一个产品的缺点,大大满足消费者 24 小时多元化的购物需求。2005 年 1 月东森购物与全球最大软件设计公司 TCS(TATA Consultancy Services)签约,共同打造新一代的虚拟通路信息管理平台。整合多媒体通路管理、客户关系管理、订单与账务管理,以及供应链与物流管理,借实时精确的信息流动,将电视节目制作、平面刊物、客户服务人员、银行、物流公司等数千家供货商以及数百万户家庭,精密地组成一个跨越地理区域限制、全天候实时运作、365 天全年无休的虚拟通路。这项规模庞大的信息系统跨地区合作计划,不仅将东森购物累积六年的运作模式具体融入信息管理系统,也再次展现东森购物永续经营的努力,以及对消费者提供更佳服务的承诺。

信息系统就是东森购物的神经网络系统,举凡在虚拟通路购物能够想到的所有细节:电话订货、付款、物流、领取赠品、抽奖、退货,都可以通过强大的信息系统实现。事实上,到目前为止东森购物所有的技术合作核心都在于建立一个良好的购物平台,这样的购物平台必须满足人们各种需求,例如能够方便地得到打折物品的信息、能够在线进行购买、能够找到自己感兴趣的商品。东森购物致力于各种购物平台的建设,目前,东森购物的平台建设重点在于虚拟通路信息管理系统。虚拟通路是指作为商品信息沟通的中介物具有虚拟的性质,有别于传统大卖场的摊点、超市、便利店等各样提供商品的地方,虚拟通路存储商品的地方并不像人们日常生活中常见的商店,它通过各种媒体提供信息,再通过专人派送将商品送至消费者手中。东森购物的这一系统同时为三种行销通路服务,这三种通路代表三种展示商品的形式,为有线电视、型录、网站,被称之为三合一的通路(在接下来的一节会有专门的描述)。商品信息通过这三种媒体到达消费者。这样,东森购物就必须以庞大的商品资料去应对广大的消费者,每一笔交易都是个案,为了方便管理,降低成本,必须将这些个案变为通案,同时又不能忽略顾客的个别需求,因此需要为公司制定统一的商品代号系统和服务标准系统。信息管理平台的作用就在于在信息共享的基础上，支持公司的经营和服务活动。平台的核心在于数据库的建设，这一数据库必须涵盖从产品进货、货品品质检验、销售、出货的各项记录，还必须有完整详细的客户资料。拥有详尽的客户资料是利用信息管理系统进行顾客关系管理的重要前提，东森购物的客户资料做得较为细致，每一个顾客在该公司的数据库中都会留下完整的记录，如购买何种商品、购买时间、数量，或是一些恶意消费行为，都会留下记录。另外，顾客关系管理系统让东森购物更加容易做好会员分级，以加强经营。透过系统分析，了解会员的购物习惯与需求，针对不同的会员提供适合的新商品信息与限时限量的促销方案。信息管理系统这一支撑平台的好处不言而喻，使公司有可能做到规模营销和个性营销结合，同时控制了成本和提供了优质服务。

技术不只是唯技术而论技术。许多公司在引入高技术的失败案例表明，太把科技当作全部的焦点，而忽略了技术只是实现公司经营目标的一种更有效手段。对于东森购物来说，引入的高技术其根本目的还在于实现商品的销售。无论是强大的客户信息、严格的商品选购、顺畅的金流物流、良好的售后服务，其最终目的就是整合销售的前端和后端，为顾客提供有竞争力的零售服务。

以技术带动管理，以技术实现创新。在这样强大的高技术信息系统的支持下，东森购物实现了七天送货到户服务、十天鉴赏期、分期免息、送退换货完全免费、一年保固、365天全年无休的七大保证。让电视购物的表现类型及经营水平完全脱胎换骨，已受到台湾地区广大消费者的支持及产业专家的肯定。2004年，在《天下》杂志邀请专业人士评选出来的标杆企业中，成立仅6年的东森购物以黑马的姿态，被评价排名为台湾百货零售业的第3名，仅次于统一（成立24年）及新光三越百货（成立14年），而领先于SOGO百货公司、大润发、远东百货等公司。事实上，东森购物能得到此种殊荣，不是没有道理的，东森购物的营业收入额近5年来，呈现超几何的倍数飞跃成长，从第一年的5亿元新台币营业收入、到第二年的22亿元新台币营业收入，第三年的72亿元新台币营业收入、第四年的152亿元新台币营业收入，第五年的

206.5亿元新台币营业收入,2005 年已达到 235.3 亿元新台币营业收入。6 年来,营业收入增长了 47 倍,创下台湾服务业公司成长第一名的记录。

第三节　多通路的运行机制

在东森购物自己制订的目标中,成为台湾地区第一家整合媒体通路的百货公司只是第一步。而无论要成为台湾地区第一还是亚洲第一的购物频道,东森购物的发展都必须借助母体——东森媒体集团的资源和信誉。众所周知,东森购物背后的大力支持者东森媒体集团是一个媒体力量十分强大的跨行业的企业团体。东森媒体集团所经营的业务横跨了银行、电信、媒体、物流等各大领域。在媒体方面,东森更是触及有线电视、卫视、电视百货、内容制作、通路建设等诸多方面。东森购物在所经营的许多领域并不仅仅是"新来者"的形象,在以下一些主营的业务中,东森是台湾地区名副其实的"老大"。目前东森电视台八个频道经营,已经成为台湾媒体的第一品牌;东森媒体科技公司,在台湾有线电视多系统经营(CATV MSO)领域也是业界第一;而有线电视双向宽频上网事业,电视购物,及卫星上天事业,东森媒体集团也取得第一品牌的地位。这也恰好符合了国际上购物频道成功的规律:运行电视购物的频道大多是一些著名企业,比如韩国的 LG、CJ 和现代,美国的 QVC、HSN,对这些赫赫有名的企业,老百姓容易产生信赖感。东森媒体集团具有如此雄厚的实力,因此不难理解王令麟为何对东森购物的未来充满信心,也不难理解东森购物迄今为止所取得的卓越的成绩。在雄厚的集团实力支持下东森购物开始了铺建三合一的整合媒体通路,向着亚洲第一的宏伟目标坚实迈进。

依托集团强大的资源、信誉、管理和经营理念的支持,东森购物实行三合一的 B2C 虚拟通路运行机制。把商品销售给所需要的人,这是东森购物发展的原动力。东森购物分析了公司的现有资源(见表 5-1),在以王令麟、宋湘岚为代表的管理层的决策下,提出并持续建设三合一的行销通路。

表 5-1　东森购物现有资源分析

东森购物资源

1. 商品销售通路资源(TV)(商品通路资源)

2. 广告宣传资源(时段广告宣传资源)

3. 300 万会员顾客资源(CRM)(会员资源)

4. 合办活动举办资源(活动举办资源)

5. 商品、促销品、赠品低成本采购与议价资源(商品采购资源)

6. 物流自动化仓储资源(物流资源)12 000 坪

7. ET-Mall.com.tw 网络购物(网站购物资源)

8. 100 万份型录(每月发行)(型录资源)

9. 86 位购物专家及 115 位专业模特儿资源(人力资源)

10. 83 位商品采购人员资源(商品人力资源)

11. 1 300 位三班制客服中心和电话行销人力及设备(客户服务及电话行销人力资源)

12. 13 座电视摄影棚资源(摄影棚资源)(华视 3 座＋崇圣 3 座＋中和 7 座)

　　三合一是指通过三种相关的途径,多线程地到达、接触消费者,缩短购物通路层级,这三种途径是有线电视、型录及网站。媒体将成为一种通路,不管是电视媒体、型录媒体或是网络媒体,事实上已渐成为商品行销通路的一种。这相对于传统店面卖场的通路是具有颠覆性的,从东森购物营业额超过许多大型卖场的市场现状可以窥见一斑。尤其在未来,家庭安装电视机顶盒,互动电视及电视商务(T-Commerce)时代来临,我们在电视媒体画面上,将可以更悠游自在的、不限时间的,及以视频点播方式(Video on Demand)选择购买商品。尤其在未来宅配物流公司服务速度更加快速之后,媒体必然成为重要的行销通路之一。2005 年,东森购物拥有 1、2、3、5 台和购物热销台,共五个电视频道,每日 7 点至凌晨 3 点,20 小时现场播出,全台湾最大的每月发行 100 万份精美的"型录购物",以及营业收入叠创新高的"网站购物"(ET Mall 网络商城)。另外东森购物目前正积极规划开设数字购物分馆,为消费者提供多元化的视听享受和购物选择。

　　东森集团的有线电视经营业务在台湾市场占有很高的地位。有线电视是集团的核心本业,2003 年,东森电视台已经经营八个频道,成为台湾媒体的第一品牌,东森媒体科技公司在台湾有线电视多系统经营(CATV MSO)领域也是业界第一位。东森购物具备集团所提供的极其丰富的有线电视资源,是其他同类电视购物公司所无法比拟的。这些资源对于一个电视购物公司来说相当重要,有线电视提供了公司经营和发展所必备的频道、收视户、展示技术等资源。目前,公司已经拥有5个有线频道24小时连续播出节目,东森电视台的收视户数据库也成为公司宝贵的资源,使得公司能够掌握许多客户信息,比如他们的收视习惯、偏好等,有助于了解那些乐于进行电视购物的消费者的具体信息。在先进的演播技术支持下,多种展示商品的方式成为可能,东森电视台领先台湾的技术同样被应用于购物频道中,集团还专门为购物频道引入了国际级专业的电视购物信息系统,这样就能使得丰富生动的商品信息有效地到达需要这些商品的消费者(或收视户)家里的电视机上。2004年,东森购物成为台湾唯一一家以现场直播(Live show)方式销售产品频道,因为 Live 播出更容易与消费者建立信任感,所以得以拥有全省460万收视户的第一品牌,创下206.5亿元新台币的营业额。

在型录部分,东森购物型录每月发行100万份,每期刊登1 000多样商品,在全台湾型录发行量及销售量均名列第一,2004年创下33亿元新台币的业绩。型录邮购是东森购物的主要购物通路之一,东森型录屡次突破历史销售纪录,曾创下单月营业额3.2亿元新台币的纪录。在网络购物部分,东森购物网络商城(ET Mall)内有超过15 000种商品供消费者选择,目前会员数达20万人,单月业绩突破1亿2 000万元新台币,2004年创下10亿元新台币业绩。东森型录的营业收入额在台湾已是型录类第一,在网络购物方面,ET Mall 预计营业收入额将超过 PC Home 跃居网购第一,加上现有第一品牌的电视购物,"三冠王"当之无愧。

近年来,公司一直对网络购物的前景充满信心,大力发展网络购物业务。在电视购物已经有亮眼业绩情形下,为了弥补电视媒介有时间限制的缺点,东森把网络购物视为经营零售通路的重要一环。其实,东森经营网络购物早在2000年就已经起步,先设了 ETstore 网站,后改为 ET Mall,历经几次改版后,这次全新改版采用 Intershop Infinity 系统,新增了电子礼券、竞标活动、商品搜寻、线上折价以及网友互动等功能。与微软合作共建的新的 ET Mall 购物平台解决了网络购物的前端技术平台问题。在前端技术平台稳步建设和发展的同时，东森购物利用电视购物的成功经验和丰富资源，解决后端的物流、现金流问题。东森购物签约的供货商超过 3 000 家，每个月上档商品 2 800 项；物流中心随时保持 22 000 种品项、33 万件商品存量；不管是信用卡或是货到付款，都有"10 天满意鉴赏期"，不满意免费退换货，且全年无休。所有这些配套服务同样为网络商城所拥有。因此，不难解释网络商城和电视购物同样高速的增长，东森网络商城 2004 年 1 月的营收还不到 100 万元新台币，7 月却已将近 1 200 万元新台币。在网络购物方面，2004 年韩国的网络销售占总销售的 35％，而台湾还远远不到 10％，这一块空缺的市场份额是相当诱人的。

从内衣、食品到 3C 产品，东森购物商品包罗万象，每月平均在电视上展示 350 项产品，型录 600 项，网络则超过 2 万项，且数量不断累积中。目前三大通路新品替换率高达 50％以上。东森购物是台湾唯一具备三合一整合优势的虚拟无店铺行销通路，三种通路大多拥有惊人的业绩，2003 年，商品型录发行 120 万本，营收额为 20 亿元新台币；3 个电视购物频道拥有 460 万收视户，营收 152 亿元新台币；网络购物营收 6 亿元新台币，均居台湾本行业内首位。

到目前为止来看，东森的三合一通路已经创造了令人瞩目的市场绩效。对于消费者来讲，这能随时随地满足其突然迸发的购物欲望。假如你在机场候机室无聊地等待上机广播的到来，在这段时间里，可以翻翻旁边书架上随手可及的型录，商品琳琅满目，会帮助你度过一段无处打发的时间，如果碰巧看到自己一直以来非常想要而因工作繁忙不曾去商场购买的某件商品，直接打电话，报上商品号码，就可以让东森购物送到自己指定的地方。这只是一个简单的例子，在不同的环境下，可以随时购买，这想必就是三合一的购物通路带给人们最大的好处了。

东森购物充分地考虑到了人们的购买习惯，提供了极大的便利，还以优惠的价格，赢得了消费者的好感，所有这些以飞速增长的营业额来回报东森购物所做出的努力。

第四节 敏锐的市场应变

其实,一直以来东森购物体现在王令麟身上的压力是比较大的。技术平台、管理制度的建立和完善好比是打仗前的准备,装备再好,上了战场不会用或乱用也是没有意义的,要打胜仗,需要临场的应变能力。商场好比战场,在装备齐全的情况下,需要的是战士们在战场上发挥智慧和勇气,才能攻城掠地,无往不胜。

王令麟可以说是在海外电视购物巨头的鼓励下开创东森购物事业的,所以他非常重视学习成功的经验。面临瞬息万变的市场,学习成功经验是一把利器。王令麟经常召开各种交流会,对外,与海外成熟的电视购物公司达成战略合作关系,对内,则与供销商、政府部门等形成伙伴关系。由东森购物发起和组织的一年一度的厂商高峰会,受邀的人曾经包括3 000家中小企业厂商以及政、经、学等方面重要合作伙伴和社会名流。尤其是社会名流,在台湾都是些相当有影响力的人物,有的是政界的名人、有的是商界的精英,还有的是学术界的领袖人物,他们纷纷应邀参加东森购物主持的高峰会,并且发表演讲。王令麟几乎每次都参加峰会,他分析台湾的现状,认为各大流通零售业,比如从量贩店、便利商店、超市到百货公司,领导品牌业者清一色都为外商系统及外国品牌业者。王令麟提出,唯一"Made in Taiwan"的东森购物,将持续扮演岛内无店铺贩售(包括电视、型录、网络等)的虚拟通路的火车头角色,以共存共荣的精神,将厂商与消费者摆在上帝的位置,达到厂商、消费者、员工与社会评价"四赢"的目标。王令麟毕竟是驰骋商场多年的老手,在打造东森购物帝国的过程中,始终稳固地打造各方面组成的联盟,从当局、社会权威到普通民众,成为东森购物应变市场的坚固堡垒。

王令麟曾在公开场合向数千厂商提出在5年内挑战1 000亿元新台币年营业额的宏伟目标。他为什么敢于向自己提出这样的挑战呢,要知道东森购物第一年的营业额只有5亿元新台币,离1 000亿元新台币的目标相去甚远。在王令麟提出1 000亿元新台币的那一年,东森购物刚刚成立,而且处于巨额亏损状态,是什么让这样一个看似狂妄的数据脱口而出的呢，是王令麟看到了台湾电视购物远超过 1 000 亿元新台币的市场份额，以及他对东森和他本人的信心。

东森集团本来实施的就是多元化的发展战略，集团主要由四家主力公司和十一家次要公司组成，经营业务涉及有线电视、旅游、保险、网络、科技各个领域，为东森购物的成长提供了丰富的土壤和营养。除了集团直接输入的资金以外，各种技术设备、人力资源、行销渠道源源不断地输血给婴儿期的东森购物，集团的大力支持，王令麟的深谋远虑，使东森购物在风雨飘摇的购物市场扶遥直上，不断创造行销奇迹。一家没有店面的通路在一个半小时能内卖出 216 辆 RV 休旅车，创造出 1 亿 8 千万元新台币的营业佳绩；在 2 小时内能卖出 200 台单价近 37 000 元新台币的笔记本计算机，这就是东森得易购。

在东森购物的成长史上，谈到它的市场应变或市场策略，不能不提到一个人，在这个人的直接作用下，短短 6 年中，让东森购物这个完全建造在虚拟通路上的百货商场，业绩从 5 亿元新台币到 235.3 亿元新台币，整整成长 47 倍，也因此被冠以"购物女王"的美誉。这个人就是东森购物的总经理宋湘岚女士，她平常每天的工作时间是早上 8 点到晚上 11 点，每天长达 15 个小时的工作时间，她完全不以为苦，而且还乐在其中。宋湘岚认为，自己从事的虚拟通路服务业，就是一年三百六十五天、二十四小时都不能休息，就像东森购物的免费服务专线，二十四小时都必须有人接听、为客户提供服务，在最短的时间内做出让客户满意的答复。有了这样的毅力和工作热情，东森购物对市场的反应速度就像热线电话一样，既及时又准时，而且总能为顾客提供妥善的解决办法，致使东森购物的客户满意度高达 92％ 以上。

为了营造市场效应，东森购物向社会公开招聘主持人。年轻漂亮、气质良好的美女俊男一旦被选中，就有可能扬名里外。这些主持人以购物专家的名义进入东森购物，但是，由于其公众影响力，他们往往被称为"媒体新贵"，这一职业被视为成名致富的极佳途径，也因此"东森购物购物专家暨模特儿甄选"成为求职者的新战场。2005 年第一季甄选报名人数再度破新高，共有 600 多人角逐 20 个名额，录取率只有 3％，竞争比研究所招考还激烈。参赛者个个出类拔萃，购物专家方面有 1998 年中国小姐亚军高御书、前"市议员"参选人张元安、亚洲之星戏剧比赛台湾区总冠军刘晓梅等优秀人才参与角逐;模特儿方面,2005年则以国际级标准选拔,每位参赛者都拥有完美的身材比例。东森购物总经理宋湘岚与购物专家向祖、禹安更是亲临现场轮流为这些新鲜血液加油打气。如此招聘主持人,已经使得这项活动变成公众的一个娱乐项目,成为像节日一样的仪式,不仅给东森购物带来社会上优秀的人才,也为人们带去欢乐和笑声。

名人效应是世界上通用的名片。东森购物不仅向社会公开招聘主持人,而且于2004年7月19日正式进军篮坛,接手原九太科技队,正式成立东森羚羊队,期望能像美国的NBA,依靠篮球明星的个人魅力以及篮球队对球迷的吸引力和影响力,开辟多元的行销市场。"东森羚羊"取羚羊的跳跃、活力之意,代表东森购物和东森电视出战。这支球队,曾以黑马的姿态,在2003年甲组联赛中拿下季军,在第二十届葫芦墩杯台湾篮球锦标赛中获得甲组冠军,队员中杨玉明等人更是中华队队员,是一支令人高度期待的年轻劲旅。东森不仅在第一年就投入3 000万元新台币的预算打造这批"灌篮高手",而且利用集团的媒体资源优势,解决球员的后顾之忧,东森积极安排球员向体育主播、购物台主持人或演艺事业发展。

东森羚羊队在超级篮球联赛之余,不忘东森购物企业精神——"给您好生活",推出的吉祥物"安的诺"已经深获球迷的喜爱。为回馈各机关学校和广大民众,羚羊队在校园推广篮球活动一直不遗余力。东森羚羊是唯一一支和高中篮球名校进行合作和交流的职业篮球队,此举既提升了学生体能,又为球队网罗和培养人才。另外,东森羚羊队于2005年5月13日与台湾南山高中合作成立"东森YO军"后,于6月2日与台湾康宁专校及强恕中学签约,使球员包括幼保科学生,都有机会获得奖助学金,以及进东森实习的机会。而在东森广播ETFM节目中开设幼儿保育单元,也能结合康宁护专专业的护理知识,提升节目的专业水准。

为了凝聚媒体焦点,鼓舞球员斗志,东森休闲育乐公司还成立了岛内第一支由专业模特儿组成的"东森羚羊啦啦队",以展现东森媒体集团的活力。"东森羚羊"不断吸引媒体的目光,其对公益事业的热心与集团一脉相承,队员们为经历风灾的山里孩子送去篮球及New Balance

和 Nike 球鞋，并认真专注地教给孩子打篮球的方法。全省医院血库告急时，东森购物和保代发起"捐血一袋，救人一命"的捐血活动，东森羚羊队员又踊跃加入献血行列。东森羚羊的确已经成为东森购物媒体行销的利器。

东森购物有多种围绕着消费者利益实施的应变策略，最典型的莫过于 CRM(Customer Relationship Management)系统，翻译过来就是客户关系管理。这方面，东森购物自创立起就以消费者为中心，不断追求满足消费者需求，把提升客户满意度作为公司一项主要职责列入到发展目标之中。公司的 CRM 管理卓有成效，引入了世界上较先进的信息管理系统，及时更新客户信息库，并且加以保密。公司还培养出一批优秀的客户服务团队，东森购物的客户服务团队在 2004 年 5 月香港亚太顾客服务协会（APCSC）举办的"亚太顾客关系服务奖"中，拿下"杰出顾客服务组长"、"最佳客服热线中心"、"最佳人力发展计划"、"最佳客服中心技术运用"等大奖。公司在经营和管理实践中融入了现代的行销理念，即以消费者为导向的市场经济要求生产商品的厂商须给消费者提供利益，促销策略有助于在短时间内提高某个企业某样商品的知名度和在消费者心中的好感度。为了不遗余力地提高消费者满意度，东森购物时常进行提供利益的促销活动。消费者生活形态正在改变，也可从宅配市场与网络购物的兴起看出端倪。因为平日工作繁忙，愈来愈多消费者选择在家购物，如型录邮购、网络购物，以节省交通时间与提货的精力。为了强化消费者对电视购物的信心，东森购物不仅以"免费送货到府"、"10 天鉴赏期与免费退换货"等服务收揽消费者的心，更贩售实体通路难以销售的商品，供消费者多元选择。"实限时促销"与"限量购买"是东森购物促动消费者当下购买行动的重要利器，让消费者有"此时不买，就错失良机"的感觉。"实限时促销"与"限量购买"策略还配合现场节目以强化实限时促销与限时限量的抢购效果。

市场应变能力需要在实践中进行测试，理念最终要用于实际的操作。一次重大的市场危机能够毁灭一个企业，也能造就一个企业，关键在于企业在市场实战中的表现。东森购物在那场袭卷东亚的 SARS 灾难中表现出了强有力的市场应变能力。2003 年春，SARS 的愁云惨雾整整笼罩了亚洲三个多月。东森购物面临一次重大的考验，基于卫生问题,消费市场不被看好。公司立即做出反应,随着 SARS 疫情攀升,东森购物自 4 月 14 日起,每日发放增强免疫力的保健食品(蜂胶、维生素 C、维生素 E)提供同仁服用。另有鉴于集体感染状况层出不穷,故于 4 月 28 日起,凡进入东森购物之人员,均需戴上口罩及接受体温检测。东森购物全体员工除每日服用由关系企业嘉食化提供的三碇保健食品外,更从"三军总医院"借调 2 位护理人员采用"红外线感应式体温计"(避免使用耳温枪的卫生问题)全天候为进出员工测量体温,凡超过 38℃有发烧现象者,即强制在家休息。此外,市场上口罩全面高价又缺货的情况下,东森购物并于 4 月 8 日~9 日从日本原装进口 20 000 个活性碳口罩,以成本价提供给消费者。由于担心被传染,因此部分实体卖场、百货公司客数锐减,而以"虚拟卖场"为主的东森购物各大通路,却呈现逆势成长的现象,尤其是增强抵抗力的保健养生食品及抗菌用品更为消费者所青睐。例如:保健食品、空气清净机、杀菌光冷气等,销售率较平日约增长 20%。公司取得了对 SARS 的重大胜利,ET Mall 5 月份营业额增长 50%,创历史新高。4 月更比去年同期增长超过 2 倍(221%),而 3 月的表现则更加亮眼,比去年同期增长近 4 倍之多(398%)。

看到东森购物开辟出的诱人市场,一场抢夺全新媒体运营通道——虚拟通路购物的竞争已经打响。这不是像战争一样处于东一枪西一炮、互相探听对手虚实的热身阶段,而是双方拼速度、拼力量、拼实力地进行实践。在目前东森购物独大市场的情况下,富邦、中信集团加入竞争行列,未来的电视购物市场即将展开新一轮的抢滩登陆,对于广大的消费者来说,竞争必然带来好处,大家就坐等更加优惠的价格和更加优良的服务吧。

第五节 卓越的市场绩效

是到了秋后收成的时候了,2004 年经过细致的盘点,东森购物交出来的成绩单是十分令人满意的,至少没有让信誓旦旦、充满激情活力的董事长下不了台。现有一份营业额的成绩单摆在面前,读这段历史至少能让人感到,付出总是有回报的(如图 5-1 所示)。

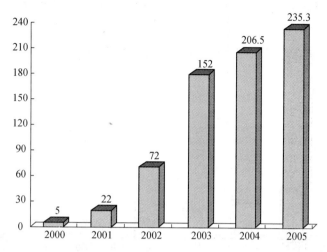

图 5-1 东森购物营业额成长趋势(单元:亿元新台币)

作为一个拥有现代先进管理的企业,东森购物的财务报表其实是相当复杂的,有各种各样的比率、指标、图表、趋势图等,反映了详尽的公司财务状况,例如资产、负债、利润、增长率等。但是,从两个核心指标,可以大致地了解东森购物卓越的市场绩效,那就是营业收入额和会员数。公司以年为单位的营收额能够反映其总体实力的变化,会员数这个指标之所以重要是由公司的媒体本质决定的,受众对媒体来说是重要的资源。

1. 营收额

从东视购物的总营业收入额来看,几年来,营收成长了 47 倍,创下岛内服务业公司成长第 1 名的纪录。

营业额从 2000 年的 5 亿元新台币,到 2001 年的 22 亿元新台币,因而首度进入《天下》杂志 500 大服务业排行榜,名列第 275 位。在台湾整体服务业营业收入增长呈现首度负增长 11.7% 的时候,东森购物却以 300% 的成长速度,排名第二。东森购物从 1999 年年底开台时一天只有营业额 6 万元新台币,但到了 2005 年每小时至少有 50 万元新台币进账;从乏人问津,到年购物高达 800 万人次;从开台时寥寥无几的来电,到每月至少 60 万 5 千通此起彼落的订购电话。2005 年,东森购物在《天下》杂志"百货批发零售业"排名快速窜升,并荣获零售业标杆企业第5名(如图5-2所示)。东森购物排名跃升最快,营收成长率最高,达到156.98%,同时也是虚拟通路业者上榜第一家。在"虚拟通路"行业内,东森购物独占鳌头,营业额遥遥领先。

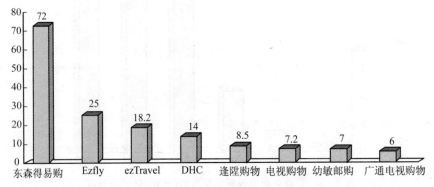

图5-2 主要"虚拟通路"业者2002年营业额排名比较(单位:亿元新台币)

另外,从通路的营业收入额来看,2003年,商品型录每月发行120万本,每期刊登1 000多样商品,在台湾型录发行量及销售量均名列第一,2004年创下33亿元新台币的业绩;3个电视购物频道拥有460万收视户,营收150亿元新台币;网络购物营收6亿元新台币,2004年创下10亿元新台币业绩。以上三个通路的销售量均为台湾本行业内首位。东森的广播购物(ETFM89.3)也颇受欢迎。

2. 会员数

从会员的绝对数量和结构上分析,东森购物拥有会员数量庞大,VIP会员所占比例较高的综合市场优势。东森购物拥有460万家庭的高普及率,并综合电视、型录、网络型式,形成一个无店铺通路购物网络。在网络购物部分,东森购物网络商城(ET Mall)内有超过12 000种商品供消费者选择,目前会员数达20万人。东森购物比较重视VIP会员的发展,花大成本为其提供个性化的优质服务。20%的VIP会员就可以为东森购物创造出五、六成的营业额,因此,除了思考如何增加消费频率与额度外,更要设法计划掌握经营VIP会员的忠诚度。顾客关系管理系统让东森购物更加容易做会员分级,以加强经营VIP。透过系统分析,了解会员的购物习惯与需求,针对不同会员的主动性,运用手机提供适合的新商品信息与限时限量的促销方案,让每位会员有受到"尊荣待遇"的感觉,进而增加对东森购物的忠诚度,增加他们在东森购物消费购物的机会。通过各种有利于发展会员的努力,东森购物会员稳步地增长。从2000年仅仅8万会员,到2005年达到了280万会员,增长了35倍(如图5－3所示)。

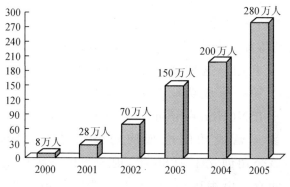

图5－3　近年来东森购物会员增长趋势图

会员数的稳步增长靠的是积极的市场策略和有效的客户关系管理,这些卓有成效的努力最终反映在会员满意度这一重要指标上。东森购物会员的满意度是相当高的,2006年,根据盖洛普调查,东森购物整体满意度高达92.6％。良好的口碑是东森购物会员数增长的根本原因。

总而言之,东森购物的发展奇迹并不全是偶然的,循着它发展的轨迹可以让我们有所启发。这个奇迹需要我们从纯理性的媒体经济学角度对东森购物进行分析,才能更为深刻地了解它,认识它,体会它。

第六节　卖商品:媒体经济学的第三条道路

就媒体经济学而言,电视媒体实现其赢利有两条道路:第一条道路是销售吸引观众的节目服务,也就是通过收取电视节目收视费来收回成本,乃至实现赢利;第二条道路是销售收看节目的观众,也就是把与观众交流的途径标上价码卖给广告商。无论中外的电视媒体,走的要么是第一条路,要么是第二条路,要么是两种道路的结合。卖节目、卖观众,这已成为电视业发展百年来一种成熟的商业模式。而现在,随着以东森购物为代表的新一代虚拟购物的迅速崛起,正成为电视媒体赢利可以选择的第三条道路。

"如果我们卖不出广告,或许可以卖出产品。"与许多新兴的商业模式一样,面向家庭市场的电视购物创意也源于失败后的出路构想。20世纪70年代,随着调频电台的兴起,无线电台的市场份额迅速被蚕食。在经历了多次推销失败后,无线电台节目主持人帕克森开始在电台向听众播出直接销售廉价折扣商品的节目"阳光海岸廉价商",没想到节目一播出,就大受欢迎。这种模式很快被帕克森从广播引入到有线电视,创立了世界上第一家成功地在全国性的电视网上直接向观众出售产品的公司——HSN(Home Shopping Network)。

美国另一家运营成功的电视购物公司是 QVC(Quality Value Convenience),该公司创立于 1986 年,现为美国最大的电视购物公司,拥有全美 80% 的有线电视用户,全天专业购物频道覆盖美国、德国、英国及日本市场。2002 年收到来自全球各国 1.5 亿个电话订单,寄出 1.07 亿宗商品,销售额达 44 亿美元;2003 年 QVC 的销售额更是增至 49 亿美元。QVC 平均每天收到 25 万个订货电话,每天发送 21.4 万余件货物。2001 年 12 月,QVC 曾创下一天最高销售额超过 8 000 万美元的纪录。

与传统的实体零售相比,电视购物的消费者行为有其独特性:

一、电视购物模式的新颖性

Barbara 的研究指出,传统的商店购物方式已显现出种种弊端。消费者对传统的消费方式已感到厌烦,消费者希望在购物当中体现速度和便利,但 40% 的消费者在这两点中没有得到满足。另外,消费者认为传统的商店购物环境充满了危险和不确定因素,独自开车去购物中心可能会面临着堵车的烦恼和犯罪分子的威胁。

与传统的购物方式相比,电视购物则具备独特的优势。其一,电视购物产品的品种多样化,不仅有价格便宜的,还有品种新奇的和知名品牌的商品,满足了消费者的产品多样性需求。其二,电视购物产品的信息全面化,通过专门的电视节目,讲解产品的主要功能和特色,教导消费者如何使用产品,将产品的有关信息通过生动的现场演示方式传达给消费者,满足了消费者的信息全面性需求。其三,电视购物消费方式的娱乐化,通过电视来购物,观看互动性很强的电视节目,将极大地提升消费者的购物意愿,满足了消费者的娱乐互动性需求。

二、电视购物行为的冲动性

购物行为分计划性购买和冲动性购买两种。研究资料表明,在电视购物过程当中,以冲动性购买居多。消费者接收由电视频道提供的产品信息,受到刺激,出现购买欲望,在内心产生一股强大且无法抗拒的内在驱动力,促使消费者没有经过复杂的决策行为,便实现了购买行为。电视节目的限量销售、现场直播、主持人促销等因素都极易导致消费者的冲动性购买。

冲动性购买是一种不理性的购买行为,通常在不由自主的情形下发生,此时消费者通常缺少判断能力且对自己行为控制能力降低,冲动性购买容易导致消费者后悔以及产生不愉快的感受等弊端。一方面,电视购物商喜欢消费者的冲动性购买,另一方面,电视购物商又不希望消费者由于冲动性购买产生后悔感而不再次消费,因而,东购多提供了一段时间的产品鉴赏期,如消费者不满意,可无条件免费退货。这种营销措施在一定程度上降低了购买行为的冲动性。

三、电视购物消费者的群体特征

国外的市场研究表明,凡是看过电视购物节目的,2/5会有一次购买行为。电视购物主体消费人群在已婚的中年女性(35～44岁)当中,发生过电视购物消费行为人中的57%家庭年收入在5万～7.5万美元之间,处于蓝领阶层。42%的消费者购买单件商品的最高消费金额在50～75美元,平均每次消费总额在125美元。

市场研究进一步表明,有超过20%的人认为无法在购买前直接接触到产品,是电视购物目前面临的最主要问题,同时也显示出消费者对购买商品的品质的担忧。为解决这一问题,电视购物频道在播放节目的同时大多提供电话咨询服务,通过与电话销售员的一对一交流,消除各种消费者在购买产品过程中的不确定性,从看电视产生购买动机到最终在电话中实现购买行为。

四、电视购物商品的可视性

电视购物销售与传统零售商场销售商品的重点有所不同,在传统零售销售过程当中,强调大而全,强调消费者在购买计划商品时的溢出效应,如大卖场在零售业的迅速崛起就是一例。而在电视购物当中,由于电视媒体销售的特点,则强调商品少而精,突出重点,细致介绍,以生动的可视性打动消费者的心理。

一般来说,在电视媒体购物中,销售量最大的产品往往以小家电、厨房用品、清洁用品、女性用品为主,这些产品的特色是容易演示,效果显而易见,易使用,有创新性等。主持人可通过生动的视觉传播,向消费者介绍、推荐产品。这种介绍产品的方式很容易让受众对主持人产生良好的印象,与主持人产生类似社交的关系,并进而认同主持人所推荐的产品。

电视购物主要有两种类型。第一种是电视广告型,即播放事先拍好的节目录像,介绍相关的产品信息,短则一两分钟,长则半小时或一小时,大多在凌晨或上午较便宜的电视时段滚动播出,这类电视购物实质上是更详尽的产品信息广告。第二种是电视媒体型,即完全将电视作为一个媒体平台销售产品,而不是仅作为广告播出制作好的节目,如在专业的电视频道上全天滚动播出,有专门的节目主持人,对产品功能和特点进行详尽的介绍,观众可以通过电话与节目主持人交流,这种专业的电视媒体购物就是东森购物区别于台湾第一代电视购物公司的商业模式(见表5-2)。

表5-2 东森得易购与第一代电视购物商业模式比较

电视购物类型	播出时间	播出时段	主持人	播出形态	互动性	节目成本	产品利润
电视广告型	短	散	无	录播	弱	低	高
电视媒体型	长	完整	专业	直播	强	高	中

把电视媒体作为一个完整的销售平台是电视业实现范围经济的一条重要出路。范围经济——通过多种产品生产而实现的经济——是传媒企业的主要特征。当通过分摊日常开支或增加其他效能,使共同生产和销售两个或更多相关产品比分别生产和销售这些产品更划算时,

范围经济的作用就凸显出来了。

1. 降低成本

降低固定成本。对于电视业来说，为制作节目投入的设备成本费用比较高，且是固定不变的。发展面向家庭市场的电视购物业，可以大幅度地提高费用昂贵的电视设备（摄影棚、摄像机）的利用率，降低固定投入的成本，减少由于技术更新速度太快带来的隐性折旧。

降低人员成本。发展电视购物业，可有效地将电视媒体独有的人力资源（主持人、摄影师）有效地利用起来，一方面，可将主持人内在的影响力转化为外在的商品销售；另一方面，可通过大量的节目制作，培养出更多的优秀人才。

降低销售成本。在电视业发展初期，频道资源是稀缺的，但随着有线电视和数字电视的发展，频道资源已从稀缺变成了富余。开设专业的电视购物频道将可以有效地利用多余的频道资源。将频道转为自己的空中店铺，而无需建设昂贵的大型商铺，让生产厂商直接与消费者面对面，降低销售环节的中间成本。

2. 品牌延伸

品牌联想度。对于消费者来说，电视台与生俱来的公信力是他们接受购买产品的心理基础。消费者很容易将自己对电视媒体的好感转移到其销售的商品中去，再辅之以有良好形象的节目主持人进行导购，好的品牌印象成为了消费者进行购物的心理基础。

品牌知名度。成功的电视购物频道，总是与知名商品的生产厂家结成战略联盟。通过独家促销、先行体验、无条件退货等方式，为消费者提供商品的品质保证，提高消费者的购买信心。

品牌忠诚度。通过品牌联想度和知名度的提升，消费者的品牌忠诚度就可以逐步建立起来。品牌忠诚度是实现品牌效益的核心指标，通过顾客满意度和重复购买行为表现出来。保留忠诚客户的成本要远远低于吸引新顾客的成本，因而它将成为企业利润的主要来源。

3. 资本运营

电视媒体经营家庭购物，在财务上的一个重要亮点就是可以持有大量现金——电视媒体向购物客户收取的是现金，而返还给厂商的货款结算一般是半年以后。在这半年当中,电视媒体持有的现金将有效地支援其他业务。

东森购物目前每个月有 15 亿～20 亿元新台币的营业收入,乘以 6 个月的货款周期,手上随时就握有百亿元新台币的现金流量。即使不计算卖出商品的获利,这家公司光是依靠手上的现金,每年都可以坐收数亿元新台币的利息收入。

从卖广告到卖内容再到卖商品,东森购物在媒体经济学的第三条道路上正渐行渐远,渐远渐明!

第六章　数字多媒体产业的领航者

早在 20 世纪 60 年代,加拿大学者麦克卢汉就提出了一个著名观点:"媒介即信息"。他认为,从人类社会的发展过程来看,真正有意义、有价值的"信息"不是各个时代的传播内容,而是这个时代所使用的传播工具的性质、它所开创的可能性以及带来的社会变革。媒介本身才是真正有意义的信息,"正是传播媒介在形式上的特性——它在多种多样的物质条件下一再重现——而不是特定的信息内容,才构成了传播媒介的历史行为功效。"[①]

当前,世界科技迅猛发展,各国媒体已经进入数字化时代。数字技术的出现给媒体行业带来了一场深刻变革,使得媒体行业在未来 20 年内将成为变化最大、发展最快的行业之一。[②] 目前,各国政府都十分重视大众媒介从模拟信号向数字信号的转换,并制定了一系列政策和措施推进数字进程。例如美国计划在 2006 年将关闭模拟电视;英国计划在 2010 年关闭模拟电视;日本计划 2006 年实现数字电视全国覆盖,2011 年关闭模拟电视。

在数字化时代的这场深刻媒介变革中,东森媒体集团率先把握了信息革命和网络经济的洪流,在稳健经营的基础上,迅速朝多角化、科技化及全球化迈进,在台湾积极扮演着网络多媒体产业的领航者角色,堪称数字化时代的媒介翘楚。

第一节　全面 E 化作业　打造网络多媒体产业"航空母舰"

台湾当局于 2002 年 5 月通过了"数字台湾计划",将台湾地区的信

---

① 　[美] D. J. 切特罗姆. 传播媒介与美国人的思想[M]. 北京:中国广播电视出版社,1991:185.
② 　于都. 数字化广播电视的新时代[J]. 军事记者,2004(2).

息化建设列为未来 6 年的首要任务。那么,东森媒体集团在这波数字化发展计划中发挥着怎样的作用? 它是如何通过全面 E 化作业而扮演着当地的网络多媒体产业的领头羊角色?

一、铺设全岛光纤网络 建立 E 化生活梦想

伴随卫星传输所带来的有线电视系统台经营方式的大转变,加上1995 年,美国也解除了电信与有线电视间跨业经营的限制,东森集团总裁王令麟有感于台湾有线电视系统网络宽带的不足,担心会成为日后电视与电信的整合及跨业经营的障碍,为了让有线电视产业走出一条光明的路,如同欧美等国对于有线电视宽频网络的先进发展,致力推动"第四台"合法化的使命感油然而生。他认为,"如果'第四台'不仅合法了,还能够结合光纤网络的铺设,促进全岛民众进入 E 化宽频网络时代的生活,并使有线电视及宽频发展成为台湾的一个重要产业,为台湾创造更多的产值,创造更多就业机会,那岂不是让台湾人民更受益啊?"经过王令麟的奔走及努力,"力霸集团"、"华新丽华集团"、"中兴保全"、"国产实业集团",甚至外资"新加坡汇亚"等集团,都决定对有线电视挹注资金。于是"东森媒体科技公司"的前身——"东联先进多媒体"于1995 年成立,专门负责有线电视系统台的投资与经营,以及全岛宽频网络的建设与规划。

前瞻的经营策略和专业的管理团队,使得东森媒体科技在十年后,成功地建构了台湾地区最完整的数字媒体网络平台。

二、铺设 750 MHz HFC 双向网络 建设台湾宽频网络高速公路

随着因特网(Internet)的兴起,王令麟看到有线电视双向网络所能构建的网络能够帮助台湾居民获得 E 化网络生活,于是决定引聘最好的人才。他积极游说当时任职于中华电信电研所的陈光毅所长,前来担任建设光纤网络的舵手。"东联"除了对所属系统投注巨资建置750 MHz双向网络外,还呼吁其他业者"中嘉"、"太平洋"(今"台湾固网")、"卡莱尔"(今"台湾宽频")等集团投入双向网络的建设。这个远见,加速建造了台湾除"中华电信网络"外的第二条宽频网络高速公路,对于台湾的数字化发展大有促进的功能。1996 年,为了能够实现双向

网络工程,"东联"又扩大工程部编组,筹划 HFC(光纤同轴电缆)网络建设工作。同年年底还决定奠基台北市有线电视网络系统,投资台北市"阳明山"、"新台北"、"金频道"、"大安文山"、"文山有线"等多家系统台。经过前期的努力,1997 年"东联"更名为"东森多媒体",其所投资的"新竹振道有线电视台"亦于当时获得信息主管部门电信总局颁发合格经营许可证,成为台湾第一家工程查验合格的有线电视系统台。在同一时间内,"东联"所属系统台包括"阳明山"及"新唐城"皆取得经营许可执照,奠定日后的有线电视版图规模。

因应宽带化与数字化的趋势,1997 年起,"东森多媒体"陆续斥资 60 余亿元新台币,将混合光纤同轴(Hybrid Fiber Coaxial;HFC)网络从 550 MHz 升级至 750 MHz 双向网络,开始着手建构台湾第一条民间信息高速公路。

除了来自本身优秀的技术团队,"东森多媒体"也不忘向外取经,吸收更新的科学技术,以期能更精进于所提供的技术服务,并与全球最大的网络技术公司——思科(Cisco)进行策略联盟,还与美国西方公司(USWEST)签订宽频网络顾问咨询合作计划。在全员合作之下,"东森多媒体"通过国际标准组织所认证的品质管理系统,取得 ISO9001 证书,成为全台第一家有线电视宽频网络(HFC)设计/开发及建设公司,该公司于 1999 年 6 月正式更名为东森媒体科技公司。当时正值"有线广播电视法"正式通过有线电视宽频网络可以出租给电信业者,而信息主管部门也公告"电路出租管理草案",接受有线电视业者申请电路出租执照。王令麟深知这代表有线电视宽频网络的时代即将来临,他抓住机会立刻指示东森媒体科技提出申请第二类电信执照。

2002 年,东森媒体科技旗下 12 家有线电视系统台均取得信息主管部门核准之电路出租业务许可,全力配合转投资的东森宽带,推动 cable modem 双向宽频上网服务。目前已由信息主管部门核发的 12 张替代网络出租执照中,东森媒体科技各主控场就持有 12 张。截至 2002 年 10 月止,东森媒体科技在全台湾共建置了 3 137 公里的光纤及 17 334 公里的同轴缆线网络,打造了 750 MHz CATV HFC 双向宽频网络基础建设(Broadband Two-way Network)的稳固基石。目前,东森辖下主控系统台覆盖的家庭用户中,84%有线网络已为 750 MHz,其中

61％可使用双向服务。

三、E-information

打造 E-信息的核心就在于：所有的信息，民众是不是很容易取得？这也是东森媒体集团一直致力解决的问题。十余年来，东森集团真正建构起了世界级信息系统，堪称虚拟通路新典范。

2002 年最引人的广播节目——由艾力克斯主持的"宽 e 解带影音夜总会"，在 ETFM89.3 登场。从元旦起每周一至周五午夜十一点至凌晨一点，影音同步放送，带给听众最刺激的视听盛宴。东森媒体科技集团透过东森宽带技术首度将网络聊天室与广播技术结合，让广播人也可以跟听众坦诚相见、在线聊天。为了能让影音同步播出，利用光纤网络从 ETFM 拉到南港 IDC 主机房，包括光纤网络及周边网络配备就耗资了 100 多万元新台币，而这项技术也为东森传播 ETFM、ETtoday、EThome 及东森综合台充分地进行整合再利用。

又如东森购物，2005 年 1 月，东森购物与全球最大软件设计公司 TCS（TATA Consultancy Services）签约，共同打造新一代的虚拟通路信息管理平台。整合多媒体通路管理、客户关系管理、订单与账务管理，以及供应链与物流管理，借实时精确的信息流动，将电视节目制作、平面刊物、客户服务人员、银行、物流公司等数千家供货商以及数百万户家庭，精密的组成一个跨越地理区域限制，全天候实时运作，365 天全年无休的虚拟通路。

东富信息公司因着东森集团版图的快速扩张，也建立了横跨十大区块的网络架构，统筹 5 000 部个人计算机的实时维运工作，并率先采用先进的高可用性数据管理系统（HADB）架构，完成台湾规模最大、最复杂的 Call Center 平台以及电视新闻数字平台。跨媒体、跨产业，东富信息不断向信息技术挑战。它以东森购物为中心，整合这一台湾最大的虚拟通路平台，提供信息流，并提升商流、金流、物流的最大效能，打造快速准确的供应炼体系，强化东森购物的竞争力，也创造虚拟通路的新价值。

可以说，东森集团的每一个子公司都是在 E-信息的思路下，不断打造虚拟通路,创造无限价值。

四、E-industry

在信息化社会中,信息科技能力所形成的信息成本越来越受重视,致使各大媒体产业建立数字平台。东森媒体集团作为一个产业,是不是已经 E 化？这是一个非常关键的问题,因为只有 E 化后的产业,才能在国际上具有竞争力。

作为一个跨平台的媒体集团,东森电视台的 E 化运作必须具有更高效率的资源整合和情报网络,不论是光纤连结、卫星传输、节目播出与制作、营销人员的推广策略、管理干部的派任等,都应展现出现代化科技与资源整合的优势。

看准大媒体潮流和数字革命的趋势,王令麟先生在 1995 年创立东森媒体科技公司(EMC)。透过策略性购并来扩张规模,率先导入有线电视多系统经营者(MSO)模式,同时积极布建宽带网络、整合频道内容,为消费者提供多频道节目收视与宽带上网服务。截至 2004 年底,旗下拥有 13 家有线宽带系统台,以及逾百万有线电视订户和 16 万宽带上网用户,成为领先亚洲(祖国大陆及日本除外)、位居全球前 20 大之有线电视多系统经营者(MSO)。①

为进一步因应国际化与客户越来越多样化的需求、发挥资源整合效益,2003 年 10 月 15 日,东森电视台宣布,正式导入全球最大企业级软件公司甲骨文的电子商业服务信息平台(Oracle E-Business Suite)。东森电视台引进的这套 Oracle ERP 系统,是一种可支持全球运作、多公司与多币种的信息软件,未来在资金运用、资源整合及创新流程上将更有效率,使公司在全球化管理的能力上将迈进一大步,大幅强化面对客户多样化需求的能力和提升国际竞争力,为上市创造更多的 IT 竞争优势。这项信息平台,由建华金控转投资的泰新系统负责建置,在日益庞大的组织中,将更有效地执行复杂的流程,使各部门能快速、轻易交换数据,并作出正确的决策。

---

① 据东森媒体集团 2005 年 7 月简报.

东森拥有鉴价 54 亿元新台币的片库,频道家族收视占有率高达 18%,是电视业的重要资产。在导入 ERP 系统后,将更有效掌握节目营业收入与各项播映成本,进而制作出更精致、更受观众喜爱的电视节目,在各种不同的频道播出,满足海内外观众之需求,同时对广告托播及业务状况有更佳的掌握,提供给广告主更好的服务质量。这使东森电视台在全球布局和资源整合的需要中,真正建立起了企业资源规划系统(ERP),成为具备全球联网业务管理能力的电视台,也是亚太地区电视媒体的创举。

东森国际公司更是堪称传统产业、创新经营的 E-industry 的典范。

1975 年,东森国际从仓储起家,再跨足海上航运业务,是台湾唯一在北、中、南三港皆拥有散杂货码头的民间最大港埠事业公司,也是台湾最具规模的巴拿马极限型散装货轮营运公司,1995 年股票正式挂牌上市。秉持传统企业稳健经营与服务至上理念,兼容 E 时代的创新开发精神,2000 年 6 月转型迈向网络、媒体、科技与电子商务领域,本着诚信、团队、创新、永续(Fair、Firm、Future、Forever)四大经营理念,创造企业最大的效益和价值。

科技发展,日新月异,面对信息革命和知识经济的洪流,东森国际在 30 年稳健经营的基础上,积极朝多角化、科技化及全球化迈进,强化企业的竞争优势。

东森国际公司目前有仓储、航运、综合开发、贸易及祖国大陆等五大事业部门,并以"发展高服务加值型及高资产报酬型事业体"为核心策略,一方面维持大宗物资港、航、贸一条龙服务的优势,朝台湾最具运营前景的港埠公司、散装航运公司及最大谷物贸易商的目标迈进;另方面转投资媒体、通讯、科技等产业领域,扩大相乘的综效价值,为企业带来更快速多元的增长;另外还拓展消费性商品开发,布局两岸物流,以投资位于上海港的货柜场为基础,再以高雄自由贸易港区的运营许可,结合东森媒体集团资源,发展两岸多功能仓储转运服务,积极建置多功能仓储转运基地、国际商品仓储中心及进口商品分拨中心,成为全方位、多角经营的全面 E 化的物流中心。

五、E-learning

打造数字台湾、全民终身学习的 E-learning,是东森媒体集团推行全面 E 化的另一项重要举措,也就是让民众透过因特网无时不在地进行远距离学习。

随着时代的进步,知识的传承方式必须要与工具同步,所以社会各界鼓励民众采用数字化的方式作为学习渠道,如此一来,人人皆可随时学习。

E 化生活已经引进,电视以数字化的方式将生活各个层面涵盖在节目内容中,比如 YOYOABC 英语频道,让小朋友打开电视就能学英文,打造无边际的学习环境。自 2002 年起,东森电视台已陆续对 147 所小学捐赠数字电视机(DSTB),其中 YOYOABC 频道深受师生欢迎,以台南新营市的新进国小使用成效最佳;2003 年 1 月也捐赠三个数字机顶盒给新进国小,装在校内的视讯控制室里,固定播放 YOYO ABC 的英语教学节目,每天从上午七点播放至下午五点三十分,各班都可利用早自修、午餐或下课时间收视。

东森数字英语教学频道开播,让"东森又做了一件好事! 东森企业网络深入人心,做好事都有东森的份儿。"数字频道的开播,意味 Double "E"的时代来临,台北市长马英九表示:"东森英语教学频道,有助于缩短英语教学的城乡差距。"

2002 年 1 月 31 日,东森媒体科技公司与加拿大知名教育机构 LW(LearningWise Inc.)签约,共同成立了 LearningWise 台湾公司,以合作数字学习课程(E-learning),提供专业英语课程及专业进修课程。借由东森媒体集团提供的双向网络平台、通路以及强力的媒体广宣,合作推动数字学习(E-learning),引进北美洲一流的专业师资提供高质量教育内容,结合在线学习(on-line)以及面对面实体教学(on-site)两种形式的优点授课,将可提供台湾的专业英语及专业进修课程。

东森幼幼英语教学频道是岛内第一个数字教学频道,东森电视台亦积极筹备其他适合各分众族群的教学频道,像东森女性学苑频道、东森全民高尔夫球教学频道、东森戏曲教学频道及东森医疗健康频道,未来民众将可借数字化的电视节目,自由学习运动、戏剧、歌仔戏、医疗等各种新知与技能,以达成全民终身学习的目标。

东森集团在 2001 年即提出了 E-Life 的观念,对于这个愿景的实现,必须将思维作一种转换,从传统的生活变为以 E 化为基准的生活,落实到各个领域进行全面 E 化,那么 E-Life 的实现也就不远了。

第二节 4C 整合 担当网络多媒体科技产业的领航者

东森媒体集团以革命性的数字机顶盒,先进的传输配备和宽带网络多媒体平台,改变、也丰富了每一个人的生活和质量。东森不断打造新舞台,挑战新目标,还将运用双向光纤宽带网络优势,迈向通讯(Communications)、计算机(Computer)、有线电视(Cable)及内容(Content)的 4C 整合,并以数字化后有线电视 600 个频道的影音内容,创造数字媒体新价值,积极扩展海外事业版图,为全球华人提供数字多媒体服务。

一、媒体产业的赢利模式分析

媒体产业的赢利模式一般有五种:一是广告收入;二是内容收入;三是推销产品收入;四是活动收入;五是资本运作。过度依靠广告收入的赢利模式经营风险很大,有研究表明,若广告收入在传媒收入中超过 70%,则传媒易受制于广告业的发展,并且在经济发展达到一定水平后,单纯依靠售卖广告的赢利模式就很难进一步提升传媒业的发展。因此,如果要突破广告业的局限,超越这种单一的赢利模式,就必须拓展经营方式,赢得多点支撑的传媒格局,从而实现传媒以核心价值资源为支撑的跨行业经营模式。其主要表现为:

传媒品牌的扩张:即利用已有的传媒品牌从事传播领域以外的业务。东森的十一家子公司中的东森公关公司、东森休闲育乐公司、东森巨蛋公司、旅行社、保险等就利用母体品牌创立起来的,进行调查、咨询、经纪、休闲、保险等业务的经营。

传媒已有客户群价值的再开发:利用已有的客户名单进行某种资讯服务的精确营销,比如利用东森购物的会员名单可以进行东森保险业务的推销、森辉旅行社旅游产品的推销等。

传媒资讯的深加工：信息畅通与资源整合能力关系着一个企业的生存与竞争力。然而媒体内往往资讯庞杂，资源再利用率低下，如果没有资源的有效管理和整合，这些资源就是死水一潭，非但不能为企业带来利润，而且成为负担。东富资讯公司以企业资源规划为整合基础，发展新一代客户导向的资讯管理系统，把庞杂的资讯盘活，由此能对市场变动迅速作出反应，不仅承担了东森内部所有关系企业的资讯管理工作，把集团的资源做出最有效的分享，而且把服务触角伸向集团外，针对社会组织的需要，提供网络间和网络内以及资料仓储系统的建置和顾问服务，从而创造更大利润。

二、4C 整合的原则与策略

（一）4C 整合的原则

东森媒体集团对于 4C 整合有着自身独特的思考和定位，它提出了成功进行资源整合的五大原则，依次是：

（1）先全面了解及认清集团各项可运用之资源。

（2）规划前应充分主动沟通、协调及互动脑力激荡，得出计划执行方案。

（3）秉持无私无我及互惠互利的精神与原则，让双方公司及双方单位，均能有所得。

（4）应思考如何发挥资源的最大效用、最佳成本的效益性以及最大的执行可行性。

（5）应站在策略性、前瞻性、优先性及重大性等角度，全力拓展资源整合工作。有时候，必须以集团的长远与重大关键的战略观点，来看待及贯彻执行，而必须牺牲自己公司的短期利益。

（二）4C 整合的策略

围绕这五大原则，东森媒体集团定制了 4C 整合的如下策略：

跨媒体广告宣传——一次购足，营销效益最大化：有效大幅降低成本；传播讯息一致化：有效提升交叉宣传效果；建构品牌知名度：创造竞争优势。如此可以提高广告宣传素材相互流通使用,提升交叉宣传效果,有效掌控客户曝光形象的统一完整性与正面性。

同时卖广告、卖商品、卖内容、卖服务——例如东森电视台的四合一跨媒体平台经营优势与资源综效发挥,前景十分看好:八个有线电视频道制作与经营;东森新闻网站(ETtoday.com)经营;东森广播(ETFM)经营;东森购物报(《民众日报》)经营。此外,还包括媒体周边商品经营,极具未来营业收入及获利增长潜力及商机:幼教及衍生性商品事业;数字付费频道经营;海外频道业务经营;唯一拥有关系企业东森媒体科技公司系统台通路稳定支持。

水平整合策略——东森电视台(ETTV)于2002年入主超级电视公司。未来若有合适标的及综合效应产生,不排除以M&A(并购)策略扩大媒体集团规模。

垂直整合策略——东森电视台的关系企业东森购物和东森媒体科技公司(EMC),后者为台湾五大CATV MSO之一,市场占有率25%,拥有104万收视户,共同构筑起东森的垂直产业链条。

(三) 资源构成

让我们来看看EMC和ETTV以及东森购物各自的资源构成:

EMC所拥有的资源包括:

(1) 全省13家主控系统人力、地方关系(在地资源)、活动举办、宣传及业务推广的资源(活动配合资源)。

(2) 所属97万家庭订户的资源(CATV收视户资源)。

(3) 频道位置及空间资源(频道位置调整资源)。

(4) 数字有线电视、住宅电信电话和互动电视频道内容及订户资源(加值服务订户资源)。

(5) 16万户Cable Modem上网订户资源(上网订户资源)。

ETTV所拥有的资源:

(1) 新闻台及新闻S台的宣传及报导专题制作等资源(新闻资源)。

(2) 平面出版及多媒体出版资源(出版资源)。

(3) 幼教频道、幼教商品资源(幼教资源)。

(4) 电影台、综合台及戏剧台的节目、影艺人员、宣传之资源(节目与艺人资源)。

（5）ETtoday.com 新闻网站宣传及内容资源（网站资源）。

（6）数字加值频道资源及外语境外频道代理资源（数字频道资源）。

（7）视觉创意部提供公司简介及企业形象带的制作拍摄（CF 拍摄资源）。

（8）东森美洲电视台的人力与节目资源（美国地区资源）。

东森购物所拥有的资源包括：

（1）商品销售通路资源（TV）（商品通路资源）。

（2）广告宣传资源（时段广告宣传资源）。

（3）300 多万会员顾客资源（CRM）（会员资源）。

（4）合办活动举办资源（活动举办资源）。

（5）商品、促销品、赠品、低成本采购与议价资源（商品采购资源）。

（6）物流仓储资源（物流资源）12 000 坪。

（7）ET-Mall.com.tw 网络购物（EC 网站购物资源）。

（8）100 万份型录（每月发行，型录资源）。

（9）报纸型录《民众日报》（东森购物报，50 万份报纸型录资源）。

（10）200 位购物专家及模特儿资源（人力资源）。

（11）83 余位商品采购人员资源（商品人力资源）。

（12）1 300 位三班制客户服务中心及电话营销人力及设备（客服及电话营销人力资源）。

（13）13 座电视摄影棚资源（摄影棚资源）（华视 3 座＋崇圣 3 座＋中和 7 座）。

正是通过这种纵向或横向的多元整合服务，东森集团才真正提升了数字媒体的新价值。在大媒体潮的推动下，有线电视已不再只是传统休闲娱乐的媒体，更是信息生活科技化的产物。东森媒体科技在优越的有线电视传输平台，以及串联全台的 HFC 网络骨干基础上，积极发展数字加值服务，透过一条条深入每一个家庭的缆线，要为台湾编织起一个最美丽的梦。

三、打造"三合一"跨媒体平台　凸显媒体核心竞争力

1990 年，美国学者普拉哈拉德（C. K Prahalad）和英国学者哈默尔（Gray Hamel）在《哈佛商业评论》上发表了划时代的论文——《公司的核心竞争力》一文，首次明确提出了"核心竞争力"的概念。所谓核心竞争力，即"为组织中的累积性学识，特别是关于怎样协调各种生产技能和整合各种技术的学识"。[①] 国内学者在 20 世纪 90 年代后期，结合中国企业发展实际情况，对核心竞争力进行本土化的解读，比较有代表性的是学者费明胜的定义，他认为核心竞争力是指企业依据自身独特的资源，培育创造本企业不同于其他企业的最关键的竞争能量和优势。这种竞争能力是企业独创的，只有在本企业中，这种竞争能量与优势才能得到最充分的发挥。在东森，"三合一"的跨媒体平台，就是他的核心竞争力，这是支撑东森在竞争环境中长时间取得主动的核心能力。

东森媒体集团运用有机统筹"通讯（Communications）、计算机（Computer）、有线电视（Cable）以及内容（Content）"的"4C 整合"策略，构建起以有线电视为核心、以有线电视系统台为平台的媒体通路优势，并以此为基础，进军网络、节目频道及报纸，进一步展开多角化媒体事业经营，先后创立台湾点阅率最高的新闻网站 ETtoday.com，并转投资南台湾第一大报《民众日报》，组成台湾唯一的"三合一"跨媒体平台经营公司，建构台湾"第一个多媒体整合传播集团"。

1. 以有线电视系统台为平台的媒体通路优势

2003 年，东森电视台率先引领市场潮流，一次推出五个包含儿童英语、妇女、健康医疗、高尔夫及戏曲主题的"付费数字频道"，推出数字有线电视，获得上至台湾地区政界要人，下至小学儿童的认可与喜爱。后来因为数字机顶盒费率及"分级付费"制度等问题，迟迟无法全力推广。不过数字电视并未止步不前，2004 年 3 月，中华电信推出 MOD，7月台湾五家无线电视台也推出无线数字电视，同时公视也推出数字电视 DIMOTV，让台湾正式迈入数字电视的新纪元。

---

① 自朱金玉、巢立明著. 中国广播电视业发展战略[M]. 上海人民出版社，2005：143.

为了启动数字频道新纪元,让观众拥有更优质的频道选择,东森电视台自 2005 年中开始推出十个数字频道。节目内容则从东森电视台经中华无形资产鉴价股份公司鉴价为 79 亿元新台币的片库中重制。王令麟总裁深深感受到因应数字电视几百个频道限制,必须赶紧建立一个整合制作设备、人力资源及后期制作剪接音效的平台中心,以提高媒体工作效率,同时应付海外所需的频道内容,创造最大的产值,因此 2005 年 4 月在"中和天空之城"设立了"制播梦工厂"。新成立的制播"梦工厂"除了传统设备之外,还建构了数字制播器材,以因应时代的潮流及数字频道的开播。

2. 电视＋报纸＋网络的"三合一"媒体整合模式

《民众日报》是台湾南部地区发行最大、影响力最强的平面媒体。为了均衡南北媒体资源,东森媒体集团特别于 2000 年 2 月投资收购《民众日报》,成为集团南部新闻及整合行销中心,提升南部新闻的质量,同时争取中南部地区的广告宣传行销预算。

《民众日报》执行长王世钧为了加强提升报纸的企业形象,利用集团资源整合效益,在东森电视台、东森联播网 ETFM 强力促销《民众日报》的活动,终于使其成为拥有全台湾知名度的大报,同时广告营业收入节节上升,成绩斐然。

"ETtoday.com 东森新闻报"创立之初,东森人都有一个共同的目标,就是要建立华人世界第一份"实时、完整、深入、专业、智能多媒体"的新闻网站。现在,"ETtoday.com 东森新闻报"已经成为全球华人掌握新闻信息的重要媒介。

2000 年 4 月,纳斯达克崩盘,网络事业面临泡沫化的危机。同年 5 月 15 日 ETtoday.com 东森新闻报却跟着开张,所有员工回忆起当初前来工作,几乎都是抱着"知其不可为而为之"的心情,破釜沉舟,只为一圆网络的梦想。开创过程艰辛,知其不可为而为的勇气,使得 ETtoday.com 东森新闻报有了崭新的面貌以及更宽广的未来。该新闻网站采用"复合式多媒体(Rich Media)型态"提供数字新闻,自正式成立以来,即号召资深的报业媒体从业人员,组成一支最专业的新闻工作团队,每日制作 300 则以上的网络原生新闻,并且借重东森新闻台的资源,推出实时(Live Broadcasting)与随选(VOD)的影音新闻,成为全球华人第一个影音新闻的网站,从政治、财经、生活、社会、国际、体育、综艺、消费、旅游、书架,以及重大新闻事件等专版页面,ETtoday.com 东森新闻报也尝试了许多传统媒体不曾涉足的报导线路,如以网络谣言为主要报导对象的网络追追追版,从 2001 年起迄今已累积调查上千则网络谣言,其特殊的写作形式、认真详实的查证、亦庄亦谐的文笔,以及多元的新闻版面规划,获得网友的喜爱。目前累计拥有的影音新闻、影音节目内容已有 120 万笔文字数据库、近 50 万笔图档、25 万笔影音文件资料。

根据 NetValue 2002 年的调查显示,ETtoday.com 是前十名网域中"唯一新闻属性的网站"。此外,ETtoday 的点击率,2000 年 5 月为 90 万人次,至 2003 年已成长至 550 万人次,点阅率呈现高度成长态势。根据创世际市场研究顾问公司自 2004 年 9 月份至 2005 年 2 月 ARO 网络测量研究,显示 ETtoday.com 为台湾新闻网站排名第二。现在在台湾及海外华人社区每天都有几百万人次点阅 ETtoday.com 东森新闻网的实时新闻内容,值得一提的是 ETtoday 是唯一在中国大陆可以浏览的台湾新闻网站,具有不可忽视的媒体传播与行销力量。

正是由于 ETtoday 在华人新闻网站所具有的优势,全球知名的英国广播公司(BBC)特地于 2004 年底与 ETtoday 签署新闻合作计划,双方在网站上相互授权呈现彼此内容。ETtoday 透过此次与知名国际媒体 BBC 的合作,带给全球网友更宽广的国际视野。此外,ETtoday 更与美国有线电视新闻网(CNN)与美国之音(VOA)等主流媒体合作。全球权威性的媒体观点,在 ETtoday.com 东森新闻网的国际新闻版面一次呈现,是网友及读者可以完整了解全球新闻与信息通路的最佳接口。

此外,ETtoday 还积极跨入电子商务购物平台的领域。2003 年 ETtoday.com 创新运营模式并整合集团资源,结合 ETMall.com 推出购物平台,并与 3G 业者亚太电信合作,持续加强开发各项信息内容,并以跨平台的服务,提供海外华人更多元、更丰富、更迅速的新闻及购物信息服务。

自 2004 年起开始成为网络关注焦点的 blog,也成为 ETtoday 新的发展重点之一,为了展现与众多 blog 平台的区别,ETtoday 在 2005 年成立 bloguide,号召网络上的资深 blogger 加入,并在 2006 年的改版中,将新闻平台与 blog 平台做了深度的结合,除了首页上即露出目前的热门 blog,在页内各版乃至于新闻内文页,都可以看到相关的 blog 文章,使 blogger 可以借重 ETtoday 庞大的流量得到极大的曝光,也为 ETtoday 的内容注入新意。

为了跟上 3G 信息 10 倍速时代的狂潮,自 2002 年起,ETtoday 积极与手机业者合作,发展 3G 加值服务内容,与大众电信 PHS、远传电信 i-Mode、远传电信 i-Style、台湾大哥大 CATCH、中华电信 emome 及亚太电信 Qma 等六家无线手机业者进行新闻阅览合作,增加无线上网通讯内容服务,让网友们可以从手机上随时阅览 ETtoday 实时的彩色影音新闻,不仅随时掌握最新信息不落人后,同时也可以使用六家电信业者所提供的手机加值服务,随时收看 ETtoday 每日新闻。而在此六家手机新闻加值服务类别中,ETtoday 的图文服务总是排名第一,显示网友对 ETtoday 的支持与喜爱。另外,因应东森电视数字化数据库作业,ETtoday.com 东森新闻网将全面升级成为影音入口平台,在 3G 业者开台及数字电视普及之后,将能抢占数字影音互动加值服务的商机版图。2000 年,东森媒体集团已经成功地跨足电视、因特网及报纸三大主要媒体,为了打造完整的跨媒体平台,2001 年与高雄快乐广播电台策略联盟,同年 7 月 1 日"ETFM 东森联播网"正式成立发声。

东森广播网(ETFM)收讯地区包含大台北地区(FM89.3)、花东地区(FM98.3)、大台中地区(FM89.5)、云嘉南地区(FM92.3)、大高雄地区(FM97.5)、澎湖地区(FM96.7、FM91.3),是一个全台湾性的联播网。这一个崭新的联播电台虽然在强敌环视的环境中开播,但因为有东森媒体集团资源的强力支持,因此东森广播网(ETFM)能充分整合、运用多元的媒体资源,并依据广播特性,设计除了可以和听众互动,更可以联合东森其他媒体资源的跨媒体互动性节目,让东森联播网 24 小时融入听众与广告客户的生活,引领广播风潮,成为真正跨媒体的广播平台。

由于东森集团拥有的媒体资源类型相当多元,且根据收听率调查,听众偏爱收听的广播节目内容以"新闻、音乐与生活信息"为主,因此东森联播网（ETFM）选择以新闻为主，并依各分台时间属性不同，以整点联播或是重点节目联播方式播出。在节目制作方面，东森广播网（ETFM）网罗多位知名主持人，聘请周玉蔻、陈立宏、宝妈、秦伟、黄光芹、蔡玉真、杨照、Debbie、邰智源、杨宪宏、刘宝杰、寇乃馨、李雅欣等名嘴主持各类节目，为听众提供最完美而多元的节目内容。东森广播网（ETFM）以中央厨房的新闻制作方式，提供给各分台整点新闻信息，并依各分台时间属性不同，以整点联播或是重点节目联播方式播出（该节目于 2006 年中停播）。

正如王令麟所言，东森媒体整合平台的核心观念就是"资源整合，充分发挥效益"——寻求多合一媒体平台综合效应（Synergy）的发挥与运用，形成持续性竞争特色与优势（Sustaining Competitive advantage）。一个最大的资源竞争优势就在于，大幅度地降低了人力成本。

以东森电视台为例，东森电视共有 1 000 多名员工，新闻部即用了 700 多人，在没有整合之前，一个新闻现场，东森新闻、ETtoday.com、《民众日报》和 ETFM，全都派出采访人员。因此，光是东森集团旗下的媒体，就会出现四组人马，浪费了不少人事成本及采访成本。基于成本效益考量，东森电视花了两年的时间，建构整合媒体平台。经过整合后，记者所取得的新闻素材，全部汇整到平台，再由编辑平台的资深新闻人员，依各个媒体的需求，提供不同表现形式的新闻内容，正如王令麟所说，媒体整合成功，成本有效控制，就是东森的竞争优势。透过"三合一"新闻"大编辑台"运作，新闻资源得以整合运用，制播成本较原先下降 20%，而营业收入却增长 20%。东森"三合一"新闻媒体资源整合成功的案例，在台湾是一项创举，已成为东森媒体集团在台湾地区及亚洲市场竞争中的独特优势，为长远新闻事业的发展奠下稳固坚实的基础。

此外，三大媒体的整合，同样也带来了整合营销的优势。东森所有的生产都是跟行销挂钩，新闻部只是其中负责生产的工厂，在这样的观念下，东森所有的媒体都可以组合或分解，针对不同的厂商，提供不同的行销及广告服务。东森在广告市场上更具卖点。从品牌包装、广告行销到媒体曝光，提供垂直整合式的服务。这样，便能在最大限度上充分发挥媒介资源整合的营销优势。

多频道多媒体的整合行销业务模式，以及全球华文媒体的目标定位,使得东森媒体集团与其他台湾及国际媒体企业产生差异化区隔,形成独特的企业核心竞争力,让东森在策略布局上站居有利的位置。纵观近年来东森媒体集团的经营绩效,我们可以明显看到"多媒体平台的整合行销"为集团业务拓展及全球化发展所带来的促进作用。

第三节　推动数字互动　擢升华人生活质量

很长时间以来,由于媒体信号一直是模拟的、媒体传送是线性的、单向的,图像和声音的质量不太理想,观众也一直处于被动接受的地位。计算机技术和网络技术的飞速发展和迅速普及,为媒体从模拟技术向数字技术的转变提供了难得的机遇。数字化对媒体而言最大的好处是克服了自身与生俱来的劣势,对观众而言则是一个问题的两个方面,即增强了互动性。

一、EMC 完成数字播送系统设置

东森媒体科技股份有限公司(EMC)成立于 1995 年,目前旗下拥有 13 家主控系统台。截至 2004 年 12 月底,计有订户数 103 万户,网络涵盖户数 206 万户,其中双向网络涵盖户数 139 万户,为台湾地区前两大有线电视多系统经营者(Multiple System Operator;MSO)。

东森媒体科技公司的主要业务范畴包括:

(1) 有线电视系统台投资与经营(CATV MSO)。

(2) HFC 宽带网络加值服务经营。

(3) 地方系统台有线频道代理业务和播送经营。

东森媒体科技公司更加积极地配合有线电视系统的数字化,2002年完成了全省数字传输骨干与数字播送系统的建设,并同步建置各系统间的数据通讯网路,统合 SMS 数据库、CA 系统及各项人事、财会、物料等信息化网络的运作。当时东森媒体科技在台湾有 11 家系统台获得新闻主管部门审查同意,率先取得数字付费频道的经营许可。有线电视频道数字化意味着,频宽经过压缩技术,将可使原本的频道数扩增6 倍,频道数增加后,使有线电视可以提供数百个频道内容供消费者选择,因此频道发展将更多元化,比如网络银行、网络政府、电视购物、远

程教学、计次付费服务、随选视讯等。同时频道增多也将使频道内容可以更加分门别类,比如一个新闻频道将可分身为体育新闻频道、娱乐新闻频道、财经新闻频道、科技新闻频道、医药新闻频道等等,这表示观众的选择增加,同时在家即享有便捷的当地公众服务及银行理财服务,是真正能够实现 E 化台湾信息岛,为民众带来有线电视宽频网络便捷生活的信息高速公路。

首先,东森媒体科技公司在台湾率先建置了全台有线电视数位平台。

配合台湾地区所描画的"数字台湾"蓝图,2002 年底,EMC 率先完成有线电视数字化"头端机房"、"数字实验平台"以及"数字电视网管中心",并建置"数字信号源介接与传输电路",透过双向 HFC 网络及数字机顶盒(Digital Set-top Box)提供加值内容,成为台湾第一家取得官方核准且通过各地方政府费率审核,经营全区数字付费频道业务的 MSO。

EMC 数位有线电视阶段服务建制项目包括:基本频道、付费频道、资讯服务、金融商务。

其次,就有线电视经营而言,东森媒体科技公司为亚洲数一数二(祖国大陆除外)、全球前 20 大有线电视多系统经营者(MSO)。目前 EMC 正积极推动数字化有线电视、加值内容、付费频道、计次付费及随选视讯服务(PPV/NVOD/SVOD)的经营,以带动有线电视升级。

再次,东森媒体科技公司还积极推行宽带 HFC 加值服务经营。提供全方位的宽带上网及电路出租服务,并与电信及 ISP 业者进行策略联盟,长期营收分享,并建立非独家的分享型合作关系。

此外,电视频道代理业务和播送经营是 EMC 的又一大特色业务,包括独家代理东森电视台的诸多优质频道,如龙祥电影、人间卫视、MTV、AP 等许多频道,售于全岛有线电视业者,以提供主流电视新闻娱乐信息服务。

根据媒体研究机构(Media Partner)2002、2003 年针对亚太地区付费视讯经营业者(Pay TV Operators)所做调查,东森媒体科技在户数、营业收入、每户每月视讯收入、EBITDA 及 EBITDA Margin 的评比上也都名列前茅,是台湾唯一跻身前十名的付费视讯经营业者(Pay TV Operators)。EMC 以其先进的数字技术,掌握着世界脉动,擘画出台湾数字宽带时代的新蓝图。

二、数字时代 ETTV 启动数字频道新纪元

在 21 世纪的数位媒体时代,东森电视台(ETTV)作为台湾地区唯一全方位数位的超媒体电视公司,为建立起独特性(Unique)竞争优势,东森电视台十余年来一直大力投入 E 化,先后斥资 15 亿元新台币购置新闻大楼、更新编采及制播的数字设备,大力推动新闻数字化,使新闻"大编辑台"发挥更大效益。此外,东森电视台还导入了 Oracle 系统,打造数字内容平台,领先媒体 E 化。

ETTV 对自身提出的战略定位口号就是:打造"综合型媒体平台事业集团",包括:卫星电视频道事业＋制播"梦工厂";媒体衍生商品事业;海外华人媒体市场事业(全球化媒体事业);网络媒体及数位频道电视事业。

以东森电视台的新闻数位化策略(news digitalization strategy)为例,ETTV 所采用的策略主要包括:(1)2003 年 12 月全面导入新闻采访、编辑、制播三大中心数字化操作系统。(2)未来借数字影音数据营销与国际媒体接轨,发挥新闻数字化最大效益。

东森电视台从 2003 年 12 月开始全面导入采访、编辑、制播三大中心及四大媒体数字化操作系统,新闻事业总部将迈入"无带化"的新闻制作环境,总投资金额达 2.7 亿元新台币,预计五年后即可回收,未来将通过数字影音数据营销与国际优势媒体接轨,发挥新闻数字化最大效益:首先,新闻即时编辑,与世界同步。全球新闻实时提供,达到真正资源整合运用,可同时提供多人多任务编辑新闻内容,在家亦可远程控制编辑制作新闻,不受空间和时间的限制。其次,亦可增加新闻资料出售收入。新闻资料与画面分版、分类贩卖,增加新闻内容运营绩效,如贩卖新闻给岛内八大环球频道、日本朝日、香港凤凰及海外各大电视台。

除了新闻数位化策略之外,东森电视台还积极推动着数位频道、网络媒体及数位频道电视事业的发展。ETTV 的数位付费频道服务包括:数字付费频道;PAY-PER-VIEW;VOD,如 DSTB 付费儿童英语教学等教育频道订户的付费收入。

目前,为了启动数字频道新纪元,让观众拥有更优质的频道选择,东森电视台自 2005 年中开始已推出了十个数字频道。节目内容则从东森电视台经中华无形资产鉴价股份公司鉴价为 79 亿元新台币的片库中重制。预计在 2006 年,市场将会逐渐成熟。

此外,ETTV 还在海外华人媒体市场积极开启着数字频道的新动向。东森美洲卫视在美洲地区大力推动着新闻采编播系统的全面数字化(Digitalization),成为全美少数族裔电视台中,第一个完成数字化的亚裔媒体。同时,东森美洲卫视还拥有全美亚洲媒体第一辆新闻采访 SNG 车,以最先进的装备在第一时间把重要的信息传送给北美华人观众。这些都反映出东森电视台一以贯之的数位化的努力方向。

三、EHS 东森数位购物分馆

伴随数字电视时代的来临,东森购物公司(EHS)将以全数字化的制播设备、岛内最高质量的数字化电视制播环境来积极扮演数位化"内容提供者"的角色,在数字平台开创新的电视购物运营机制。原模拟讯号的电视购物频道数目有限,分众或分类商品的销售难以进行。而在数字电视多频道机制下,电视频道数目将可扩充至 600 个频道,东森购物将经营"分众"、"商品分类"及"频道租赁"等项目,以提供消费者多元化的视听享受及购物选择。目前东森购物正积极规划开立数字购物分馆,最终为建置无店铺购物百货,使民众可以在数字机顶盒内购买商品,如同逛百货公司般自由尽兴。

EHS 目前拥有 13 个专用摄影棚、副控室、A/B ROLL 剪接室、录音室、计算机绘图和字幕制作室及数字式摄影机等先进的专业设备,为台湾电视购物节目首创之举。

此外,ETtoday 也积极跨入了电子商务购物平台的领域。2003年,ETtoday.com 创新运营模式并整合集团资源,结合 ETMall.com 推出购物平台,并又与 3G 业者亚太电信合作,持续加强开发各项信息内容,并以跨平台的服务,提供大中华地区与海外华人更多元、更丰富、更迅速的新闻及购物信息服务。

四、数字付费频道＋宽带上网＋缆线电话　跨入数字时代生活的新纪元

在现代社会,大众传播是人们获得外信息的主要来源,是实现国家和社会目标的重要手段。随着客户需求的提高和信息加工、处理技术的增强,在未来的社会中,政府、企业和个人的生存与发展都将越来越依赖于大众传媒,特别是由大众传媒所提供的信息增值服务。信息增值服务必将成为传媒业未来不容忽视的一个重要经济增长点,也是数字化时代值得关注的一项重要社会和经济发展的课题。在这方面,东森媒体集团积极顺应了信息社会和数字化时代的科技潮流,带领着台湾民众跨入数字媒体生活的新纪元。

根据台湾有关方面公布的数据显示,2005年是东森媒体科技公司成立的第十年,共有逾103万有线电视收视户。目前全台湾五大有线电视系统的市场占有率排名中,东森位居第二,市场占有率达24.3%,系统范围分布全台湾,对台湾有线电视产业贡献良多。此外,在有线电视宽频网络上,东森媒体科技是台湾第一个投入双向宽频网络建设的多系统业者(MSO)。从1997年起,已经陆续斥资60余亿元新台币,将混合光纤同轴(Hybrid Fiber Coaxial,HFC)网络从550 MHz升级至750 MHz双向网络,建构了台湾第一条民间信息高速公路。截至2004年底,东森媒体科技在全台湾共建设了3 179公里的光纤及18 279公里的同轴缆线网络,并取得信息主管部门核发的12张电路出租执照,是台湾第一家取得官方核准、且通过地方政府费率审议,获得经营全区数字付费频道业务的多系统业者。从2005年4月起,东森媒体科技公司辖下主控系统台扩大推出数字付费频道及整合宽频上网(Cable Modem)、缆线电话(Cable Phone)的整合型加值服务,这代表有线电视宽频网络的E化生活梦想,即将实现,东森媒体科技将带领台湾消费大众跨入数字时代生活的新纪元。

与东森媒体科技公司相比,东森宽带电信也毫不逊色,大力推出了缆线电话(Cable Phone)。东森宽带电信运用光纤与同轴缆线混合(HFC)宽带网络技术,透过有线电视Cable线路传输,利用最先进的宽带技术与设备,透过单一的Cable线路及EMTA(多媒体终端转换器)

设备，率先将双向宽带上网（Cable Modem）、缆线电话（Cable Phone）、电视娱乐（Cable TV）等多元化的 Cable 应用服务整合为一，让每一个家庭可以同时拥有最完美的声、光、影音娱乐与 All-in-One 的宽带通讯服务，构筑 Cable Home 便利精彩的生活，实现 4C 整合的梦想。

第七章　全球化视野中的竞争战略

国际化是当今的热点话题,无论是报纸、专业杂志和相关电视频道,国际化成功的案例报道比比皆是。技术和经济的发展,为企业开拓国际市场提供了可能。那些没有利用这些新机会的公司,被认为是犯了一个战略上的错误,将影响它们长期的生存能力,并将受制于人。在国际著名的麦肯锡调查报告中,80％的被调查者认为国际化、全球化是一个紧迫的问题。

尽管如此,并不是所有的公司都能从国际化中取得成功,关键的问题是在公司走向国际化后,是否能最大化地增加你的价值和影响力。那么,就东森而言,国际化给它带来了哪些好处呢?

第一,成本优势。一个最典型的例子就是规模经济。企业在扩大经营规模后,可能降低其单位产品的成本。在台湾,即使所有的人口都收看东森的频道,那么也只有2 300万人口。当东森走出岛内,布局亚洲、美洲、南美洲,未来还有欧洲等全球各地之时,那么服务的对象则是全球约15亿华人。企业规模的扩大和服务对象规模的巨大变化将导致成本的有效降低。另外,通过国际化,东森还可以轻松推广它在台湾经营的成功经验,充分利用它的各种资源,以及它的专有技能。

第二,网络利益。网络利益只有在有观众的地方才起作用。在海外有华人的地方就有东森的服务,因此需要在全世界建立收视网络。正因为华人想知道自己家乡资讯的愿望迫切,这就是东森媒体集团的发展机遇所在;另外仅仅依靠国外媒体的报道又不能完全客观公正的获得相关信息,所以东森的国际化为世界华人打开了一道门,从东森美洲台开播引起华人的热烈响应有力地证明了观众对东森价值的认可。

第三,学习机会。这种国际化的好处是最难量化的。国际化战略将迫使企业在各个不同的国家和环境中与更多的企业竞争,在竞争的过程中相互学习,并将学习到的新技能、思维方式等应用到自己的扩展活动中。因为他们学会了在不同的环境下艰苦竞争,因此具有了更加顽强的生存能力。东森在国际化进程中的重要收获之一应该是学习,通过学习国际上最先进的传媒业的运作和管理,创建了高素质的团队,培养了自己的人才,使他们可以进一步追求成本优势和网络利益。

东森媒体集团走向国际化的内外因如下。

首先,从内因动力而言,台湾市场规模过小,媒体营业收入已趋近饱和,未来成长空间有限,唯有走向国际华人市场,方能开拓新的收入来源,让媒体业者得以永续经营。

面对台湾广告市场持续萎缩,面临外来业者更严峻的挑战,国际化战略将是东森媒体集团必然的趋势。

东森媒体集团在 2001 年之前基本上是在台湾岛内发展,可以说是一个完全的本地企业。在本地化竞争过程中,东森以优异的业绩在同行中拔得头筹,他们通过横向整合,进入相关业务,如计算机、电信业和娱乐业等;他们通过纵向整合,把传媒产业的生产、销售和传播等业务囊括进来。而岛内的市场太过狭小,考虑到传媒行业成本的实际情况,同一媒介产品使用的人越多,其价值越高,成本相对越低,因此,在国际化进程中成本优势是明显的。

海外华人市场中,特别以北美(438 万人)、东南亚(2 257 万人)、澳新(92 万人)等为主并与大陆(13 亿人)等地区相连,可视为几个最重要的市场。

因此,从 2002 年起,东森媒体集团更进一步扩大事业经营的版图,积极进军国际媒体市场。在台湾经济不景气中,他们排除万难进军岛外、跨向数字,在东森电视台,打造 800 人的新闻总部以及 200 多人的制播平台,在东森购物,成立 700 多人的专业制播团队。随着科技进步,传输费用降低,世界的华文媒体市场将越来越趋成熟。

其次,对于整个传媒行业而言,各国的传媒集团都在推行国际化战略,都在进行国际化经营。政治经济的自由开放,多元与一体的融合,使得政治、经济、文化各不相同的国家和地区所有的产业和行业都在谋求"全球业务"。

从国外媒体发展已有的经验来看,媒体国际化是趋势。以全球化的市场规模为后盾,追求市场规模效益,方能为本身企业获取最大的商业利益。

例如：澳大利亚媒体大亨默多克新闻集团向来锁定英文世界及华人圈两大市场，2000年后更积极在亚洲布局，并以祖国大陆、印度为重要据点，将触角伸及台湾、印度尼西亚、日本、及新加坡。

美国的迪斯尼公司，从一只米老鼠发展出一家国际公司，衍生出无数的外围产品，从娱乐、零售、多媒体、新闻、出版到主题公园，有策略地发展集团事业，并不断把版图扩大，随着迪斯尼公司全球化脚步，深深地把影响力散播到世界各地。

香港TVB无线电视台早于20世纪90年代初就积极制定布局全球的策略，目前已经在美国、英国、欧洲、非洲、马来西亚、新加坡以及台湾地区均设立落地频道。

着眼全球，高附加值的创意产业，已成为近年来各国竞相发展的重点。好莱坞影音产品占美国出口首位，不但赚得大量商业利益，也成功地把美国文化和价值观推销到全球各地；日韩两国电视、电玩产业对经济和文化的贡献，大家有目共睹；欧洲各国的成绩更是惊人，以英国为例，2001年创意产业的产值高达6兆元新台币，占GDP的5%，超过任何制造业的贡献度，出口值则为5 700亿新台币。目前英国文化创意产业拥有195万从业人口，是该国就业人口最多的产业。《哈利波特》已卖出2亿本，第一集电影在全球缔造5亿多美元的票房，电玩游戏软件也销售了数百万套，作者的收入早已超过许多大工厂的产值。在全球华文媒体市场方面，有鉴于华人赴海外经商、旅游、移民及就学的人数日增，海外华人对于来自家乡的新闻信息及娱乐节目依赖益深。

因此，全球化战略已经成为东森实现全球华文媒体一流品牌的重要一环。

第一节　全球化视野

一、东森在台湾的"岛主"地位

从历史来看，东森的发展的确有种"腾空出世"的感觉。也许是时代造就英雄，近20年来通讯网络科技的飞越发展对于一个刚出生自由自在的东森来说,确实碰上了千载难逢的好时机。因此,它能很快以有线电视网络等占据市场份额。但是面对历史悠久且有较大政治或其他背景的电视台等传媒机构来说,在岛内年轻的东森必定面临强大的竞争压力。

作为一个华文电视台,刚刚崛起的东森第一个目标,自然是立足台湾,在岛内占据绝对的优势,从情理上来说这不是件很容易的事,东森需要很大的努力,但它很快就做到了。

东森立足台湾,首先是业务对象上立足台湾,其经营的电视等媒体,以及旅游、购物、网络方面要在台湾占据领先地位。

目前在台湾,东森媒体集团的经营领域涵盖有线电视系统,卫星电视频道,电视购物等,拥有13个有线系统,8个卫星电视频道,5个电视购物频道,成功构建起以电视为核心的上,中,下游媒体垂直整合产业链。

东森电视供应的内容从新闻,电影,戏剧,综艺到儿童频道,涵盖各个年龄层,收视总点数和营业收入已经连续数年领先台湾同业。东森电视的新闻网站 ETtoday.com 点阅率也是台湾同业之首;在台闽地区民众最常收看的50个频道中,东森家族频道全部上榜,其中东森幼幼台一直是台湾最受欢迎的儿童频道,收视率超越美国两大卡通频道,还得到有关方面的"最佳幼教贡献奖";加上《民众日报》及 ETFM 广播网(2006 年中停播),总共跨足电视,广播,网站,报纸等四大媒体,成为台湾唯一的全方位多媒体整合传播平台。

东森媒体集团旗下的东森电视台及东森媒体科技公司,于《天下》杂志 2003 年及 2004 年出版的 500 大服务业特刊中,连续两年囊括"媒体娱乐业"的营收排名第一名及第二名。这就是东森几年来一路打拼,在业务上取得的佳绩。

表 7-1　2003～2004 年台湾媒体娱乐业排名

媒体娱乐业排名(2004 年)	媒体娱乐业排名(2003 年)	2004 年服务业排名	公司名称	营业收入(台币亿元)
1	1	164	东森电视事业(股)公司	58.27
2	2	196	东森媒体科技公司	48.05

（续表）

媒体娱乐业排名（2004 年）	媒体娱乐业排名（2003 年）	2004 年服务业排名	公　司　名　称	营业收入（台币亿元）
3	5	231	钱柜企业	39.44
4	3	233	三立电视台	38.64
5	4	237	好乐迪	37.08
6	6	258	联意制作（TVBS）	33.01
7	8	282	纬来电视网	28.37
8	15	311	网络家庭	24.78
9	7	324	中华电视	23.78
10	11	348	八大电视	21.69

资料来源：整理自天下[J].500 大服务业排名，2005 年 5 月.

东森立足台湾，不但在业务对象上如此，在其文化理念业务来源上也是如此，如新闻影视制作来源基地都立足台湾。信息的采集制作尤其是电视的摄制在海外是非常昂贵的，电视不同于电影，电影制作后还能挣得不少票房收入，还可以制作成各种样式的产品销售；电视的内容尤其是新闻内容大多数一两次免费传达给观众后便很少再使用，可以说是毫无利润的生意。电视传媒尤其对于民营媒体来说千辛万苦的努力只为增加其收视率以获得更多广告费，东森在可以获得同样的收视率广告费的前提下，它当然更愿意选择就近的题材，既节约也更自信。东森是华语电视台，而且它有很强的中华民族地域意识，它的目标是"希望让全球都有机会从东森所传播的欢乐中，接触到更多元丰美的东方文化，进一步认识华人世界包括台湾的美与人民的善。"因此，台湾走"全球战略"，是把台湾的本土文化风情，华语文明的精髓充分发挥利用，用以征服世界。

二、东森的"大陆政策"

这些年，海峡两岸的交流沟通越来越多，直到今天的电视直播，东森起到了桥梁作用。大陆的观众通过东森的报道越来越了解台湾，越来越多的观众知道了东森电视台。

　　其实东森一直在推行"大陆政策",一直努力把台湾的信息和它的业务延伸到大陆。

　　东森的"大陆政策",有其深刻文化、政治和经济因素。

　　首先是文化因素,台湾文化和祖国大陆文化是流与源的关系。影响台湾的文化有祖国大陆的传统文化,近代日本文化,欧美现代文化。而最为根本的是祖国大陆传统文化。因为台湾文化的源头是大陆文化,这可从历史、语言、风俗等文化传统上可见一斑。比如"国学"在台湾得到了很好的传承就是精典一例。这就为在"根亲而久违"之后,随着两岸交流的增多,出于一脉相承的台湾文化与大陆文化的大同小异必定能在大陆广受欢迎。两岸的民众有共同的审美情趣和热切关注,同时也希望能更多了解对方,听到对方的声音,求大同而存小异。

　　其次是政治因素,东森不知道什么时候两岸传媒市场会全面开放,也不知道什么时候机会就会到来,但是他们坚信这些机遇终究会来的。所以他们决定必须为将要到来的事情先做点什么,思想的解放终究为东森获得了一个非常大的优势,一个时机上的优势。进军大陆市场尽管这个过程十分艰苦,但是如果没有非常坚定的意志和精神与物质的投入,特别是政治远见和执著追求,要去大陆市场上立足,并扩大影响力是困难的。东森人的政治智慧为开启大陆市场奠定了基础。

　　再次是经济因素,2001年中国大陆的GDP(国民生产总值)及进出口贸易额,均创下位居世界排名第六位的卓越佳绩。除了文化亲缘,更主要是大陆幅源广阔市场大,有诸多新闻事件、新闻线索,且有10多亿华语人口,这么集中庞大的资源和市场,除了大陆往哪儿去找?随着大陆加入WTO以及整个国民经济市场化的深入,大陆在媒体方面也逐渐开放,已积极与国际法律及国际市场接轨。大陆各项事业全面发展,国际地位日渐提高,东森面向大陆,这是华语电视台走上全球化的必然之路。东森电视台以台湾地区媒体业第一品牌的发展经验及工作团队,在"共创属于中国人的21世纪"基本信念下,致力于发展海峡两岸媒体事业的新愿景,包括新闻节目及电视购物等多方位的合作推进。

　　东森在大陆延伸其传媒文化产品的战略主要有:

1. 逐步与大陆媒体建立姊妹台

与辽宁电视台、大连电视台、山东电视台、青岛电视台、河南电视台、四川电视台、重庆电视台、陕西电视台、西安电视台、武汉广电集团、湖北电视台、江西电视台、苏州电视台、无锡电视台、江苏电视台、南京电视台、云南电视台、福建广电集团及深圳广电集团等 19 个广电集团及省市电视台进行人员、节目、新闻、技术、公益交流活动，以及签订姊妹台的协议，进行节目制作与内容的交流以及联合举办活动等合作，例如东森电视台协助无锡电视台在台湾的拍摄作业；东森自制美食节目"食全食美"与杭州电视台合办"首届两岸三地名厨争霸赛"；与大连电视台每年合作转播"大连国际服装节"，与青岛电视台每年合作转播"国际青岛啤酒节"等等。此外，各友好姊妹台亦积极提供其节目内容供东森美洲卫视于"东森中国大陆频道"中播放。

2001 年 6 月与江苏电视台合作"抢救生命 20 小时——用爱交流"跨海骨髓捐赠行动转播作业。

2002 年以来，东森新闻 S 台陆续制播"走进两岸"节目，专题介绍祖国大陆各地风土人情、历史文化、古迹、名胜等。

2002 年 1 月与重庆电视台缔结姊妹台，进行节目交流合作。

2002 年 7 月与苏州电视台共同举办"两岸世纪风"大型晚会。

2001 年间，中国中央电视台多次与东森进行纪录片节目合拍及新闻交流。

2002 年 4 月陆续与各地方省市台签订合作意向书加强节目交流合作，包括：

（1）与大连电视台、辽宁电视台签约，进行人员互访教育训练。

（2）与无锡电视台合办"七夕情人节"大型晚会活动，七夕两岸传情。

（3）邀请大陆残疾人舟舟前往台湾进行 3 场音乐演奏，引发台湾同胞热烈回响。

2006 年东森全球新人王赴无锡、湖北、厦门电视台巡演。

2006 年 2 月与福建广电集团合办"相约东南"大型晚会，为大陆在台举办的最大规模演艺活动。

2006 年 3 月与厦门电视台合作转播首届"厦门国际马拉松"比赛。

东森媒体集团经多时努力，终于取得中国中央电视台的转播代理授权，自 2002 年 9 月 30 日起，中央电视台第四套节目(CTTV - 4)正式在东森各系统台播出(2003 年 3 月 7 日被台湾新闻局下令停播)。

2. 抓住两岸民众共同关注的特殊事件提升自己

2005 年，国民党主席连战访问大陆，展开睽违 56 年的国共两党的历史性会晤，为了记录这历史性的一刻，东森新闻动员 5 组的记者前往采访，包括当家主播卢秀芳等都亲自出马采访这次两岸的盛事。另外，大陆中央电视台(CCTV)特别独家和东森电视台合作，在中央电视台每天晚上 6 时的黄金时段制作特别报导，卢秀芳更于 4 月 29 日登上中央电视台与中央电视台首席主播白岩松一同播报全球瞩目的"连胡会"，卢秀芳也成为两岸三地首度登上中央电视台发声的主播。东森副总裁赵怡博士一时间也成为央视的座上宾频频出现在荧屏上。

举世瞩目的神舟六号载人飞船的发射，激起了台湾海峡两岸同胞对载人航天的极大热情。中央电视台首次全程直播，并提供独家直播信号，东森电视台则作为唯一一家获准参与直播报道的电视台。此后，中央电视台与东森电视台联合制作《两岸看神舟》专题直播节目。

还有诸如上面提到的台风事件的直播报道。东森在这些特殊的事件中的积极表现给大陆观众留下了很深的印象，迅速强劲地把自己的实力品牌渗透到了大陆的媒体、大陆的观众中。

3. 通过学术交流及慈善等手段展示自己

2004 年 4 月 18 日，台湾东森媒体集团与上海交通大学签署校企合作协议，这次合作，首次谱写东森和大陆高校全面合作以及开展学术交流的篇章。

上海交大将在闵行校区媒体与设计学院教学大楼中，拿出一定面积的摄影棚和其他配套的资源，包括师资、部分数字影视后期制作设备等实验设施，作为联合实验室的软、硬件支持；东森媒体集团将首期投入 200 万元人民币、部分图书音像资料、系列数字影视制作设备以及输出先进的媒体运营经验，支持上海交大数字媒体教育的建设。上海交通大学媒体与设计学院于 2004 年聘请东森媒体集团执行董事雷倩和副总裁赵怡为客座教授。

2004 年 11 月上海交通大学东森奖学金颁发仪式在媒体与设计学院进行,赵怡副总裁专程参加颁奖仪式,这也是东森在大陆实施的第一个奖励优秀大学生的计划,6 名研究生、10 名本科生获得东森奖学金;2005 年又有 10 名研究生和 15 名本科生获得东森奖学金。

2005 年 6 月 11 日,东森媒体集团副总裁赵怡博士率东森执行董事杨志弘、东森海外事业部特别助理黄亦平、东森集团上海办事处主任赵祎等一行再次访问上海交通大学,并给交大学生做了讲演。

2005 年 8 月起东森电视台与上海交通大学媒体与设计学院共同合作拍摄反映上海国际大都市风貌的 52 集《上海大观园》纪实新闻专题片。

2005 年 12 月东森媒体集团邀请上海交通大学张国良等 7 位教授和广电总局、上海文广集团、江苏电视台等专业人士去台参加“海峡两岸数字电视产业论坛”。

东森和上海交通大学的合作,只是东森大陆政策在教育领域的开始。通过以上几点,东森已经努力地开辟了一条通向大陆的媒体专业人才培养之路。

三、东森的“多元化”和“本土化”之路

台湾原先只有少数原住民居住,然后,客家人、福佬人、荷兰人、西班牙人、日本人、外省人先后移入,每一批移民都为台湾带来不同的文化面貌,然后融为独特的台湾文化。台湾文化虽源于中华文化,但与今日祖国大陆的中华文化有其差异之处。

台湾文化的多元与独特,反映在台湾的饮食文化上,大街小巷充斥着从东北酸菜白肉锅、北京涮羊肉、四川麻辣火锅、上海汤包到担仔面,尤其大陆北方人吃的水饺在台湾乡村小店化身为“汤饺”呈现了台湾特色,更是大受欢迎。

台湾的多元与独特也反映在经济领域,移民社会的文化背景,造成人民普遍高成就动机及冒险犯难、适应力强的人格特质。30 年前,无数战后婴儿潮一代,虽无流利的英语能力,却提着皮箱走遍美、欧、非、

亚每一个角落,为台湾初级工业产品寻找订单。另一批年轻人筹少数资金,找三五人帮忙就开了小工厂或小贸易公司,每天工作十五六个小时,兢兢业业。小工厂与小公司开开关关,慢慢在优胜劣汰法则下,培养出一批杰出的企业家与台湾工业的制造能力,也创造了台湾经济奇迹。

在台湾,对于新闻和电视的监督,除了依靠行政之外,还有许多来自民间各个层面的有识之士组成的民间集团,他们既代表受众的利益,同时也站在历史时代的角度高屋建瓴监督新闻影视文化产业。东森的传媒和业务都受其影响。这些民间集团对本土文化和地域意识的认识都比年轻一代要强烈,因此,东森的节目,东森的其他业务,虽然形式上很大胆自由,但实质也很追求本土化。

本土化的形式有很多,一方面从内容业务的关注上可以体现。制作的节目,关注的内容让本地人觉得亲切,自豪,风格上具有明显的地域文化特点,这是一部分;本土化还体现在一个企业的企业文化上,东森在管理理念上采用了世界先进的手段和方法,但企业精神文化上,却是我们华人的传统美德。比如说东森一直提倡的坚忍,感恩等,都是我们中华民族传统文化的精髓。

"我们计划推出全英语频道,希望让全球都有机会从东森传播的欢乐中,接触到更多元丰美的东方文化,进一步认识台湾的美与人民的善。"这是王令麟总裁的一段话。

第二节　与世界著名媒体加强联合

近一、二十年以来,世界经济和文化正一步步纳入全球化轨道,在经济实体的摩擦和变迁整合中,全球各个行业都出现了许多的奇迹,尤其在 IT 和传媒业。在这个时代,东森也从无到有,从小到大,如一轮东升旭日,在东方大地升起,光耀台湾、光耀全球。

十多年来,东森广结善缘,和日本的 NHK,美国的 CNN,香港凤凰卫视,以及大陆 19 个电视台建立深厚友谊,积极交流和合作,并取得英国 BBC,法国 TV5,德国 DW,澳洲 ABC 公共电视,韩国阿里朗,新加坡 Channel News Asia 六家境外频道代理权,是亚洲国际化程度最深的媒体之一。

东森和著名媒体的联合,主要是在四个方面:其一,是取得对方在台湾的播出代理权;其二,是通过对方强劲的媒体路径播出自己的节目;其三,是在重大国际事件上双方合作拍摄制作交换素材来源或成品节目;其四就是人才设备技术的交流学习。通过这四个方面,东森本着共同发展的目的和亚洲周边国家和地区、美洲、欧洲的媒体形成了亲密的伙伴关系。

在广播电视行业,东森全球的合作伙伴主要有这些:

英国:BBC、ITN、BSN、SNTV

日本:TBS、NHK、TV Asahi

法国:TV 5

德国:DW

韩国:KBS、MBC、CBS

中国大陆:CCTV 及 19 个省级传媒集团和电视台

中国香港地区:ATV、ICable、Star TV、凤凰卫视

中国澳门地区:Macao TV、TDM

马来西亚:NTV

新加坡:MediaCorp、SPH

泰国:CH 5

印度尼西亚:Metro TV

澳大利亚:ABC

新西兰:TVNZ

美国:CNN、Bloomberg AP、Reuters、VOA KTSF、SinoTV、World TV

东森作为一个传媒集团,除了广播电视,还有网络等很多方面的媒体业务,下面我们按地域划分看看东森和世界著名媒体合作的具体例子。

一、积极和大陆港澳媒体集团合作

"全球化"是东森电视的终极目标,2003 年 6 月 5 日东森电视台在香港与香港 i-Cable 有线电视公司签约合作,将东森国际频道在香港正

式入网落地。自 7 月 1 日起,香港 i-Cable 近 60 万收视户可以收看到东森国际频道。此次签约合作,是港台两地有线电视及卫星电视频道首度携手合作的历史性里程碑。东森电视台是台湾总收视率最高的有线电视频道公司,而香港 i-Cable 公司也是香港最大的有线电视 MSO 公司。这两家都是第一品牌的公司的首度友好合作,为双方未来的成功奠下更坚实的基础。香港 i-Cable 有线电视于 7 月 1 日起,独家播放东森国际台,将台湾东森电视台现时播放的新闻、娱乐、电影及儿童节目共冶一炉,带给香港有线电视观众欣赏。

2003 年 7 月 15 日东森再次与香港电讯盈科电信集团(PCCW)旗下的 Now Broadband TV 合作,东森在香港的收视观众可增加 40 余万户。东森海外事业总部资深副总陈安祥表示:"3 年前东森电视入网香港,成为台湾卫星频道的先驱。经过 3 年的耕耘,丰富的节目内容广受香港观众欢迎。有鉴于 Now TV 在香港快速、完善的扩展,正可与东森优质的频道内容相辅相成,因此选择与 Now TV 合作,透过 Now TV 的服务平台,将可有效拓展东森的收视族群。"

与 Now TV 合作后,东森电视 24 小时全天候实时提供东森亚洲卫视(第 35 台)、东森亚洲新闻台(第 71 台)2 个优质节目频道。

紧接着和澳门的合作,东森电视台 8 月 17 日与澳门有线举行签约酒会,正式宣告东森国际频道(卫视生活台)入网澳门,为澳门地区 10 万收视户和旅澳台胞提供东森最快速新闻和精心制作的优质节目。澳门有线电视系当地唯一合法的有线电视台,目前提供 55 个频道服务,包括北京中央电视台在内的 5 个华语频道;东森入网将是台湾提供给澳门的第一个华语频道。

二、和美国 Echo Star,CNN 合作

1. 和 Echo Star 的合作

2003 年 7 月 11 日东森美洲电视台与美国第二大直播卫星电视 Echo Star 正式签约入网,涵盖率遍及南美洲,加上既有的直播卫星用户,这样一来东森美洲台将拥有 100 万户收视户。

东森美洲台和拥有 850 万收视户的美国 Echo Star 签约合作,是东

森布局美洲的关键。长期以来,美国的消费者已经享受各式各样由台湾所提供的物美价廉产品;签约后,东森电视台将透过专用海底光缆和Echo Star卫星传遍全美,带去最新的台海两岸新闻和具有东方文化特色的节目,它不但能丰富美国家庭的娱乐选择,更能满足华人移民家庭的视听需求,协助他们早日融入在美国的新生活。

为了提供以上的服务,东森又做了充分的准备。2004年2月,东森取得洛杉矶一家华语电视台的经营权,并从台湾传送最好的节目,结果在很短的时间内,订户和广告都呈现倍数增长。得到这种鼓励,东森于是正式成立了美洲电视台,全力投入经营。

这是台湾电视节目首度打入美国主流市场,而这种合作模式也超越了以往在单一地区经营的格局,此举不但可以满足全美国华人移民对信息及娱乐性服务的需求,也可以服务向往东方文化的其他观众。

"当然,东森绝对不会就此满足于现状,今后一定会继续力求创新突破,因为我们深信,只有最好的竞技场和最内行的观众,才能激发一流选手的最佳潜能。"王令麟说,"东森目前犹如旭日东升、蓄势待发,尤其在媒体旗舰扬帆起航的时刻,更期待各界持续给予东森鼓励与鞭策。"

东森和Echo Star的合作,对于刚刚成立的东森美洲卫视无疑像"穷书生娶了个富家女"一下子境况好了很多,市场的压力和阻力减少了很多。

这样东森美洲卫视马上进入美国主流卫星电视系统,该台5个频道2003年9月在Echo Star频道开播。它是第一个由台湾业者集资进入美国主流卫星电视系统的媒体。

2. 和CNN的合作

CNN全称为Cable News Network(有线电视新闻网),是美国最大的专门播送新闻的电视公司,也是世界上最早出现的国际电视频道。自从1980年6月1号CNN创造性地开始了24小时不间断的电视新闻播出以来便闻名世界,1982年,它又成立了第二个新闻频道:简明新闻频道(Headline News)。随后进军欧洲,登临亚洲,一步步地走向世界。1986 年它成功地现场报道了美国航天飞机挑战者号失事的实况；1989 年它广泛报道了前苏联和东欧的政局动荡；1991 年海湾战争中它更是大出风头，迅速、及时、详尽地报道了多国部队在伊拉克的"沙漠风暴"行动，成为各国首脑和舆论界了解实际战况的主要渠道，从此奠定了作为世界性新闻电视网的地位，为国际社会所瞩目。

台湾岛内大选期间，CNN 多次以头条新闻的方式，并做现场联机，而这些数据大部分依靠东森的资源，使工作得以顺利进行。

东森与 CNN 的教育训练合作计划，除了此次授课，2005 年 8 月东森派高阶管理者到 CNN 总部受训，以吸收更多国际媒体经验。

其实，东森和 CNN 的合作很久以前就开始了。1999 年台湾大地震，东森的新闻报道引起了很多国外媒体的关注，全世界包括 CNN 等媒体都使用东森的画面。此后每逢台湾岛内发生重大事件，CNN 都会从东森获取信息。东森对美国受袭事件报道，使用的画面大多来自 CNN。

东森和 CNN 的合作，主要在于信息的交换上。

三、结盟英国 BBC

2004 年 8 月 27 日 BBC 中国业务发展总监李文和东森华荣新闻战略部副总高惠宇签下合作意向书，确定 BBC 中文网与 ETtoday 双方于网络新闻授权合作方向，为接下来的广播及电视合作跨出第一步。

英国广播公司（British Broadcast Corporation），简称 BBC，成立于 1922 年，是英国最大的新闻广播机构，也是世界最大的新闻广播机构之一。BBC 旗下的 BBC 国际台（BBC World Service）提供 43 种语言版本的广播服务给英国境外的全球人士，听众总计有 1.5 亿万人。BBC 国际台还通过网站与无线平台，提供实时与交互的新闻服务。

BBC 中文网创始成员，目前任职中国业务发展总监的李文表示，BBC 一直努力朝国际化发展，也积极和各地精英媒体合作，这回选择和东森媒体结盟，主要原因就是看上东森媒体集团在华语媒体市场上的优势，BBC 希望通过合作，促成双方媒体更进一步国际化。

东森华荣新闻战略部副总高惠宇则指出，通过彼此合作，除了可让 ETtoday 网站内容更多元外，也借 BBC 的协助，将东森媒体影响力延伸至英伦海岸,让全球更多的华人了解台湾动态。

2004 年 12 月 9 日,ETtoday.com 和 BBC 再次签署新闻合作计划,双方在网站上相互授权呈现彼此内容。ETtoday.com 希望通过此次合作,能让台湾的声音传遍全球,并带给全球网友更宽广的国际视野。签约仪式上,由东森电视董事长张树森与 BBC 国际台业务发展总经理 Miles Palmer 代表各方签约。即日起 ETtoday.com 的网友可浏览 BBC 所提供的全球中英文新闻;而 BBC 中文网网友也可看到 ETtoday 提供的台湾最新信息。台湾更多的网络用户就这样直接触到 BBC 的新闻和专题报导。

对于 BBC 而言,和东森结盟,是它的中文业务海外业务发展的桥梁,是 BBC 涉足台湾网络新闻市场的重要一步。以东森目前的国际化程度和在华人中的影响力,BBC 能够借以涉足整个华语地区。

对东森而言,和 BBC 结盟,是它在欧洲市场上进行开拓的很大进展,并为其成立欧洲卫视做好铺垫。

第三节　国际频道瞄准全球市场

一、东森的全球布局

从 2002 年起,东森积极进军国际媒体市场,包含 2006 年拓展的欧洲及非洲地区,迄今已在全球 107 个国家和地区提供播映服务,累计 500 多万的海外收视户。东森美洲卫视已于 2003 年 9 月 1 日正式开播,对北美地区华人提供 5 个东森国际频道。2003 年 7 月,东森电视更与拥有超过 850 万收视户的美国最大卫星电视公司 Echo Star 签约,提供东森卫视、东森新闻、东森戏剧、东森幼幼东森中国台等五个国际频道在北美地区播放。

在全球布局的进程方面,东森于 2002 年 9 月在香港成立"东森亚洲卫视",向泛亚太地区提供媒体娱乐服务,接着,"东森美洲卫视"亦于 2003 年 3 月正式开播,透过节目版权分销、国际频道推广、跨国同业结盟等方式,目前已在亚、美、澳等洲 10 多个国家和地区落地播出(见表 7-2),同时决定进军中南美,即将开启拉丁美洲的传播网。

表7-2　2006年4月东森国际频道全球布局情况(制表日期:2006年5月)

序号	国家(地区)	当地合作业者	涵盖户数	收视方式
1	香 港	香港有线 i-Cable、香港宽频、Now TV、Super Sun	145 万户	Cable
2	澳 门	澳门有线电视	11 万户	Cable
3	菲律宾	Global Cable TV Inc.	494 000 户	Cable
4	印度尼西亚	I-Sky Net、辉煌电器	18 000 户	DTH Cable
5	泰 国	泰国有线电视公会	200 万户	Cable
6	柬埔寨	柬埔寨有线电视、金边有线电视	17 300 户	Cable
7	新加坡	StarHub	45 万户	Cable
8	新西兰	中华电视网	13 000 户	DTH
9	澳 洲	华卫直播卫星	8 000 户	DTH
10	日 本	TWI	2 000 户	DTH
11	北 美	东森美洲卫视、EchoStar、Comcast	52 万户	DTH、Cable
12	中南美	东森美洲卫视、美国精宇卫视	1 900 户	DTH
合计			约 508 万户	

在另一方面,东森购物亦跟随东森电视台全球布局的脚步前行。经过最近一年的筹备部署、市场考察,与北美地区物流产业多次洽商,东森购物美洲公司正式在美国开辟华语电视购物频道,提供北美消费者更完整的电视购物服务。一直以来,东森购物以"创造媒体通路的最高商业价值"为职责,努力创造出让"消费者"、"厂商"、"金融"、"物流"共赢的消费环境来打造全球华人虚拟通路购物的新天地。

东森的覆盖面遍及欧洲、非洲以外的全球其他所有地区。

2002 年于上海成立办事处;

2002 年 9 月于香港成立东森亚洲卫视;

2003 年 3 月于洛杉矶成立东森美洲卫视总部;

2004 年 12 月东森电视于中南美洲全面开播;

2005 年东森频道于新马泰等国陆续入网;

2006 年 6 月加拿大入网。

东森的总部设立在中国台北;设立香港,曼谷,旧金山,洛杉矶公司据点;设立上海,新加坡业务据点;设立成都,北京,纽约新闻据点。

涵盖亚洲、大洋洲 50 个国家和地区,收视户数近 450 万户。

东森亚洲卫视是东森电视进军境外市场的第一个频道,于 2002 年 7 月正式进入香港有线电视,8 月入网澳门有线,为服务全亚洲及大洋洲收视户,使用亚太 2R、JC SAT-3 以及 MEASAT-2 等卫星传送频道,收视覆盖区包含亚洲及大洋洲 50 个国家及地区。目前香港、澳门、菲律宾、印度尼西亚、澳洲、新西兰等地皆可透过直播卫星或有线电视收看东森亚洲卫视。

涵盖美加、中南美洲,收视户数近 53 万户。

东森美洲电视公司自从 2003 年 3 月于美国洛杉矶正式开台之后,引起当地华人的热烈回响,收视户数急速激增,卫星收视观众,遍布在美加地区及中南美洲,包括夏威夷、阿拉斯加、加拿大南部及部分中美洲地区。另外南加州地区的华人也可以透过 Charter Communications、Adelphia、Time Warner、Verizon、Cox 等有线电视系统收看东森卫视,东森美洲台亦积极扩大推广至纽约、旧金山、休斯敦等地。

二、东森亚洲卫视和美洲卫视

(一) 东森亚洲卫视

东森卫视生活台为配合全球布局,2002 年 7 月起正式易名为“东森亚洲卫视”(ETTV ASIA),聘请黄宝慧为东森亚洲卫视台长,全力发展东森亚洲卫视的业务,在亚洲推出 2 个频道,包括东森亚洲卫视台、及东森亚洲新闻台。

东森亚洲卫视是一个以亚洲观众为对象的娱乐性频道,精选东森电视的新闻、综艺、美食、旅游等多元化节目,依亚洲观众的喜爱编排节目时段,满足不同族群的喜好与需求。节目内容包括客观、专业的新闻报导,色香味俱全的美食节目,深度访谈报导,以及探讨星座命理、生活智慧、两性议题的综艺节目。

东森亚洲新闻则是专为亚洲观众设立的 24 小时全新闻频道,由资深主播黄宝慧、王利旋、李健光、刘以勤及张耀尹等专业主播坐镇,兼顾不同国家和地区观众的观点,在各节新闻中,聚焦重大的国际时事,并与境外特派记者及权威人士现场联机,深度剖析全球大事。

东森的电视节目广受香港观众欢迎,尤其是综合及生活节目的收视一直名列前茅。除了全力在海外发展外,东森亚洲卫视更特别为香港观众在节目内容上进行革新。作为国际大都市以及财经金融中心的香港,能够实时掌握财经消息是非常重要的。因此,东森亚洲卫视将在香港派驻记者,将第一时间为香港观众报导香港的财经消息。

东森亚洲卫视认为境外市场对华语电视节目的需求将日益增加,在2002年7月,东森卫视生活台正式宣布入网香港有线电视第26台,引进优质的电视节目;并以香港为起点,展开其进军全球华人市场的业务发展大计。同年8月与澳门有线电视台签约入网澳门。而在2003年与菲律宾当地有线电视系统Global Cable TV签订合约,进一步拓展海外华人市场。

东森对于华人电视娱乐市场的经营,是以Global Chinese and Pan Asian(环球华文及泛亚洲族群)的角度来定位的,努力成为东方语言节目内容的整合者。目前东森的全球播放平台已经有粤语频道i-Cable的加入,不久之后,将借代理韩语、越语、菲律宾语等节目频道以及自制多语言节目内容的方式,架构出一个泛亚洲的媒体平台,为亚裔族群提供多元的电视节目。

(二)东森美洲电视公司

东森美洲卫视是全美最大的中文电视网,也是华文电视媒体的领导品牌,通过打"亲情"牌来满足海外华人对于中文节目与资讯的需求。2003年2月东森美洲卫视(ETTV America)正式成立,公司总部设于洛杉矶。2005年起,东森美洲卫视的传播网已遍及美国,加拿大,中南美洲等地,目标服务百万以上华人家庭。东森美洲卫视以独特的媒体经营策略,在全美同时透过直播卫星与有线网传送多频道的精彩节目。

东森美洲卫视包括:东森美洲中国台、东森美洲幼幼台、东森美洲戏剧、东森美洲新闻台、东森美洲卫视台、东森美东台、东森超级台,设置了13个来自大陆香港、澳门的频道,同步提供两岸三地的华语频道与节目,满足来自台湾、香港澳门、大陆及其他地区的华人观众。因此,除了播送经过严选的东森家族频道,包括东森美洲新闻、东森卫视、东森幼幼、东森戏剧、东森大陆台等,提供最及时的东森新闻,风靡亚洲的偶像剧场，精致的古装大戏，寓教于乐的幼教节目，热门的综艺节目，深度性的谈话节目，适合广大移民的英语教学节目，还有结合小区信息的地方新闻，满足华人日常生活所需的信息娱乐等。其中自营的直播卫视收视户遍布全美各大州，提供东森卫视台，新闻台，中国台，幼幼台，戏剧台，三立国际台，东森财经台，JET 日本台，人间卫视，大爱台等十个频道；2004 年 9 月，推出粤语频道——香港新知台，让美洲广大的粤语同胞在异乡也能知道家乡的事。东森美洲卫视同时也和美国主流的直播卫视电视网 Dish Network 合作，推出英文频道与中文节目的组合套装，受到华裔家庭的热烈欢迎。

在各大城市的有线电视网方面，东森美洲卫视目前与南加州六家主要系统业者合作，在各大华人社区播出，同时与全美拥有 2 200 万收视户的 Comcast 有线电视网结盟，将收视范围拓展到旧金山湾区，并将陆续推广到全美其他华裔居住城市有线电视网播出。

东森美洲卫视除了播出台湾的新闻外，更在北美驻有 20 人的新闻团队，追踪报导当地侨民关心的新闻。东森海外部预估，美洲卫视年营业收入将达 1 200 万美元，每月广告收入则有 40 万美元。

东森美洲卫视的直播卫星平台内容丰富，但尚缺广东话节目，对习惯乡音的旅美华侨总有美中不足之感。"因此，我们深信，以香港有线卫视新知台的口碑，加上东森美洲卫视能力，打"乡音"牌必可吸引更多华人订购收看。"

"让东森美洲卫视成为全美华人家庭娱乐与资讯的最佳来源"，是东森美洲卫视的自我期许和核心价值。目前，东森美洲卫视拥有三个摄影棚，可同时透过卫星同步对全球播送即时节目，另外为突显东森追求品质与速度的决心，美洲卫视积极推动新闻采编播系统全面数位化（Digitalize），将成为全美少数族裔电视台中，第一个完成数位化的亚裔媒体，同时是全美第一个使用 SNG 新闻采访车的亚洲媒体，以最先进的装备在第一时间把重要的信息传送给北美华人观众。

2004 年四月，美洲东森慈善基金会成立，东森的公益触角也随着电视的脚步深入每个华裔社区。基金会董事长蔡咪咪也亲自参与举办各项大型公益活动，为华人发声，为亚洲弱势群体代言，为残障儿童募款。她的用心和努力，获得了"美国华裔官员协会"的高度肯定。

立足美洲,胸怀世界,来自大陆,港,台,澳超过 100 位东森美洲卫视同仁凤兴夜寐,全力以赴,为东森集团的全球布局挥出漂亮一击。

附:东森美洲卫视业务的预估表:

表 7－3　2003～2007 年东森美洲卫视预估损益表

		2003 年	2004 年	2005 年	2006 年	2007 年
营业收入	广告业务	275 万美元	516 万美元	1 113 万美元	1 803 万美元	3 208 万美元
	直播卫星	551 万美元	1 214 万美元	1 943 万美元	3 027 万美元	3 760 万美元
	节目营销	254 万美元	3 000 万美元	3 399 万美元	3 620 万美元	420 万美元
	小　计	1 081 万美元	2 031 万美元	3 397 万美元	5 193 万美元	7 388 万美元
营业损益		－179 万美元	－1 066 万美元	507.2 万美元	1 383 万美元	2 362 万美元
EBC 拆回		128 万美元(NT4 322 万美元)	395 万美元(NT1 亿 3 338 万美元)	781 万美元(NT2 亿 6 372 万美元)	1 263 万美元(NT4 亿 26 478 万美元)	1 891 万美元(NT6 亿 3 853 万美元)

表 7－4　2004～2007 年东森美洲卫视订户数及订户收入预估

		2004 年	2005 年	2006 年	2007 年
DTH 直播卫星电视	DTH(自营)订户数	24 000 户	37 200 户	51 600 户	68 400 户
	EchoSta(入网 DTH)订户数	10 500 户	22 500 户	36 900 户	53 700 户
	小计订户	34 500 户	59 700 户	88 500 户	122 100 户
有线电视系统入网	入网 Comcast MSO 订户	15 600 户	32 400 户	50 400 户	69 600 户
	入网 Time-Warner MSO 订户	2 400 户	5 400 户	9 000 户	13 200 户
	入网 LA-Cable	110 000 户	110 000 户	110 000 户	110 000 户
	小计订户	128 000 户	147 800 户	169 400 户	192 800 户
合计	订户数	162 500 户	207 500 户	257 900 户	314 900 户
	订户营业收入	663 万美元	1 679 万美元	2 763 万美元	3 486 万美元

（三）与全球最大休闲旅游集团 Cendant 合作

"东森"品牌享誉全球，不仅在于它所传播的新闻信息，东森旅游，购物以及公益事业等等业务也在很大程度上提升了它的品牌。未来五年，东森传媒集团将致力于发展休闲观光产业，已经与全球最大休闲旅游集团 Cendant 结为合作伙伴，整合岛内各项旅游资源，打造台湾成为亚洲的渡假胜地。

东森与 Cendant 在 2005 年 12 月 6 日正式签定策略联盟，确立未来在"媒体通路"、"会员俱乐部"、"渡假所有权"和"旅游通路"上的合作，东森成为 Cendant 在台湾唯一的一家广告和市场行销合作伙伴。通过 Cendant 集团旗下 RCI 分时渡假公司的"分时渡假交换系统"与"点数系统"，让游客体验多元化的渡假服务，同时也将台湾的休闲渡假村推广至国际舞台；透过 Cendant-RCI 遍布世界各地的渡假村，游客将可以收看东森亚洲卫视台和东森亚洲新闻台两个频道，而东森也将协助 RCI 制播旅游节目，推广各地渡假村的特色；双方共同宣传推广"分时渡假"与"休闲点数货币"的新观念，共同开发旅游商品，共同开创市场商机。

另外，与东森媒体集团合作最紧密地 CVNG（Cendant Vacation Network Group，2006 年 3 月 16 日更名为 Wyndham Worldwide）公司曾在 2003 年成功为泰国带来 300 万名游客，2005 年赴泰国观光的游客人数已达 1 165 万人，到 2005 年，赴泰国的游客人数又上升至一个新的水平，达到 1 338 万人。Wyndham Worldwide 在开发旅游市场方面拥有先进的理念和成熟的操作系统，与东森两大品牌的结合，相信会给游客带来旅游产品的多样化和服务的人性化。

全球战略中，东森不仅要拓宽其各个行业的"领地"，占据更大的市场，也在时时刻刻传递一种精神，东森的精神。它要挣别人的钱，也想让世界听到华人的声音，更想让世人认可华人，从这个华人媒体中发现一种我们中华民族的善与光辉。

第四节　与卡莱尔携手跃登国际媒体舞台

东森媒体集团创业 15 年来，在台湾投资将近新台币 400 亿元，建构收视户最多的双向宽频网络有线系统、频道最多的卫星电视家族和市占率第一的电视购物,2005 年创造新台币 658 亿元营收,是台湾媒体产业第一名。

东森集团总裁王令麟和经营团队的卓越表现,深受境内外投资机构肯定,竞相争取合作,成为热门投资标的。经过审慎评估,王总裁从五家境内外投资者中,选择美国卡莱尔基金作为东森的全球策略性经营伙伴。

卡莱尔集团顾问群包括前美国总统老布什、前美国国务卿包威尔,执行长葛斯纳是前 IBM 总裁,前英国首相梅杰则是卡莱尔欧洲区总裁,这些国际知名的政经领袖组合,使卡莱尔集团拥有非常坚强的实力。卡莱尔集团已经在全球 15 个国家投资媒体,熟悉国际媒体产业发展趋势、营运策略模式。卡莱尔投资东森媒体集团,将有助于台湾媒体产业落实国际化的战略目标。

在数字汇流趋势下,媒体产业的再升价值已成为国际资金热门投资标的。东森媒体集团拥有完善的双向宽频网络有线系统、最多的收视户、内容丰富多元的卫星频道家族,以及台湾地区市占率第一的电视购物,布局完整。卡莱尔与东森的合作关系,可说是千里马碰到伯乐,双方一拍即合。

王令麟总裁常常勉励同仁要力争上游,不断看得更远、更高,要有永远不站在同一高度上的远见。这种"高瞻远瞩、超越巅峰"的思维,使他喜欢和更强的伙伴合作,一起把饼做大;也欢迎有相同理念者加入良性竞争,促进产业发展。

这种胸襟怀抱,使他带领东森在台湾地区建立收视户最多、网络最完善的有线电视系统和周边产业之后,积极布局全球。透过 5 颗天上的人造卫星,向全球 60 个国家播送 44 个电视频道节目,目前已有超过一千万户家庭每天收看东森卫星频道,这还不包括祖国大陆的广大观众,是全球规模最大的民营华文电子媒体。

从台湾一个新闻频道,到挥军美洲、亚洲新闻市场,并在海外成立专有自制的分版新闻频道,东森创建全球华人熟识的新闻品牌,跻身世界主流媒体之林。并且积极在全球饭店、度假旅馆推广公共播出业务,预计 2008 年将有 5 000 家饭店旅馆、80 万个房间可收看东森电视频道。获得全球重要媒体投资基金卡莱尔集团的肯定与合作。

　　美国卡莱尔集团不但投资 13 亿美金入股东森媒体科技公司,并将参加东森电视台的增资计划,以及拥有投资东森电视购物公司四分之一股份的选择权。

　　和卡莱尔集团结盟后,东森将继续扩大投资媒体、文化、休闲、娱乐产业,预计再增加 3 000 个就业机会,集团工作伙伴将从现在 7 000 人增至 10 000 人,年营业额也将从 2005 年 536 亿元新台币增至 2010 年的 1 000 亿元新台币。

第八章 竞争时代骄人的市场绩效

<big>在</big>媒体林立,群雄逐鹿的竞争时代,东森媒体集团创造了骄人的市场绩效。

第一节 东森电视台营业收入绩效

"坚持卓越品质、保持领先地位",是东森媒体集团的经营理念。正是在其驱使下,东森媒体集团像一片枝繁叶茂的森林,焕发勃勃生机,向着全球第一的华文媒体目标挺进。在创办人王令麟总裁带领下,东森电视快速崛起。东森媒体科技于台湾投资 13 家主控系统台。截至 2005 年 12 月底,拥有 105 万有线电视订户、网络涵盖户数 206 万户,其中双向网络涵盖户数 139 万户,成为台湾第二大、全球前 20 大的有线电视经营者。东森电视台则在八个自制有线电视频道之外,同时经营新闻网站、报纸等媒体平台,已成为台湾规模最大且最受欢迎的媒体事业。在短短几年中,东森电视不论在经营效益上、还是在市场占有率上,都取得了良好的效益。

一、运营绩效

在向全球第一华文媒体目标挺进中,东森人凭借其睿智,在台湾媒体名列前茅的同时,又不失时机利用其质量上乘,形式多样,喜闻乐见的新闻节目,在北美华人圈中成功打造了"东森美洲新闻"、"东森全球开讲"等品牌。

东森电视公司董事长张树森如是说,公司 2004 年营业收入、获利双双创下历史新高,营业收入 58.3 亿元新台币,较 2003 年度成长 4%;营业利益 7.8 亿元新台币,成长 5%。2005 年高达 61.8 亿元新台币的营业收入,较 2004 年年度增长 6%。由于海内外经济良好,东森可望在 2006 年再创佳绩。

在国际三大信评机构之一的惠誉信评中，东森媒体集团成为亚洲第一家获得信用评等为"BBB(twn)"，正向评等观察的媒体，由此说明东森电视公司的经营水平已达到国际级媒体水准。据惠誉信评指出，与同等级之国际同业相比，东森电视公司的各项财务比率毫不逊色。另外，国际投资银行雷曼兄弟公司(Leman Brothers)对东森电视进行D. D. 评估后，信用报告(Credit Report)也认为东森电视是一个稳健增长的公司。这个评等结果显示，东森电视与美国主流电视媒体相比已相差无几，业已说明其在亚洲媒体界居领先地位，经营水平达到国际媒体先进水准。

随着东森国际频道在50个国家成功播映之后，北美世华电视网的经营权的接管，东森美洲平台的诞生，昭示着东森电视朝全方位的华人媒体努力。

表 8 - 1　近几年东森电视台营业收入及获利绩效(单位：新台币元)

		2002 年	2003 年	2004 年	2005 年
1	营业收入	41.9 亿	56.2 亿	58.3 亿	61.8 亿
2	税前净利	3.3 亿	2.8 亿	5.7 亿	3.0 亿
3	税后净利	3.0 亿	3.2 亿	4.2 亿	2.8 亿
4	税后 EPS	0.99 元	1.05 元	1.26 元	0.84 元

资料来源：东森电视事业股份有限公司.

从表 8 - 1 中可以看出，经过近几年的发展，东森电视营业收入从2002 年的 41.9 亿元新台币发展到 2005 年的 61.8 亿元新台币，增长50%，其发展趋势如图 8 - 1 所示：东森电视是一个极具成长性的媒体。

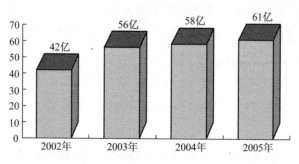

图 8 - 1　近年来东森电视营业收入(单位：元新台币)

二、市场占有率

从 2000 年上半年有线电视频道收视占有率超过无线电视后,2005
年有线电视频道与无线四台的市场收视总占有率之比为 76％∶24％,
有线电视收视总占有率大大超过无线电视一举擢升为主流媒体(如图
8－2 所示)。

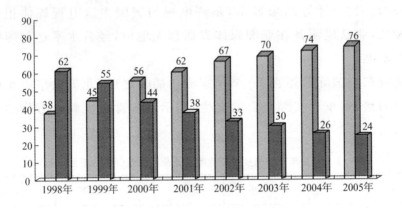

图 8-2 有线与无线电视电视率变化状况(％)

资料来源:AGB Nielsen,2005 年 12 月

台湾各电视台收视率的情况,据 2006 年 1～6 月份的尼尔森调查
数据:东森电视台为 13.9％,三立电视台市场占有率为 12.67％,八大
电视台为 8.64％,TVBS 为 8.56％,卫视电视台为 7.86％,纬来电视台
为 8.98％,中天电视台为 6.99％,年代电视台 4.09％,可见东森电视台
与三立电视台的市场占有率名列前矛。

东森电视并未满足于在台湾市场占有率与三立电视并列第一的骄
人的成绩,经过两年的努力,到 2005 年东森电视终于超出了三立电视这
个强有力的竞争对手,以收视占有率 15.38％位居第一(如图8-3所示)。

东森电视台还不满足于在岛内称霸的地位,而是不断拓展海外市
场。作为其全球战略的一部分,东森电视已在海外许多国家和地区纷
纷落地。

其实,在美华人群体中,真正可以使华文电视台运作的资源十分有
限,但东森人却以敏锐的市场洞察力,硬是从全美电子媒体每年 230 亿

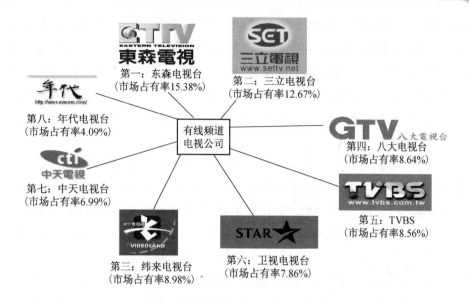

图 8-3　台湾电视市场占有率比较

资料来源:市场占有率为 2006 年 1~6 月 AGB 尼尔森最新数据。

美元的广告量中,嗅觉到了 2 亿多美元的市场潜力。然而,市场潜力并不等于赢利现实,但东森电视媒体集团总裁制定的战略目标却更具挑战性——2007 年完成 1 亿美元(35 亿新台币)收益。

为了达到上述业务目标,东森电视订下两大努力方向,包括:锁定美国主要通路直播卫星公司,深入服务更多的美国华人家庭;争取主流广告客户,主动向广告公司提案争取广告。

与此同时,东森美洲卫视在洛杉矶投巨资,建造可容纳 250 人的多功能数字摄影棚,在美国华人电视界充分展现了东森电视的实力。从 2002 年起,在不到 5 年的时间内东森已在五大洲将近 50 个国家成功播出。东森还积极推进中南美洲发展战略,积极做好欧洲卫视的筹办工作,并向拥有 1 500 万收视户的目标冲刺。

三、广告

东森电视旗下经营新闻台、新闻 S 台、综合台、幼幼台、电影台、洋片台、戏剧台、娱乐台共八个频道,服务家庭各年龄层,并拥有岛内点阅率最高的新闻网站 ETtoday 和广播网 ETFM(2006 年中停播)。借着丰富的内容,东森电视广告业绩突飞猛进。究其缘由,主要是得益于观众对东森电视的喜爱和收视率的支持。东森家族频道由于质量上乘,报道迅速、节目适合观众要求,因而备受观众的喜爱。事实上,台湾政治大学的调查显示,在台闽地区民众最常收看的 50 个频道中,上述频道全部金榜题名,其中东森新闻台更在北、中、南、东四区中均荣登榜首,大幅领先所有境内、境外各类型频道。

另外,市调公司 AGB Nielson 的收视率调查,东森幼幼台、新闻台、电影台、洋片台都在同类频道名列前茅,东森幼幼台是岛内小朋友最喜爱的电视频道,新闻台在 2005 年春节期间收视率也领先各新闻专业频道。

1999 年东森电视的收视点数由 52.93,到 2005 年上升到 118.63。与此同时,广告从 1999 年的 11.7 亿元新台币跨越式发展到了 2005 年的 39.38 亿元新台币,东森电视公司(EBC)2005 年广告营业收入比 2004 年增加 3%。至于大步前行的东森购物(EHS),2005 年的营业收入净额为 224 亿元新台币,足足比 2004 年的营业收入净额 197 亿元新台币,增长 14%。

四、东森电视发展的经验

1. 有一支高素质的人才队伍

表 8－2　2006 年 6 月东森电视台团队的高学历分布

学　历	研究生以上	大学(专)	其他	总　计
人　数	130	1 457	28	1 615
百分比	8%	90%	2%	100%

从表 8－2 可见,专科以上人员占 98%。因此,东森的核心竞争力正是实现了从人力资源向人才资源的转化,进一步实现智力资本的价值。东森媒体集团总裁王令麟说,人才是企业的核心价值,之所以提倡登山运动,为的是储备东森卓越团队进军国际的战力。他在过 50 岁生日时,无论事业与智能,都进入人生的高峰期;为了超越巅峰,王令麟带领东森员工成功攀登东亚第一高峰玉山。

2. 凭借丰富的节目、内容

东森电视广告业绩突飞猛进,究其缘由,主要是得益于观众对东森电视的喜爱和收视率高升的支持。东森家族频道由于质量上乘,报道迅速、及时,节目适合观众要求,因而备受观众的喜爱。

第二节　东森媒体集团营业收入绩效

东森媒体集团由如下四家主力公司组成,分别为东森电视、东森媒体科技公司、东森购物和东森国际公司组成。其合计营业收入额如图8-4所示。

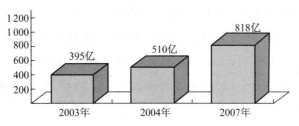

图8-4　四家主力公司合计营业收入额(单位:元新台币)

除上述四家主力公司外,还有十一家子公司——东森公关公司、东森休闲育乐公司、东森资产管理公司、东森建业不动产公司、东富资讯公司、东森巨蛋经营管理公司、东森美洲卫视公司、东森购物百货公司、东森及森辉旅行社、东森财产保险代理人公司、东森人身保险代理人公司。

一、经营绩效

2004年东森集团创造了总营业收入达到507.2亿元新台币的骄人成绩,与2003年的395亿元新台币总营业收入相比,成长25%。2005年的总营业收入额又创新高达到536亿元新台币。东森购物的营业收入额近5年来,更是呈现超几何的倍数飞跃增长,创下岛内服务业公司成长第1名的纪录。2005年,东森购物的总营业收入额达到235.3亿元新台币的历史新高水平,即将追上新光三越百货及家乐福大卖场的营业收入额,这将是岛内虚拟通路零售业超越实体通路零售业的一项奇迹与创新型经营成功典范①。

————————————

①　戴国良.东森购物　服务业典范[N].东森报,80期第一版.

东森购物于 1999 年 8 月成立之初，即制定了以"立足台湾，放眼全球"为其经营远景，并立志打造全球华文购物市场第一品牌。经过短短几年的发展，已经成为岛内最大的虚拟通路百货公司。东森购物成立八年来，成功颠覆台湾早期电视购物形象，获社会广大消费者接受与喜爱，会员数突飞猛进，由 2000 年的 8 万人到 2005 年的 280 万人，可见东森购物的人气之旺盛。

东森购物自开台以来，营收成长的速度惊人，其营业额从 2000 年的 5 亿元新台币，经过 5 年的努力达到 235.3 亿元新台币，6 年增长了47 倍，缔造飞跃式倍数成长的纪录；预计 2010 年将达到 1 000 亿元新台币。东森购物总经理宋湘岚表示，能够有这样的成绩，完全是因为消费者对东森购物的信任与喜爱，公司未来不仅会加强对顾客的服务，提高顾客的满意度，还会增加商品的多元性，让消费者在虚拟通路上获得更多的便利性。

东森购物台的产业调查显示，2002 年台湾零售市场产值约 3 兆 2 千多亿元新台币，每年平均以 4 个百分点的速度成长，而虚拟通路（电视购物、网络购物、型录购物）2002 年市场产值约 300 亿元新台币，占零售业市场总值不到 1%（0.95%）。这个数字比日本的 2.3%（2001 年）低，甚至比美国的网络购物就占实体零售业的 1.02% 也低，所以购物台相信岛内虚拟通路还有相当大的增长空间[1]。宋湘岚表示，保守推估虚拟通路到 2007 年，总产值将达 1 500 亿元新台币，东森购物预计将囊括其中500 亿元新台币，约 1/3 的市场占有率，成为虚拟通路第一品牌[2]。

二、经营经验

1. 提高信任度，扭转虚拟购物形象

东森购物 1999 年开台之初，很多消费者对虚拟购物信任度非常低，但为了改变这种被动局面，购物台建立了客户资料系统，以加强售后服务，同时采取建立严选机制、建立专人送货队伍、免费退换货等措

---

① 刘灼梅、陈育瑄. 得易购创造虚拟通路核心价值[N].东森报,第 61 期第 3 版.
② 刘灼梅、陈育瑄. 得易购创造虚拟通路核心价值[N].东森报,第 61 期第 3 版.

施，才逐步扭转了虚拟购物的形象，于 2001 年步入正轨。东森购物近 5 年来，营业额从 22 亿元新台币、72 亿元新台币、152 亿元新台币、207 亿元新台币，到 2005 年营业额达到 235.3 亿元新台币，会员数从 5 万、30 万、60 万、100 万，到 200 万，商品类型从家庭用品、服饰精品、3C 家电、高级珠宝到百万名车；三合一的虚拟销售通路由东森电视购物一台及二台、100 万份东森购物型录、到东森购物网络商城，可说是实现跳跃式增长。

2. 打造电视购物的品牌形象，服务社会发展

东森媒体集团副总裁周继鹏表示，东森购物成立 8 年来，全力打造一个"价格最便宜、品质有保障"的购物通路；"给您好生活"是东森购物对客户永远的承诺。因此，东森得以骄人成绩跻身"《天下》500 大"服务业增长最快的公司之一，成为台湾虚拟销售的第一品牌。

东森购物已经为社会创造了 1 500 个就业机会，并提供 3 000 多家中小企业一个崭新的销售通道。

三、东森集团的未来

王令麟指出，全球布局是未来发展的大方向，期望东森在 2010 年挺进世界媒体产业前 10 名。王令麟在接受《东森报报》专访时指出：东森媒体集团经过近 15 年的卧薪尝胆，如今轻舟已过万重山，2005 年将达到营业收入及获利的高峰，包括东森国际、东森电视、东森购物、东森媒体科技，集团整体营业收入将达到 717 亿元新台币，税前盈余可达 40 亿元。"立足台湾，放眼世界"的全球策略，是东森的发展大方向，除了美洲市场，东森将继续申请祖国大陆和东南亚各国的入网落地，期望在 2010 年营业收入达 60 亿美元，成为具有全球竞争实力的媒体品牌，进入世界媒体产业前 10 名。

第九章　以感恩之心回报社会

大众传媒作为企业，与一般的企业不同。由于它对人们思想的影响力远远超出任何物质的东西，因而素来被看作是"社会公器"。所以公众对其寄予很高的期望，要求它不能仅仅追求经济利益，而且要担负起社会责任。

企业的社会责任意指某一特定时期社会对组织所寄托的经济、法律、伦理和自由决定的期望①。那么这个定义中就包含着社会对企业的四个方面的社会责任：经济责任、法律责任、伦理责任和自由决定的责任即慈善责任。所谓经济责任是企业所必须承担的首要的、基本的社会责任，企业首先是一个经济机构，换句话说，企业应该是一个以生产或提供社会需要的产品或服务为目标，并以公平的价格进行销售的机构。它的公平的价格也是社会认定的，能够反映产品或服务的真正价值，能够给企业提供足够的利润，以保证它的可持续存在和发展，并给投资者以适当的回报。也就是说企业的经济责任首先就是赢利，几乎所有的活动都是建立在赢利的基础上。企业的法律责任是要求企业必须遵守现有法律，守法经营。伦理责任是指社会期望企业合乎伦理地做事，有责任做正确、正义、公平的事。企业的自愿、自由处理的行为被视为慈善责任，是因为它反映了公众对企业的向往。尽管这一行为是企业自由决定的，没有强制性的，但是社会公众确实期望企业多行善，成为一个好的企业公民对外捐助，在人文、环境和经济方面对社会做出贡献。

东森媒体集团作为传媒企业，不仅仅在短短的时间内创造了骄人的业绩，而且在慈善事业方面也做得有声有色，不仅在岛内有口皆碑，

---

① ［美］阿齐 B. 卡罗尔等著、黄煜平等译. 企业与社会：伦理与利益相关者管理［M］. 北京：机械工业出版社，2004：23.

而且因把慈善事业做到了世界各地而得到世人好评。

第一节　东森公众形象

一、企业心　公益情

以打造华文媒体第一品牌为奋斗目标的东森集团,在台湾拥有多项骄人的记录。东森电视成立 10 年就拥有 24 个频道,同时向全球 52 个国家和地区播映,其中仅在美洲就有 11 个频道上星或落地,全美都可以看到东森的电视节目。此外,东森还拥有其他的第一,仅仅在美洲,它是全美少数族裔电视台中,第一个完成数位化的亚裔媒体,是全美第一个使用 SNG 新闻采访车的亚洲媒体。2004 年的尼尔森媒体大调查也指出,东森新闻台以占调查人数 49.3％接触率获得第一名,是台湾地区民众"最常收看"的新闻频道。

任何成就的背后都有着外人看不见的艰辛付出。"筚路蓝缕,以启山林。"东森媒体这个品牌是东森人用心血打造出来的,无论是集团总裁还是普通员工,对东森集团的公众形象都倾注了大量心血。作为集团总裁,王令麟尽力在媒体产业发展和社会责任之间寻求平衡点。1991 年台湾"9·21"大地震后,王令麟在夫人蔡咪咪的感召下,皈依佛门长年茹素。在充满变量的商场环境中红尘修法,体悟甚深,这些年来,努力借事练心,同圆神智。集团同仁也在他俩联袂倡导下,对公益和慈善事业热心不辍。盖洛普征信股份有限公司 2004 年 4 月 5 日报告显示,东森电视台的企业形象获得台湾 75％以上民众的肯定:有 63.12％的民众肯定东森的企业形象,有 49.85％的民众肯定东森购物的企业形象,更有高达 75.29％的民众肯定东森电视台的企业形象。东森电视台在所有台湾电视媒体中,公益形象高居榜首,以 20.25％遥遥领先第二名的 TVBS(15.71％)。

和不断在经营上开疆辟土一样,东森集团也不放弃对公益慈善文化的推动。企业良好的公众形象就是公众对企业公益行为的肯定。人类要相互关怀,关怀没有距离,在当前社会环境中,企业也越来越从单纯地追逐利润到自愿承担社会责任。为承担起这种社会责任,东森集

团用行动抒发着自己的"公益情":

2000 年 4 月,东森集团在王令麟的号召下,成立东森慈善基金会及东禾教育基金会。基金会陆续为街头游童和贫童举办"爱的面包"义卖活动、捐赠孤儿院、为自闭症儿准备大餐、颁发"东森小阳光"奖学金、邀低收户小朋友"海洋之旅"、为"玻璃娃娃"圆出国梦、为灾童募集营养午餐费用、捐赠 200 万元新台币给灾童作为助学基金……

在对弱势族群的关怀上,东森举办了原住民儿童希望台北之旅、送卫星接收器给原住民小朋友、发起"送书香到部落"行动、到原住民部落"报佳音",为原住民小学装置 IRD "小耳朵"……

东森关怀两岸同胞,曾邀请两岸的"和平小天使"在台北相聚,为两岸和平播种;也曾转播"跨海捐赠骨髓"行动,爱心跨越两岸 3 000 公里……

此外,东森曾发动"送爱到印度"活动,王令麟带头募集 2 万元美金的物资。东森曾协办"还给台湾好山好水"植树运动,由东禾教育基金会董事长朱宗轲亲赴南投全程参与;王令麟夫妇也曾分别在基隆龙洞及花莲等地,放生数 10 万尾鱼苗;为"9·21"大地震罹难同胞举办消灾祈福法会……

二、发心发愿　播种福田

自从皈依佛门后,王令麟总是抱着"欢喜做,甘愿受"的信念做事;以"慈悲没烦恼"为座右铭,热心公益事业。对于东森慈善的目标,王令麟表示,他和夫人蔡咪咪有个共识,那就是:希望"东森在哪里,慈悲心就在哪里";大家把握当下,真正发自内心去做。

东森从事的公益慈善事业主要包括:在学术方面,每年以上千万元新台币赞助大学教授进行项目研究;在慈善方面,关怀的角度更扩及弱势儿童、偏远地区即离岛的原住民孩子、独居老人及生态保育等各个层面,每年也投入上千万元新台币;在文化方面,有怀念本土的老歌、净化歌曲歌唱比赛、儿童教育座谈会、环保观念教育等,有促进两岸交流的艺文展览、举办两岸人文关怀活动、两岸儿童团体互访等,另外还邀请海内外重要文化界人士来访,投入费用也达千万元新台币。

王令麟表示,东森投入公益主要是对这块土地人民的关怀与爱心,希望能为社会注入清流,缓和乱象。在做法上,则尽量发挥拥有多种跨媒体的强力传播功能,以抛砖引玉方式,号召更多社会资源共襄盛举,宁愿当小小的触媒,不居首功;同时鼓励同仁踊跃参与,贡献专长,把慈善活动从个人布施提升为专业奉献,为社会创造最大价值,不只是捐献财物而已。2003 年东森媒体集团设立"东森购物王令麟奖助学金",当年共捐出 3 000 多万元新台币嘉惠弱势的优秀学子,而且年年扩大捐赠。对于这份爱的关怀,王令麟强调:"东森购物目前拥有 100 多万会员,我只是把所得拿来分享帮我创造利润的人,同时也为那些尚未入会的 2 200 万同胞造福田。"

在公益事业上,东森集团并不是捐钱最多的企业,但却是最受喝彩的企业,其中奥秘很多,发心发愿,用心用情就是秘密之一。王令麟认为花钱买不到的才最有价值。东森之所以在公益事业上,获得的掌声却最响亮,是因为东森改变传统企业捐款方式,捐出了公司最宝贵的"情义",东森将爱心与关怀送到最需要的人手上。东森开创风气之先,带动了很多企业跟在东森后面做公益。

三、事业要做,公益也要做

虽然东森集团的企业公众形象非常抢眼,但它毕竟要盈利,否则慈善、公益事业也做不长久。用王令麟的话说"东森是商业电视台,每月要发 3 亿多元新台币薪水,站在新闻道德与 Marketing 间,我心中的天平经常摆荡着。我们要能生存下去,才能善尽社会公器角色,不是吗?"事业要做,而事业没有一点霸气很难有成就,所谓的霸气是指企图心、执行力,更要懂得创新求变,才不会被淘汰。王令麟很早就把他的事业发展分为三个阶段,第一个阶段靠体力做事;第二个阶段靠智慧和经验做事;第三个阶段靠德望做事。经营企业的艰辛外人常常很难真正体会。王令麟把自己的快乐也分为三类,第一快乐是与家人在一起;第二快乐是与员工及事业伙伴在一起;第三快乐是与弱势团体在一起。

王令麟认为,事业与人生终会结束,爱却没有终点。人生无常,再多的财富,都不及内心充实甜美更令人幸福;能付出,就是生命价值所在。正因为如此,东森在追求国际化的同时,对社会公益抱着谦卑关怀的心态参与和投入。2004 年 9 月,王令麟先生与时代华纳集团国际事务高级副总裁傅秉德(Peter Wolff)在纽约会面,两个虔诚的教徒无形中拉近了距离。因为两个热心公益事业的人都有个信念,那就是希望能善尽社会责任,借由媒体传播爱与包容。

第二节　关怀弱势群体

一、顶端驱动　各层介入

王令麟夫妇牵手做善事,"公益夫妻档"是东森媒体集团公益事业一张靓丽的名片。1999年台湾"9·21"大地震后,王令麟和夫人蔡咪咪成立东森慈善基金会,发愿善用媒体力量,济弱扶贫、弘扬佛菩萨慈悲精神。他们和东森团队一起谦卑前进,为弱势团体发声。

2004年12月26日,印度洋发生海啸灾难,造成巨大人员伤亡,东南亚数国蒙受巨大损失,举世为之震惊。为响应东南亚强震海啸赈灾,世界展望会、港台演艺圈及东森电视台共同发起"爱心无国界"义卖活动,2005年1月7日晚间6点到11点,透过东森综合台32台、东森S台57台以及东森亚洲卫视、东森美洲卫视,将300多名艺人参与的义演活动,传送至全球50多个国家和地区。当晚港台三地总共募得善款约1亿9 000万元新台币,悉数交由世界展望会筹划赈灾。

东森媒体集团总裁王令麟、蔡咪咪夫妇在此次募款行动中,私人捐出500万元新台币,他们正在国外念大学的女儿Wendy,也把第一次为产品广告代言的3万美元全数捐出。东森慈善基金会董事长蔡咪咪更发挥个人影响力,募得国画大师欧豪年、黄君璧真迹作品义卖300万元新台币;北美东慈董事、名书法家詹秀蓉,也捐出"莲花金刚经"书法名作募得100万元;再加上卢秀芳代东慈志工捐出的50万元新台币郭恩涌菩萨黄金画、东森购物捐出的200万元新台币、东森员工捐出的60多万元新台币……总计东森媒体集团在这次东南亚赈灾的捐款,超过1 300万元新台币。

"上有所好,下必效焉"。在总裁夫妇的驱动下,东森集团多方出击,各层介入,"用爱做动力,用心作公益",多方参与社会关怀弱势儿童、残障朋友、低收入户、独居老人、"9·21"地震重建区学童、原住民儿童及设置奖助学金等公益活动。在此仅以 2003 年东森基金会重点活动项目为例,以一斑窥全豹,对东森公益活动进行一番"扫描"。

1 月:举办"2002 年营造学习型部落"成果展、招待台北县市育幼院小朋友吃团圆饭、成立"资深艺人照顾急难救助金"、与台北海洋馆举办爱心跳蚤市场义卖。

2、3 月:"200 元新台币帮他们上学"募款活动、送爱到南山国小、"山海精灵快乐颂"募集二手乐器到原乡、与王又曾基金会举办捐血活动。

4 月:送二手乐器到兰屿、为抗 SARS 轮休医护人员架有线电视缆线。

5 月、6 月:与东森购物联合举办"粽叶飘香送爱心"活动、与资生堂合办阳光热爱会、与海洋馆合办"捐血赏鲸斗阵来"活动。

7 月:安排花莲原住民儿童之家 20 位小朋友游香港、协助将东森得意关怀日所得捐赠爱盲文教基金会、自闭症基金会、玻璃娃娃协会等团体、与王又曾基金会办捐血活动。

8 月:"有缘一家人"试片记者会、"人间有爱、仗义疏财"活动。

9 月:在福德平宅办中秋晚会、与东森购物发起"点燃天灯,绽放希望"活动、送二手乐器到嘉义茶山国小、"东森购物王令麟先生清寒助学金"捐助嘉义县学子 100 万元新台币。

10、11 月:送二手乐器到屏东北叶国小、招待原住民阅读小博士、小画家台北之旅、办罕病儿童新加坡圆梦之旅。

12 月:东慈获颁"促进原民社会发展有功团体"、耶诞点灯送暖活动、海洋馆圣诞慈善跳蚤市场义卖。

二、向上提升 向下扎根

关怀弱势群体,奉献爱心是广受称誉的公益善行。王令麟从自己的佛教信仰出发,对此有着深刻的认识。他认为,面对社会乱象,在经营媒体的同时,更自觉地善用传播力量,关怀鼓励人性光明面。东森媒体集团近年来蓬勃发展,在企业成长苗壮的同时,应该更以感恩的心情回馈社会。譬如,东森购物每年将捐出 3 000 万元新台币给慈善机构,推动公益事业,帮助更多弱势族群。

自从 1999 年"9·21"大地震后茹素的王令麟,最佩服长荣集团张荣发董事长把"EVERGREEN"推成世界级品牌。他说,张董事长也是长年茹素的企业家,将修行与企业理念融于一体,有了张董事长善心种福田,长荣集团的事业在风中、水里与大自然搏斗,都能长保平安。他希望能创造另一个世界级品牌"东森华文媒体",把慈善理念向世界散播,达到"四海一家"的理想。

2003 年 6 月,资生堂特别捐赠 4 000 套产品,与东森慈善基金会一起举办"发挥爱心,漂亮一夏"阳光热爱会活动,为的是帮助偏远地区的原住民学童,提供他们助学奖金及生活救济。台湾资生堂董事长李国祥表示,资生堂除了提供消费者最优质的化妆品,同时也希望能带动"美丽心世界",散播爱与关怀。李国祥董事长与东森媒体集团总裁王令麟,都是同一支高尔夫球队会员,两人除了以球会友,同时也相约要一起作公益,为社会种福田。

"心中有良田,百世耕不尽;播爱心为种,丰收万亩田。"在东森的号召下,已有不少企业团体加入"一起种福田"的行列。

2004 年 5 月的"得意关怀日",东森购物为表达对弱势族群的关怀,将爱心焦点延伸至创世基金会,协助落实"植物人到宅服务"计划,邀请艺人曾宝仪与宝妈担任公益大使,号召更多有心人士加入爱心行列,让全台湾植物人家庭不论贫富、偏远都能获得专业的妥善照顾,帮助长久以来背负沉重负担的家属,给他们更多鼓励的力量。

东森购物副总经理李传伟表示,"植物人到宅服务"计划,不仅是帮助获得赡养的植物人,而是落实"救一个植物人,救一个家庭"的理念。东森购物除通过 5 月 22 日得意关怀日每笔消费金额提拨 50 元新台币的捐款外,更期望透过东森购物所拥有的庞大媒体资源,给予孤苦的植物人家庭更实质的关心与鼓励。另外,东森购物邀请宝妈宝妹这对明星母女档参与拍摄公益广告,期望透过她们的号召,能够帮助更多陪伴在植物人身旁伟大的父母亲们,在大家力量的支持下,等待生命的奇迹。

2004 年 10 月 29 日,本名王忠义的资深歌手万沙浪,吞食 80 颗安眠药自杀获救。消息传来,东森慈善基金会董事卢秀芳和基金会执行长张国祥,于 11 月 1 日带着鲜花到医院探视万沙浪,转达东森媒体集团总裁王令麟、东森慈善基金会董事长蔡咪咪夫妇的关怀之意。卢秀芳代表基金会捐出 5 万元新台币表示慰问,东森慈善基金会表示,未来每月将补助万沙浪 1 万元新台币的生活慰问金。卢秀芳表示,关怀原住民同胞一直是东森慈善基金会的重点工作,而董事长蔡咪咪出身歌坛,对于演艺人员事业浮沉更是感同身受。蔡咪咪看到许多资深艺人因为环境变迁,导致生活无着甚至晚景凄凉,心中更是不舍,所以嘱咐基金会人员要时常关心资深艺人的生活。

第三节　奖掖莘莘学子

一、大人可以失业,孩子不能失学

接受平等的教育是儿童的天赋权利。教育能最充分地发展儿童的个性、才智和身心能力,帮助他们得到教育和职业方面的信息和指导,为他们将来的社会生活提供可靠的保障。不过,由于种种原因,目前在世界许多地方,联合国提出的"实现义务小学教育,发展中学教育,尽可能使所有人接受高等教育"愿景尚未真正实现。鼓励学生按时出勤和降低辍学率。一向比较强调自己社会责任的王令麟和东森集团对莘莘学子的奖掖看得颇重、颇深。王令麟强调,接受教育是孩子的基本权利,也是他们一切竞赛的起点,"大人可以一时失业,小孩不能一天失学,好子女是我们的未来,教育是最好的投资。关怀社会赞助公益是东森媒体集团不变的理念,尤其是将急难救助和清寒奖学金列为第一优先。"作为东森集团的领导人,王令麟的这种理念,自然会催生东森集团的系列行动。在此仅以"东森购物王令麟奖助学金"为例,分析王令麟和东森集团奖掖莘莘学子的心路和作为。

2003 年在东森集团设立六项帮助清寒家庭、传播科系或有特殊才艺学生深造的"东森购物王令麟奖助学金"时,王令麟指出,最近两年,整体大环境不景气,学费又不断调涨,许多生活无着的家庭,为子女筹措注册费成为头痛问题,而孩子们失学的故事频传,也特别令人心疼。他强调说,当初创办东森购物公司即祝愿事业顺利成功,创造更多就业机会,并以盈余回馈社会。现在东森购物度过筚路蓝缕草创期,开始转亏为盈,他决定开始执行这些愿望。东森购物在每月 22 日的"得意关怀日"营业收入中提拨公益金,赞助社会福利团体,并在台湾各县市举办户外开卖会,盈余捐给当地办理社会福利。"东森购物王令麟先生奖助学金",至 2006 年已累积发放亿元台币,以第一年发放的各项奖助学金具体情况见表 9-1。

表 9-1 东森购物奖助学金具体情况

类别	名 称	对 象	提拨经费	说 明
1	台大励学奖学金	台湾大学中低收入、清寒、家庭突遭变故之大一入学新生	500 万元新台币	* 为支持奖助台湾大学清寒优秀新生顺利完成学业,鼓励勤学向上精神,捐赠励学奖学金给台湾大学中低收入、家境清寒或突遭变故的一年级新生。 每学年以 30 名为原则,委托台大学务处代为申请公告审核
2	清寒助学金	台闽地区(含金马)国中小学、高中职学校家境清寒或突遭变故而需助学金者	1700 万元新台币	* 捐赠清寒助学金给县市政府,由各县市教育局函发各校申请办法,受理各校申请,及协助审核发放作业。 * 助学金发放对象、名额及金额由各县市政府教育局依个案自行核定
3	育英奖学金	勤奋向学、资赋优异或有特殊才艺表现的弱势族群子弟	第一年度经费 200 万元新台币	* 由县市政府、学校或相关机构推荐勤奋向学、资赋优异或有特殊才艺表现,未接受其他企业资助之清寒家庭、原住民及身心障碍者或家庭突遭变故之子女,申请奖助 * 由东森敦请各界意见领袖及学者经书面及面试审查 * 以长期资助为宗旨,预估每年评选 5~10 人接受 3~7 年之长期资助,以协助完成大学以上教育,或参加国际性展览、比赛等活动,获得重要成就为目标

（续表）

类别	名　称	对　　象	提拨经费	说　　明
4	传播菁英奖学金	大众传播实务、科技、企管等相关系所对传播产业创新研发或杰出成就的青年学生	200万元新台币	* 公告选拔全岛大众传播实务、科技、营销相关系所有创新及杰出成就的青年学生 * 参加甄选者应由学术界或产业界推荐，征选条件以个人成绩或创作作品、传播科技研发成果、创新商业模式、经营管理等与媒体产业高度相关的成就为主 * 预估每年奖励名额三类20人 * 由东森敦聘媒体相关产业人士及学者经书面及面试审查 * 得奖作品经查对产业发展有重要作用，而成为企业项目，该得奖人应同意东森聘其参与该项目工作
5	励志工读助学金	台北市社会局登记有案之清寒家庭在学子弟	200万元新台币	* 由台北市社会局汇整需要工读机会的清寒家庭、低收入户家庭在学子弟名单，经基金会初步审核及建立专长数据成为储备工读生 * 东森集团相关企业经核定聘用工读生，优先聘用本办法储备之清寒家庭在学子弟，其相关薪资由本公益基金负担50％ * 短期工读生，至少三个月，长期工读生，至多半年为期。 * 预估一年50人受益
6	原住民希望部落补助计划	正式立案之关怀或服务原住民部落发展之社团	360万元新台币	* 邀集学者专家及原住民菁英组成项目小组，针对民间社团所提关怀部落发展之计划进行书面审查及面试。 * 一年补助1～5个优秀社团

　　"东森购物王令麟先生奖助学金"的适时启动，以实质的行动，用关怀为孩子打气，为孩子的未来着想，共创希望的明天。因为东森集团认为，孩子是我们的未来，教育永远是最好的投资。我们给的不只是奖学

金或助学金,而是知识与梦想的延伸。

二、播爱心为种　育栋梁为愿

如果说教育也是一种投资的话,那么,这种投资同经济行为迥然不同。这种投资的目的并不是为投资者获取最大利益回报,而是为了被投资者的根本利益。联合国《儿童权利公约》对教育的目的阐述得非常明白:教育的目的应是最充分地发展儿童的个性、才智和身心能力;培养对人权和基本自由的尊重;培养儿童相互谅解、和平、宽容、男女平等和友好精神;培养儿童对自然环境的尊重;在自由社会里过有责任感的生活……对此,王令麟也有自己的体认,他认为企业的公益行为不是简单的"出钱",而是要用心去办"善事",让受益者感受社会的关爱,健康成长。王令麟是佛门弟子,他表示他的师父惟觉长老曾经说过:"应亲手去做关怀的事,不能够只是捐钱,捐钱永远是不够的……"面对社会乱象,他在经营媒体的同时,更觉得应该善用传播力量,关怀鼓励人性光明面。王令麟说,东森媒体集团近年来蓬勃发展,在企业成长茁壮的同时,更以感恩的心情回馈社会。譬如,东森购物每年捐出 3 000 万元新台币给慈善机构,推动公益事业,以帮助更多弱势族群。

身为企业领导人与媒体经营者,在做生意与社会责任间,王令麟心中的天平经常摆荡着。王令麟说,东森媒体集团旗下公司头角峥嵘,而让他最有社会使命感的,当属东森幼幼台。"很多朋友跟我说,他们的孩子(或孙子)是东森幼幼的忠实观众,幼幼台的香蕉、苹果、西瓜、水蜜桃四位哥哥姐姐,甚至被这些爷爷爸爸们,当作 F4(Fruit 4)崇拜呢!"教育是百年事业,要从根做起。王令麟希望这些看东森幼幼台长大的孩子,将来都能有美好的童年回忆,所以幼幼台无论节目与广告,都经过严格筛选,让孩子们有纯净的收视频道。

2004 年 4 月 2 日台湾媒体报道,3 岁侯姓女童被绑架案由台湾警方成功告破。据报载,当警方冲进歹徒藏居的卧室,看到侯小妹妹手里还拿着电视遥控器,找寻她最爱看的"幼幼台"。"试想,在侯小妹妹被绑的 16 天中,如果没有她熟悉的东森幼幼台陪伴,她的情绪可以如此稳定、不吵不闹吗?"王令麟如是说,娱乐事业也是高感性事业,午夜梦回,当他想到自己经营的幼幼台,曾经陪伴这样一个勇敢的小肉票度过危机,他的内心是很感动的。

同年 3 月 29 日《联合报》报道了一则新闻:"国三孤女雅菁洗碗换餐"。王令麟一早摊开报纸,读到这则新闻后,当场请东森慈善基金会捐款 5 万元新台币给雅菁救急,并透过媒体集团旗下东森电视、ETtoday、《民众日报》以及 ETFM 广播,呼吁社会各界爱心捐助。在《联合报》及东森的大声疾呼下,雅菁设立的捐款专户,在短短 3 天内就已收到 800 多万元新台币捐款。"以平常心面对世事,以欢喜心学习接受,以服务心和人结缘,以感恩心回馈社会。"王令麟是这样说的也是这样扎实去做的。东森借传播力量启迪善良人心,所捐的钱也许不是最多,但希望能号召社会各界善心人士共襄盛举,也让怀着激情的人心,有个"爱的出口"。

第四节　开启两岸交流

一、东森两岸视野:"赢在起跑点"

在追求成为华人民营媒体第一品牌的艰辛过程中,东森集团一直有一个理念,那就是:"有华人的地方,就是我们服务的所在"。作为东森集团的总裁,王令麟从经营战略的高度审视两岸媒体市场的趋势和优势,对海峡两岸同时加入 WTO 后,媒体界所面临庞大市场及其应具备之市场竞争力有着自己独特的视野。他在一篇题为《华文全媒体市场趋势与优势》的演讲中指出,数据显示在 2010 年时,中国有线电视用户数,将从目前的 9 500 万户,增加至 2 亿户,而有线电视的收费规模届时将高达 570 亿元人民币,至于中国媒体市场的广告规模,也将达到 2 290 亿元人民币,成为亚洲最大广告市场;因此东森立志锁定祖国大陆,本身也有条件符合大陆市场的收视需求,例如东森幼幼台,就扮演着如台商眷属所需的幼儿园机能而受到重视,不过碍于两岸政治关卡,东森将先从海外扎根,待两岸充分沟通与时机成熟时刻,一举赢得市场先机。

东森集团意在抢占祖国大陆市场先机的决心是明确而又坚定的,这并不让人惊讶。面对巨大的商机,企业任何正当的开拓、获利计划都是在预料和理解的范围之中。真正的问题是谁能获得先机，赢在起跑点上。在王令麟先生看来，积极开拓大陆市场，符合东森集团未来发展的大方向。他期望带领东森集团在 2010 年挺进世界媒体产业前 10 名，不言而喻，这是一个艰巨的任务。作为一个务实而又坚忍的企业家，王令麟先生知道开启两岸交流的经济意义之所在，同时也深知这项工作决不会一蹴而就。在接受记者采访时，他说到，我对祖国大陆市场虽有期待，但不会有过于浪漫的憧憬，所以随大环境趋势，一步一脚印，脚踏实地去做。东森国际结合东森购物及供货商，近年从台商的大陆厂进口大量产品到台湾，未来也将代理大陆商品。今年，东森将会把一手打造的多平台虚拟通路触角，延伸到彼岸；东森国际已在大陆设立国际物流公司，可提供东森购物及其供货商和台商降低成本及运费。基本上，东森未来的大陆市场前景，应是颇为乐观的。他举例说，去年 6 月中旬慈济曾进行的两岸捐髓一事，东森特与凤凰卫视、苏州电视、大爱电视所进行的跨海全程记录活动，就在大陆引起极大反响。

《东森报·观察栏》主笔戎抚天在《逐鹿中原我们准备好了吗？》一文中，既表述了东森集团审视两岸交流的大视野，也流露了台湾媒体目前一时难以真正进入大陆市场的焦虑。他说，大陆广告市场年逾 120 亿美元，是台湾的 15 倍，而且每年以 30％的速度高速成长，难怪世界主要媒体集团都以最具竞争力的阵容，挥军大陆，逐鹿中原。参与这场世纪之争的国家及地区，包括美国、欧洲、新加坡、中国的香港及台湾。而台湾、香港与大陆同文同种、文化背景相近、消费品味类似，因而大陆改革开放后，港台娱乐商品在大陆引领风骚，主导流行趋势。台湾媒体产业在高度竞争淬砺下，在大陆市场应该极具竞争优势。台湾多数主要媒体，预见大陆市场丰美，早已开始布局，并投入可观的人力、物力，十年下来，香港报纸已获准与大陆媒体合资经营，台湾连设采访办事处都还是空中楼阁，遑论设分支机构或与大陆合资经营。过去一年，大陆核准了美国、香港、澳门的频道在广东落地，北京的观光饭店已可以接收 HBO，眼见大陆媒体市场正一寸寸打开，台湾媒体仍然可望不可及，岂不令人心焦。

二、尽媒体责任 为文化播种

尽管两岸媒体的交流目前还存在着种种障碍,然而,两岸交流的大门已经开启。东森集团已经完成了两岸交流中多个"第一"。以下按年扼要叙述一些比较重要的事件。

2002 年东森宣布:喜欢大陆节目的观众有福了! 东森媒体集团经多时努力,终于取得中央电视台的转播代理授权,自 9 月 30 日起,中央电视台第四套节目(CTTV‐4)正式在东森各系统台播出(2003 年 3 月 7 日被停播)。东森媒体集团本着加深两岸人民情谊的初衷,秉持平等和互惠互利的精神,推动两岸媒体互动,并将再与中央电视台携手合作,积极架构两岸文化交流的桥梁。

2001 年东森首度与中央台联合制作了中秋晚会。第二年 9 月 21 日东森电视台与中央电视台、广西桂林电视台以及香港亚视联合制作了一台大型中秋晚会"漓江花月夜",晚会在广西桂林的地标象鼻山前举行。由于这次晚会是由中央台的国际频道主导,因此晚会通过 11 颗卫星播放到全球华人地区,同时东森综合台以及东森在香港澳门的国际频道也一起播出,因此,这场"漓江花月夜"称得上是一场两岸媒体携手送出的全球大联播。

2002 年 6 月苏州电视台与东森电视台缔结姊妹台,同年 10 月与东森电视台合作举办两岸世纪风演唱会,在节目及各方面都有相当程度的合作。2003 年东森电视台又与苏州电视台签订授权合约书,从当年 3 月 3 日起,苏州电视台正式播送东森电视幼幼台的"YOYO 新乐园"、"YOYO DIY 学园"、"YOYO 点点名"、"妈咪宝贝"、"童话故事箱"、"YOYO 科学乐园"、"Crazy English"、"娃娃 ABC"等 8 个节目。对于苏州电视台不惜跨海巨资购买幼幼台节目,东森电视台董事长张树森的兴奋之情溢于言表,以东森幼幼台第一次出嫁,嫁给了苏州电视台来称赞这次双方的合作。

2004 年 6 月 5 日至 9 日上海电视节在举行,东森电视台制作的"有缘一家人"一片,在来自 35 个国家的 338 部影片中脱颖而出,入围"白玉兰奖"最佳人文纪录片的殊荣。东森集团副总裁赵怡和东森慈善基金会董事长蔡咪咪,应邀以贵宾身分出席颁奖典礼,并参加"全球媒体高峰论坛"，主办单位对于东森媒体集团的重视由此可窥一斑。"有缘一家人"制作人、也是东森文化编辑中心总编辑齐怡表示，这部纪录片是去年东森慈善基金会花费一年的时间，忠实纪录台湾弃婴在荷兰成长的故事，以及这些孩子在认同自我、寻根寻亲过程中的心路历程，因一分无私的爱和奇妙的缘分，跨越了种族、肤色、距离，也跨越了血缘之亲。当此片在上海电视台播出后，也引起不少观众反响。

2005年两岸春节包机直航于1月29日起航，为了迎接这场世纪首航，东森新闻不但派出了近30组记者及9部SNG车前往北京、上海、广州、高雄、桃园等5地机场，也特别与大陆中央电视台、香港凤凰电视台联手制播，协助提供在台湾的采访、报导与新闻画面，并在上海广州与当地电视台结盟成为报导阵线。为了让全球华人一同见证这历史性的一刻，东森新闻积极部署，当家主播卢秀芳在当日上午9点至10点开辟"跨世纪直航特别报导"，而主播赵心屏则是一大早就赶赴中正机场守候第1班飞机的降落。主播王佳婉在直航前特地飞往中央电视台，在两岸直航首日一大早也赶到北京首都机场，见证历史时刻并进行报导；中午则赶赴中央电视台，进驻中央电视台新闻摄影棚，与中央电视台主播白岩松进行1个小时的独家对谈，也成为台湾第1位进入中央电视台播报的主播。另外，东森集团也向共同关注这个两岸盛事的国际媒体包含CNN、BBC、美联社、路透社、港澳媒体等，提供了第一手的画面与报导。许多国际媒体都表示，这次直航如果没有东森，还不知该如何是好呢。

三、传播文化　交流友谊

两岸文化同根同源，一脉相连。2002年2月23日，大陆法门寺佛指舍利由西安启程赴台湾地区供奉，在台湾金光明寺、中台禅寺、佛光山等地供奉数十天。这是两岸宗教界一件盛事，王令麟和蔡咪咪同是佛门弟子，东森媒体集团所属东森文化基金会积极参与。2月19日下午，东森文化基金会董事长朱宗轲拜会星云大师，达成共襄盛举的协议，在佛指舍利来台巡回的五场法会中，东森电视台无条件提供人力、器材在东森电视S台进行其中最重要的三场转播外，同时提供其他电视媒体转播讯号，以使更多信徒能通过电视媒体，参与盛会；另外，东森文化基金会也与"恭迎佛指舍利莅台委员会"合办两场由星云大师主持与教育界人士的座谈,并进行实况或录像转播,探讨台湾近年来的社会现象和人心潜在危机。佛指舍利抵台期间,东森旗下各媒体也都加强新闻报导。

对东森集团及东森文化基金会的全力投入,星云大师表示欣喜,他嘱托朱宗轲向东森媒体集团负责人王令麟转达他个人与佛教界的感谢之意。佛教界于此刻举办这项活动,对激励社会民心向上、向善及提升精神生活,也有极大的裨益。2月22日在法门寺举行的第一场重要仪式——恭送法会,就是由东森提供卫星频道亚太二号进行现场直播,所有电子媒体采用同样的讯号发射。东森文化基金会董事长朱宗轲说,东森在这场盛事上,无论人力物力,皆不遗余力付出,他特别强调,东森文化基金会是在东森媒体总裁王令麟前瞻企业未来发展趋势与潮流的卓见下,要求推动的工作,因而一定尽最大努力达成使命。东森文化基金会执行长石静文表示,东森在行慈善脚步的同时,亦不忘为文化播种;东森文化基金会就是在为东森做文化扎根工作,虽然,文化是比较抽象、潜移默化的,但影响层面却相当深远。石静文说,无论慈善或文化工作,都不能流于口号,只做表面功夫。东森文化基金会能做的事情太多了,但其中也要有所取舍,以对社会具有最大意义的为优先考虑。

推进两岸各种文化交流,也是东森和大陆相关单位经常进行活动。由东森文化基金会、中华两岸文经观光协会等知名企业联合主办的一年一度的两岸青少年朗诵大赛,就是两岸青少年朋友交流文化,相互观摩学习,共同散播爱与和平的种子,实现"让世界充满爱"愿景的好机会。2004年的两岸青少年朗诵大赛在台北、高雄、上海、香港、澳门等地共同完成。在8月22日朗诵大赛中,身兼东森文化基金会董事长的东森媒体集团副总裁赵怡在代表主办单位的致词里,就特别鼓励两岸青少年借朗诵大赛活动,建立双方温馨的沟通模式,获得心灵深处最纯洁的友谊。而在颁奖时,赵怡更是赞誉各比赛队伍充分展现运动家的高尚精神,互相加油打气,凝聚了华人文化之光。

从1992年起开始的两岸和平小天使互访活动,已经有包括来自云南、黑龙江、浙江、江苏、北京、内蒙的孩子来台访问,而台湾的孩子也每年回访大陆,每年透过热烈的见面气氛,及精心规划的不同主题,包括和平与爱、环保与自然、我们都是炎黄子孙、共饮长江水、融合共荣等等，在两地的热情接待下，参访了名胜、举办联欢演出、并与当地的小学研习交流，不仅增进彼此了解，也培养两岸新世纪的友谊与互信。两岸小天使互访，不但让两岸小朋友互相观摩学习，更培养小朋友们具有国际观、扩展国际视野、学习和平、建立友谊，是一项两岸具有特殊文化意义的活动。

每年东森都特别派出电视新闻记者全程报导两岸和平小天使的活动，对台湾及全亚洲的观众完整的播报相关的新闻，而针对来台湾访问的大陆小天使，东森也特别安排一天的"东森日"，以丰富的行程接待来自彼岸的两岸和平小天使访问团，包括设宴款待全团、参观台北海洋馆、东森巨蛋、东森电视台等等，更特别由东森的新闻主播指导，让孩子们坐上新闻播报台，用一口美妙悦耳的京片子，风光地向全亚洲播报他们在台湾参观交流的情形，把孩子的纯真与开朗做为和平的种子，遍撒在两岸交流的土壤上。

风靡全世界40多个国家，曾先后于2004年雅典残奥会闭幕式及2005年中央电视台中国春节联欢晚会上，因精彩绝伦演出而震撼全世界的中国残疾人艺术团，2006年5月6、7日首度应美洲东森慈善基金会邀至洛杉矶慈善公演，由邰丽华领衔演出"我的梦—千手观音"。另外，还有一系列超越身体障碍与极限，演出高妙的歌舞及音乐演奏等表演。

本着"爱无藩篱 爱无疆界"的信念，为关怀更多台湾以外的华人朋友，2004年美洲东森慈善基金会在美国成立，藉由东森美洲卫视的媒体力量，抛砖引玉、起而号召华商与亚裔社区善心人士，发挥内部资源和全美各地义工的凝聚力，深入社区、学校、与侨社团体，为弱势团体与儿童教育贡献公益。中国残疾人艺术团表示，历来他们承受了许多的关爱与协助，因此也希望这次洛杉矶慈善公演能把他们梦想成真，残而不废的精神洒向社会与全世界，美洲东森慈善基金会将把部分的售票收入运用于更多的公益活动。

23岁的胡一舟（舟舟），是唐氏症患者，智商只有30，但是他跨越生命的障碍，靠着在指挥方面的才华，用音乐感动国内外无数乐迷的心，2002年4月，东森文化基金会、中华华夏关怀协会和安丽公司共同邀请被称为大陆国宝的唐氏症青年指挥家胡一舟,来台举办"让生命灿烂·希望无限"慈善音乐会,这样的音乐飨宴不但把两岸文化拉得更接近,同时也唤起社会大众重视弱势团体的潜在能力。

胡一舟这次来台,结合台湾知名的台北爱乐管弦乐团以及美声歌手林志炫,在台北、台中、高雄举办三场音乐会,藉由这场跨越海峡两岸的音乐交流,让更多人体会到生命的无限潜能、希望与奇迹。音乐会演出的门票所得及联合劝募基金全数捐赠给台湾的阳光社会福利基金会、立达启能训练中心、心路社会福利基金会及中华华夏希望关怀协会等公益团体。

2001年,一位大陆罹患血液疾病20多岁的苏州姑娘陈霞,经过台湾慈济骨髓捐赠中心找到骨髓配对,获得台湾青年捐髓,这一份来自台湾的爱,必须保持骨髓新鲜,送到大陆,在20小时内完成手术,不容出现任何的失误,才能抢救受髓者的生命,为了见证这场跨越两岸、分秒必争、抢救生命的医疗行动,两岸三地的5家电视台动员500名人力,跨越两岸3 000公里,"用爱接力"的方式首度合作转播"用爱接力,20小时抢救生命"行动,从6月13日早上6时40分,展开见证生命,分秒必争的历史镜头。东森电视出动6部SNG,并派主播靳秀丽与王佳婉,分别前往花莲与苏州医院现场做联机报导,从台湾花莲取髓、苏州送髓及移植,整个过程20小时,观众可以透过东森电视及东森新闻报ETtoday直播,历史镜头,东森电视董事长张树森表示:希望透过转播,让世人看到这不只是个人爱的交流,也是两岸间爱的交流。

此外,同大陆高校互访互动、互聘互助也是东森集团推进两岸交流的一个务实举措。

2004年4月28日东森媒体集团与上海交通大学签约建教合作,为海峡两岸产学交流揭开新纪元。双方将联合在上海交大设置"数字实验室"、"东森讲座教授"、"东森王氏奖学金",举办"东森杯华语大学生动画大赛"、"数字媒体产业发展高峰论坛",并推动"东森海外研修计划",鼓励上海交大教授赴台湾东森智库研究,上海交大则提供师资、场地供东森管理人才进修,以及合作出版数字媒体相关学术著作和教材。

2004年11月17日,为了加强两岸的学术交流,东森集团副总裁赵怡应邀前往上海交通大学演讲。东森集团在不到15年的发展过程中成为海内外著名传播事业集团的创业传奇,给许多交大学生留下了深刻的印象。赵怡在这场特地为未来传播精英开辟的演讲,以自己丰富的媒体经验,更以媒体的社会责任感动了上海交大的学生。

2005 年 3 月 8 日上海交大媒体与设计学院常务副院长蒋宏教授、影视系主任李亦中教授、传播系主任李本乾教授等一行来到台湾参访东森集团,同时聘请东森媒体集团副总裁赵怡、执行董事雷倩担任上海交大客座教授。人才的互动,使得两岸学界媒体交流,有了更密切的接触。上海交大一行花了两天的时间,参观东森的数字展示中心、新闻事业总部、东森购物等单位。蒋宏教授表示,东森人才辈出,无论制作节目的质量还是数字技术水平,都非常具有国际竞争力,堪称国际级华文媒体。赵怡副总裁则指出,东森一向以打造全球华人媒体第一品牌自勉,积极布局全球,拥有 27 个自制电视频道,并在全世界 107 个国家和地区播出。东森在国际媒体的影响力与日俱增,这对加强两岸交流也非常有帮助。

第五节　支持教育事业

一、十年树木　百年树人

东森集团以惊人的速度崛起,从无到有,从小到大。从 1991 年东森自频道系统起家,而后进军卫星频道经营,如今在台湾地区拥有新闻、电影、戏剧、儿童等 8 个频道,收视总点数和营业收入总额均领先同业,涉足报纸、广播和网站,统合四大媒体,成为台湾地区最完整的跨媒体平台。在企业发展的进程中,东森集团参与、推动了多项公益事业,其中,对教育事业的热衷尤其令人印象深刻。

十年树木,百年树人,教育的意义不言而喻,同时,教育事业涉及面广,资金需求量大。任何企业都无力独担资助教育的大任。2003 年,王令麟发愿,每年由东森购物公司捐出 3 000 万元新台币奖学金,帮助清寒急难家庭子女顺利上学。捐给台湾大学成立东森励学奖学基金,为当年入学的台大清寒新生提供最实质的帮助。在 7 月 29 日第一笔500 万元新台币捐赠仪式上,王令麟特别强调,希望这笔助学金能激励更多企业界捐助，让考上大学的优秀青年都能顺利完成学业，成为未来社会的栋梁之才。他同时承诺，今后，东森还将视台大每年清寒新生的实际需要，继续提供援助。

作为著名的媒体企业，东森集团对教育的倾情具有广泛的影响。台大励学奖学金对得奖学生而言，不但可以提供实质的帮助，更是一项至高的荣誉。近年来面对高等教育经费日亦紧绌，校务基金吃紧，民间标杆企业——东森集团愿意捐款台大作为励学奖学金，自然受到台大校方特别称许。面对社会的赞扬，王令麟以平常心对待。他并不把对教育的支持看作是东森集团的单项付出，而是把它看作是企业以感恩心对社会的回馈。以对台大的捐赠为例。王令麟就提出这样的观点，台湾大学和东森媒体集团有密切产学合作关系，东森购物董事长周继鹏和集团许多干部都是出自台大培养的精英，该公司的运营模式和管理制度更直接受惠于台大商学院教授的指导。如今，东森购物业务快速成长，开始有能力回馈社会，饮水思源首先必须感谢台大的栽培功劳。

除了赞助台大励学奖学金，东森购物也规划一年提拨 2 400 万元新台币，推动"东森树人希望工程计划"，成立清寒助学金、励志工读助学金、传播菁英奖学金、育英奖学金等教育基金，嘉惠更多优秀青年。清寒助学金针对高中以下清寒学生，预估每学期将有 1 000～2 000 人受益；传播菁英奖学针对人际传播实务、科技、行销等杰出成就学生，发给 15 万元新台币的高额奖助学金；育英奖学金给与清寒子弟长期奖助，协助有特殊才华的优秀学子。

"东森购物树人希望工程"第一位受益者围棋女神童谢依旻，已刷新日本棋界女性职业棋手 62 年来最年轻的纪录。谢依旻 13 岁时就已具有围棋六段的功力，也是当时台湾取得该项资格最年轻的女棋士。谢依旻家中经营小杂货店，过去三年皆由黄任中先生资助，2002 年黄任中先生因故无法继续协助，全赖谢依旻父亲四处借贷及刷卡预付现金周转，差点放弃在日本的学习课程。王令麟夫妇得知这个情况后，决定予以赞助，让谢依旻安心研修、学习成才。王令麟指示东森文化基金会用他与夫人的名义以一年 40 万元新台币的捐赠，襄助谢依旻的旅日学费。获悉赞助消息，谢依旻极为感动，特地写感谢卡给王令麟伉俪，并利用回台机会,专程拜访东森集团有关人士,并加入东森文化基金会的志工,为公益活动尽一份心力。

二、创造价值　回馈社会

身处数字时代的东森集团,深知媒介资源对教育的重要。因此,除了以财物支持教育外,东森集团也很注重运用自己企业的优势创造价值回馈社会。2002年9月30日东森幼幼数字英语教学频道正式开播。时任台北市市长的马英九先生,在开台记者会上特别指出"东森英语教学频道,有助于缩短英语教学的城乡差距"。他表示,其实在台北市内也有城乡差距,像在东区的某个学校,在家长的资源协助下,每个教室都装有闭路电视,早上8点到8点15分收看英文教学节目;而在西南区的某个学校,那里的家长大多是在批发市场工作,学生没有这么好的资源可以学习。这次东森发展数字英语教学频道,能以科技解决教育的城乡差距,让离岛、山地学校也可以享有同样的教育环境。王令麟介绍了推出儿童英语教学频道的信念,东森希望提供儿童享受电视媒体英语学习的教育环境与资源。在开台的同时,东森捐赠中部曾在"9·21"地震中受灾的4所国小、台北都会区的10所国小,以及全岛低收入户的家庭儿童,提供免费的电视机顶盒〔e-box〕,还可免费收看东森英语教学频道,让孩子在学英文的路上都能更顺利、更快乐!

和地处繁华的台北的小朋友相比,那些生活在偏僻远乡的孩子更需要关怀。2003年3月18日,东森慈善基金会蔡咪咪和东森文化基金会赵怡两位董事长,为了关怀台湾偏远原住民部落小朋友,特地将爱心快递到宜兰最高的南山国小。宜兰最高的南山国小,仅有115位泰雅族小朋友,以及17位教职员工,由于地处偏僻,软硬件设备严重不足,只要有一个班级没有达到30名的规定人数,老师的人数就必须同时降低。面临如此物资缺乏的困窘,东森慈善基金会与东森文化基金会非常感慨,特地募集许多物资,包含幼幼台的相关出版品,运动服等等。

原住民孩子是台湾最坚韧的小树苗,在这些山里的孩子一双双清清亮亮的眸子里,在他们一张张阳光般灿烂的笑容背后,却有许多不为人知的辛酸。由于地处偏远的山区、离岛,城乡的资源落差,让原住民孩子无法在相同的起跑点出发,城乡的学习差距,造成原住民孩子后天的不平等,但是他们心中也有寻求向上提升的渴望,东森相信只要能及时拉他们一把,让他们拥有相同的资源,原住民孩子一定会看见希望。

为了宝贝原住民孩子的未来,为了改善部落学习的环境与资源,东森慈善基金会、东森文化基金会整合东森企业资源、发挥媒体力量,也寻找具有相同理念的企业共襄盛举,从 2001 年起,推动了"送卫星到部落"、"为兰屿开一善窗"、"书香部落"、"原住民部落数字小英雄"、"希望儿童台北之旅"、"山海精灵快乐颂"、"守望原乡　希望部落"等一系列计划,汇聚众人的爱心把孩子需要的书籍、计算机、乐器和爱送到部落,举办数字学习及城乡交流活动等等。

改善原乡孩子的教育环境,促进原住民社区及产业发展,始终是东森慈善的重点工作之一。六年来东森的志工跋山涉水,到偏远的离岛高山探访部落,有着东森对台湾多元族群中最资深、却也最被忽视的原住民及他们下一代的爱与关怀。

也透过每一次的活动,发挥东森无所不在的媒体影响力,号召更多人关心台湾原住民教育与生活环境,一起打造原乡部落的幸福与希望!善念与发心,使每一次的行动都有无数的连漪,而且发生影响,包括2005 年中,一个与台湾毫无种族关联的亚洲超级巨星,韩国籍裴勇俊在成为东森购物年度代言人的典礼上,也慨然宣布捐出 10 万美金(约320 万新台币),响应东森慈善基金会推动的"希望部落工程",筹建帮助原住民部落社区发展的图书馆。

而定频 16CH 的原民频道,从 2005 年 8 月 23 日正式由东森接手经营制播。原民频道执行长李惠惠表示,政府关怀原住民,特别编列预算成立原住民专属频道。东森接手经营后,除了本着促进族群融合、落实对原住民的关怀外,也将运用家族频道增加原住民的曝光度,并善用东森的国际资源,为台湾的原住民搭起通往世界的桥梁。

大爱无界,关爱无别。2002 年 12 月 10 日东森集团在东森电视台的一楼大厅第一次举办圣诞树点灯活动,也为了迎接由世界展望会与东森慈善基金会邀请来台的 55 位非洲儿童。东森媒体集团总裁王令麟、蔡咪咪夫妇和一些深受孩子们喜爱的主播们,每人送给在场小朋友们一份圣诞礼物,并与在场的小朋友一同点亮圣诞树,孩子们也兴奋地载歌载舞,为台湾的冬天带来了非洲的暖和。

东森慈善基金会董事长蔡咪咪表示,这些歌声美妙的非洲孩子,天真可爱,笑容更是令人印象深刻。蔡咪咪指出,她真的很感谢世界展望会,因为世界展望会在她觉得自己幸福快乐的时候,还能够有机会去帮助需要帮助的孩子。同时她也要感谢这些孩子,让她有机会真正体会到"心中有爱、贫穷不再"的真谛。

和王令麟夫妇一样,东森的员工也很热心支持教育的公益事业。例如,东森卫视生活台主播王利旋,就一直固定参与国际性的儿童医疗资助计划。父母都是医生的她,对于救助病童的计划一直非常有心。王利旋说:"透过这些国际组织的募款协助,使许多贫穷地区的病童有机会得到适当的医疗补助。世界上有许多需要帮助的孩子,也有许多有爱心的人,而透过公益组织,才能使这些爱心落实,帮助真正需要的人。"

第六节　东森屡获嘉奖

一、公益形象喜获嘉许

"以服务心和人结缘,以感恩心回馈社会"是王令麟常说的一句话。企业做公益事业要秉承"只问耕耘,不问收获"的精神。不过,"行得春风有夏雨"也是客观的规律。2004年5月出版的《东森报》在显著位置报道了盖洛普公司针对"台湾企业公益形象"所做的一次调查情况。调查显示,东森集团致力公益事业的努力,在社会公众中喜获嘉许,东森集团的企业公益形象在台湾名列前茅。在"对社会公益活动贡献良多的企业"这一项目中,东森集团位居第一,以后排行依次为:统一企业、TVBS、金车企业、中国信托等。东森电视台在"电视媒体的公益形象"这一项目,也独占鳌头,领先第二名五个百分点;此项排行依次为:东森电视、TVBS、三立、年代、中天等。东森购物在"百货业的企业形象"项目中,也跃居第四名,此项排行分别为:7~11、家乐福、大润发、东森购物、新光三越、SOGO等。

而在东森集团范围之内,东森公益活动的认知度排名,则依次为:"东森购物王令麟先生奖助学金"49.95%;捐乐器到原乡部落37.14%;

送乐器到兰屿 36.60％；"数字小英雄"资助原住民小朋友数字设备 27.52％；送罕见疾病小朋友海外探索世界 27.33％；赞助围棋女神童谢依旻赴日深造 24.43％；东森购物"得易关怀日"18.80％。

盖洛普公司调查报告发表后，东森媒体集团总裁王令麟表示，东森的慈善公益还在起步阶段，盖洛普的调查报告，对东森是一项鼓励，但并不因此而自满。他表示，有心就有福，有愿就有力。东森愿号召社会各界，大家一起来做公益！

而台大教授薛承泰在 2004 年 6 月的展开"企业公益形象"研究也表明，针对台湾各大企业集团在公益活动的认同度与认知度的调查，东森媒体集团在"提供奖学金"、"经常从事公益活动"，以及"捐助弱势、原住民及穷困民众"三个项目的公益形象都是排名第一。企业从事公益让民众印象最深刻的各项排名，分别是"提供奖学金"：东森、国泰、统一、金车、富邦、TVBS；"经常从事公益活动"：东森、统一、TVBS、金车、国泰、富邦；"捐助弱势、原住民及穷困民众"：东森、TVBS、统一、金车、国泰、富邦。

二、名誉表彰飘然而至

正如东森集团的公益活动多种多样一样，社会在褒奖东森集团公益作为时，形式也是多姿多彩的。从行政当局的官方举动，到民间团体的业内表彰；从天真幼童的率性流露，到高等学府的名誉学位。

2003 年 12 月 2 日台湾辅仁大学向东森媒体集团总裁王令麟颁授名誉商学博士学位，以表彰他在媒体产业、商业、公共事务，以及公益服务方面杰出的表现与贡献。在颁授仪式上，辅仁大学肯定了王令麟长期热心服务社会的所作所为。该校表示，王令麟创办东森电视台、东森媒体科技和东森购物等三家与媒体有关的公司，组成东森媒体集团，并担任股票上市公司远森网络股份有限公司（原远东仓储公司）董事长。事业经营有成之余，投入公益不遗余力。

王令麟先生在受颁名誉商学博士学位后所发表的《淬励奋进　永不止息》演说中指出，这是他有生以来最为光荣的一刻，这项荣誉不仅是对他个人的奖励，也是对东森媒体集团全体同仁的肯定。

王令麟和蔡咪咪是台湾企业著名的"公益夫妻档"。继 2004 年王令麟受颁国际志工协会"最佳领导志工奖"后,作为东森慈善基金会董事长的蔡咪咪又于美国时间 2005 年 3 月 17 日获颁"慈善公益奖"。蔡咪咪获奖距东森集团在美国创办北美东森慈善基金会仅一年多。蔡咪咪带领工作团队既深入华裔小区进行公益活动,也热心国际公益事业。2005 年 1 月南亚海啸灾难时,东森媒体集团捐出 1 300 万元新台币赈灾,在 2005 年 3 月 17 日获颁"慈善公益奖"会上,蔡咪咪率先捐出13 000美元。蔡咪咪代表东森慈善基金会对社会的救援和人道关怀,不但获得颁奖现场与会者的热烈的掌声,也受到红十字会的重视,美国加州州长阿诺及参众议员也感谢东森对国际慈善的义举。蔡咪咪在上台领奖发表演讲时说,"付出是一件很快乐的事,得奖让我受宠若惊,这个奖我要和曾经行善过的人一起分享!"她同时表示,得奖也代表责任更重大,今后将推动东森慈善在美洲扎根,深入华裔小区公益活动。

与王令麟、蔡咪咪夫妇荣膺各类嘉奖同步,东森集团作为一个集体也屡有荣誉加身。2004 年台湾第一届"一日志工金像奖"评选揭晓,东森媒体集团总裁王令麟与东森电视台双喜临门,分别获颁"最佳领导志工奖"和"最佳电子媒体志工奖"两项殊荣。东森电视台一向秉持公正、客观的态度采访新闻,长期深入社会各角落,报导需要关怀的弱势族群,是此次获奖的原因。在台湾电视史上,东森电视台是第一个获得这项公益奖项的商业电视台。

三、公益作为赢得尊敬

东森集团一直以成为世界华人民营媒体第一品牌自勉。2003 年集团旗下四家主力公司的营业额就已经达到 395 亿元新台币,员工总数超过 5 200 人,已经成为全球最具规模的民营华文媒体集团。作为一个务实的企业家,王令麟清楚地知道,东森集团和世界媒体巨头之间仍然存在着很大的差距。然而,他和东森集团的多年来在社会公益领域的耕耘,为他和东森集团赢得了世界同行巨人的尊敬。

据 2005 年 1 月出版的《东森报报》第 79 期报道,全球最大的娱乐及媒体集团——时代华纳集团(Time Warner)主席兼执行长李察·帕森(Richard Parsons)致函东森媒体集团总裁王令麟,对东森集团在公益慈善的优秀作为,表达敬佩之意。李察·帕森先生在信中写道:

亲爱的王总裁：

　　很遗憾您到访纽约之时，我因事错失了与您会面的机会……拜读了东森媒体集团的数据，让我对您的东森慈善基金会优秀作为印象深刻，也深感佩服……感谢您的善意与慷慨，诚挚地祝福您……

王令麟先生对李察·帕森先生的赞誉有其自身的体认，东森媒体集团2004年营业额超过500亿新台币，旗下各公司表现亮眼，但让时代华纳集团主席李察·帕森特别感兴趣的，居然是东森慈善的公益表现。他表示，爱心没距离、慈悲无国界，得到全球最大的媒体集团领导人鼓励，更加深他把东森慈善带向国际，为全球华人服务的决心。

附录：东森媒体集团发展大事记

1990 年　　　　※筹备友联全线公司，即东森电视台之前身。

1991 年 7 月　※创立友联全线公司，供应有线播送系统版权节目。

1991 年 8 月　※成立台湾有线电视发展协进会，整合业界与政府进行政策沟通，共同推动有线电视法通过，促成有线播送系统的合法化。

1993 年 2 月　※王令麟筹设力霸人寿保险公司。当时他身兼远东仓储董事长、友联全线传播董事长、企业环境保护协会理事长、台湾有线电视发展协会理事长、简文工商发展基金会执行长。

1995 年　　　　※东森国际透过百慕达子公司转投资设立上海海兴远仓集装箱储运有限公司。

　　　　　　　　※友联全线公司开辟 U1 电影台、U2 综合台两个卫星电视频道，正式跨入频道事业。

　　　　　　　　※创立东森媒体科技公司（EMC），投资全省 14 家主力系统台，开始进入系统经营。

1998 年 1 月　※东森新闻台与美国 NBC 合作。

1999 年 5 月　※东森正式推出有线电视宽频上网服务。

1999 年 9 月　※台湾发生"9·21"强烈大地震，东森员工捐献一日所得赈灾。

1999 年 10 月　※透过转投资世华卫星将东森新闻传至北美地区。

　　　　　　　　※创立"东森国际网络公司"（ET Webs），提供宽频上网服务。

2000 年 1 月　※东森购物公司展开营运，第一年营收为 5.3 亿元新台币。

2000 年 4 月　※成立东森慈善基金会及东禾教育基金会（后改名为东

森文化基金会)。

2000 年 8 月	※东森新闻频道进驻美国有线电视新闻网(CNN)。
2000 年 11 月	※东森创办人王令麟,以最高票当选台湾地区商业总会理事长。
2001 年 8 月	※东森幼幼台与日本 NHK 公共电视台展开儿童节目及商品代理合作。
	※东森自制连续剧《北港香炉》,入围金钟奖五项提名;女主角唐美云,勇夺"最佳女主角"后座。
2001 年 12 月	※东森电视台与美国第一大有线电视 MSO 公司签订合作合约,东森新闻台打入美国 CATV 网。
2002 年 1 月	※东森电视台宣示全面推动向全球华文媒体市场发展。
	※东森电视台和重庆电视台签订友好合作协议。
2002 年 6 月	※与香港最大有线电视系统业者 i-Cable 公司签约,于 7 月 1 日正式入网香港。
	※东森电视台和辽宁电视台、大连电视台签订友好合作协议。
	※东森电视台和江苏电视台、南京电视台、无锡电视台、苏州电视台签订友好合作协议。
2002 年 8 月	※与澳门有线电视系统业者签约,正式入网澳门。
	※东森电视台和河南电视台签订友好合作协议。
	※东森新闻 S 台的"台湾尚美"、"珍藏台湾"和东森综合台"小西园"入围六项金钟奖。"台湾尚美"靳秀丽荣获"文教信息节目主持人奖"、"珍藏台湾"制作人梁欣如得到"文教信息节目奖"。
2002 年 9 月	※东森电视台和四川电视台、陕西电视台、西安电视台签订友好合作协议。
2002 年 12 月	※新闻主管部门正式核准东森经营加值付费频道服务项目。
2003 年 1 月	※东森电视台和青岛电视台签订友好合作协议。
	※东森代理六家境外频道陆续落地开播。
2003 年 2 月	※东森亚洲卫视与菲律宾当地有线电视系统 Global

Cable TV 签订合约,于菲律宾入网播出。

※东森电视与云南电视台缔结姊妹台。

※东森数字系统正式激活。

2003 年 3 月　※东森电视台和山东电视台签订友好合作协议。

2003 年 5 月　※国际三大信评机构之一的惠誉信评,授予东森华荣传播公司(即东森电视台)岛内,信用展望为"稳定"。

※SARS 疫情蔓延,创办人王令麟发动企业集团防疫救灾。

2003 年 7 月　※东森电视与美国最大卫星电视公司 Echo star,在美国时间 7 月 10 日完成签约。

2003 年 9 月　※东森美洲卫视开台,东森朝向华人第一品牌迈进。

※东森媒体集团总裁王令麟正式获选为美国国际电视学会理事。

2003 年 10 月　※东森五大卫星频道正式在全美最大的有线电视网 Comcast 开播,向北加州旧金山市与湾区 50 万华裔居民提供完整的中文频道服务。

2003 年 11 月　※东森媒体集团总裁王令麟,与南加州大学安纳堡传播学院(USC Annenberg School for Communication)科恩院长(Dean Geoffrey Cowan),签订五年学术交流合作协议,成立东森传播奖学金(ETTV Scholarships in Communication),总金额 50 万美元。

※东森美洲卫视正式入网美国最大的有线电视系统业者 Comcast,提供北加州旧金山市与湾区的用户服务。

※东森代理德国 DW、法国 TV－5 及新加坡 Channel News Asia 在台湾数字频道播出。

※由东森电视台承办的电视金钟奖在台北孙中山纪念馆热闹展开。东森首开全球播出,综合台、美洲台、亚洲台和 ETFM,ETtoday 同步放送。

2003 年 12 月　※辅仁大学颁授东森媒体集团总裁王令麟名誉商学博士学位。

2004 年 2 月　※东森保险代理人公司和东森购物,合力推出台湾第一个保险商品电视购物销售频道。

※最新一季儿童及青少年适合收视的优质节目名单,东森幼幼台 35 个节目获奖。

※"台闽地区民众有线电视收视及满意度调查"完成,在最常收看的 50 个频道中,东森新闻台高居各类型频道榜首。

2004 年 3 月　※东森电视台联合新闻服务机构美联社、法国电信公司成立"国际媒体中心",提供 20 多家国际媒体,采访"3·20"台湾地区"政治选举"的各项新闻采访制作软硬件设备与发稿场地。

2004 年 4 月　※与柬埔寨有线电视及金边有线电视签署合约,东森亚洲台进入柬埔寨。

※东森媒体集团与上海交通大学签约建立合作,为海峡两岸交流揭开新纪元。

※东森在北美成立东森慈善基金会(The Dong Sen Charitable Foundation),由蔡咪咪女士担任董事长兼执行长。

※《天下》杂志所发表的 500"大服务业"调查,东森电视台和东森媒体科技公司的营业收入在媒体娱乐类勇夺第一、二名,东森购物和东森国际公司则分别在百货批发零售和贸易类营业收入总额前十大中,位居成长率最高的企业。

※盖洛普公司针对"台湾企业公益形象"调查显示,东森媒体集团在"对社会公益活动贡献良多的企业"项目,高居榜首;东森电视台在"电视媒体的公益形象"项目独占鳌头,领先第二名五个百分点。

2004 年 5 月　※东森电视台与出版业巨擘城邦文化签约,携手开拓美洲华文出版品全新通路。

※东森购物旗下 ET Mall 东森购物网络商城斥资 10 亿元新台币,结合微软、戴尔与 Hinet 等国际厂商进行大规模改版。

※香港亚太顾客服务协会（APCSC）举办"亚太顾客关系服务奖"，东森购物总计囊括"杰出总经理"、"杰出顾客服务组长"两项个人奖，以及"最佳客服热线中心"、"最佳人力发展计划"、"最佳客服中心技术运用"三个团体奖项。东森购物总经理宋湘岚获得"杰出总经理"（CEO of the Year）殊荣。

2004 年 6 月　※美国加州前州长葛瑞·戴维斯应东森媒体集团邀请来台参访。

2004 年 7 月　※东森媒体集团受美国国际电视学会委请主办"国际艾美奖"亚非地区"戏剧节目类"暨"儿童与青少年节目类"准决审。

※与香港有线电视（i-Cable）合作，前进美国媒体市场，增添粤语节目内容。

※东森羚羊篮球队成立，东森媒体集团副总裁赵怡担任总领队，队中拥有杨玉明、吴岱豪等名将。

※为紧急救助因"7·2"水灾重创的南投仁爱乡民众，东慈捐助 500 万元新台币救灾。

2004 年 8 月　※东森电视台综艺节目《最后的晚餐》，入围 2004 年"国际艾美奖"亚非地区"即兴娱乐节目"。

※东森美洲购物台开台。

※东森美洲公司成立纽约分公司、旧金山分公司。

2004 年 9 月　※东森美洲台周年庆，举办"道奇华裔之夜"及中秋感恩音乐晚会等庆祝活动。

2004 年 10 月　※东森新闻台及新闻 S 台双双入围"亚洲电视奖"，东森幼幼台也入围两项奖项。

※由集团总裁王令麟带领的卓越团队，成功登上 3 952 公尺的玉山顶峰；东森电视台董事长张树森并在峰顶和台北、洛杉矶作现场联机，完成台湾传播史上的创举。

2004 年 11 月　※东森透过精宇卫视的直播卫星平台提供 3 个华文频道，涵盖墨西哥以南到巴西、阿根廷等 34 个国家，正式落地中南美洲。

※东森承办金钟奖备受好评,东森华荣传播公司制作"统一瑞穗鲜乳:兆丰农场篇"获得金钟奖商品类广告奖。

※东森电视台董事长张树森及东森购物董事长周继鹏,与知名学府——台大、政大、成大、辅大、世新,签订产学联盟合作意向书,东森将提供5校总计每年1 200万元新台币的奖学金。

2004年12月	※台湾最具人气新闻网站 ETtoday.com 与全球知名的英国广播公司(BBC),12月9日签署新闻合作计划。
2005年1月	※举办第一届"全球新人王"TOP Idol 全球总决选。 ※东森在美国推出更方便多元的中文影音娱乐服务网站 www.ettvusa.com 东森影音娱乐网。 ※东森电视台与香港演艺协会合作"爱心无国界 送爱到南亚"两岸三地艺人大汇演活动。
2005年2月	※美国前总统克林顿于2月28日下午专程参访东森媒体集团,接受东森电视新闻的独家专访。
2005年3月	※美国前总统克林顿亲访东森的画面,通过 CNN 向全球连播7天,王令麟也创下华文媒体经营者在 CNN 频道露脸次数最多的纪录。 ※东森慈善基金会董事长蔡咪咪获美国华裔民选官员协会颁发"慈善公益奖",东森热心国际公益,更赢得加州州长阿诺及美国华裔民选官员协会高度肯定。 ※东森电视公司再度获得金融界高度肯定,于3月29日完成总金额38亿元新台币联贷案签约。
2005年4月	※东森慈善基金会推动"森耕华文 无尽书香"项目,为全美超过800所中文学校推广中文教育。
2005年5月	※东森电视台正式引进越南国家电视台国际频道,服务台湾地区众多的越南侨民。 ※东森电视台张树森董事长赴美国参加 CNN25 周年庆,受到 CNN 创办人泰德特纳热烈欢迎。 ※台北市多功能体育馆(台北小巨蛋)委外经营招标5

月 25 日揭晓，东森媒体集团筹组的东森巨蛋经营管理公司取得为期 9 年的经营权。

2005 年 6 月　※东森电视制作团队在新加坡举办的 2005 阿波罗广告大奖中获得最佳 3D 动画奖。

※东森电视台和福建电视台签订友好合作协议。

2005 年 7 月　※中央电视台"东方时空"首席主播白岩松一行应东森电视台邀请来台湾访问。

2005 年 8 月　※"灌溉台湾　教育百人团计划"活动举办第一届颁奖典礼。东森媒体集团总裁王令麟膺选为教育百人团"族群融合"项目类得主。

※8 月 23 日东森正式接手经营原住民频道，为台湾的原住民搭起通往世界的桥梁。

2005 年 9 月　※社会光明面新闻报导奖活动结果出炉，由东森媒体集团文化编辑中心制作的"一个说法"节目，以"走出蓝色幽谷"单元荣获"电视新闻类"奖项。

2005 年 10 月　东森购物 10 月 3 日推出专属的"保险商品"销售频道（CH35）。

2005 年 11 月　东森"美东台"11 月 1 日正式开播。

2005 年 11 月　东森承办 11 月 12 日金钟奖，东森的"魔蝎"、"爱丝希雅的梦中梦"分获单元剧最佳女主角、最佳男配角及最佳编剧奖。

东森幼幼台的"YOYO 新乐园"获第一届小金钟最佳原创音乐奖。

2005 年 12 月　台北巨蛋 12 月 1 日正式启用营运。

2005 年 12 月　东森与全球规模最大的休闲旅游集团 Cendant 12 月 6 日签约合作，正式进军亚太旅游市场，迈向休闲产业新纪元。

2005 年 12 月　东森媒体集团 12 月 7 日于台北巨蛋举行 15 周年、东森国际 30 周年、东森电视 10 周年、东森购物 6 周年庆祝大会。

2006 年 1 月　力霸房屋 1 月 1 日起正式更名为"东森房屋"。

2006 年 1 月	应东森休闲育乐公司邀请,于台北巨蛋演出的国际大型冰上歌舞剧"冰爆好莱坞",票房突破 4 万张,再次刷新金氏世界纪录。
2006 年 2 月	以两岸文化交流为主旨的"情声艺动,相约东南"演唱会,集合多位两岸当红歌手,2 月 19 日在台北巨蛋演出。
2006 年 3 月	已合作 10 年的东森媒体集团与时代华纳旗下的特纳广播系统(Turner Broadcasting System,TBS),3 月 2 日签署深化策略合作备忘录。
2006 年 5 月	《天下杂志》5 百大服务业调查与《商业周刊》1 千大服务业调查出炉,东森媒体集团旗下的 4 家主力公司均名列前茅。 东森电视与东森媒体科技,营业收入连续 3 年蝉联"媒体娱乐类"冠亚军。
2006 年 6 月	加拿大 Rogers Cable(罗杰斯)与东森电视于 6 月 1 日签署入网合作协议,在北美华人圈造成轰动。
2006 年 6 月	东森于 6 月 29 日与 Cendant 集团旗下的旅游分销服务集团 TDS 合作,未来东森将透过 TDS 资源,成立全方位的网络交易平台。
2006 年 7 月	东森 S 台于 7 月 19 日在台湾各系统台的 57 频道全面复播。

后　记

传媒作为社会公器,它的行为目标是既追求最高的经济效益,又追求最高的社会效益。东森媒体集团在短短十五年的发展过程中,不仅在经济效益上创造出了"东森速度",而且为传媒从事公益事业做出了榜样。

东森媒体集团从一个跑带公司在这么短时间内成长为今天的规模,不能不说是传媒界的一个奇迹,这其中得益于东森领导者的战略眼光和独到经营策略。在全球媒介激烈竞争的今天,作为同行的祖国大陆媒体如何借鉴其经验,相信本书能给读者提供最好的回答。

本书由蒋宏总体策划,由李本乾撰写了最初的各章节标题,陈先元负责了最初各章节的整理。具体内容分工是:第一章由宋飞、王卓铭编写,第二章由朱金玉编写,第三章由朱金玉、李小翠编写,第四章由薛珂编写,第五章由徐剑、林诗吟编写,第六章由李晓静编写,第七章由蒋宏、何桂华编写,第八章由李本乾编写,第九章由戴永明编写。所附录的东森大事记由邬彬彬编写。全书由蒋宏、朱金玉做了全面改稿、统稿及定稿工作,徐剑为本书完成做了大量与东森媒体集团的沟通工作。

编写本书有一定的难度。编写者中部分人员从未去过台湾,也未直接接触过东森的媒体产品,虽然阅读了大量的第二手资料,并进行了仔细研究,但对于所写的内容缺乏感性认识,加之时间紧迫,疏漏之处在所难免,还望诸位谅解! 在此要专门感谢东森媒体集团在我们编书过程中所给予的很多帮助,以及书中图片的选定和数据的提供等等。

上海交通大学媒体与设计学院教师　朱金玉

2006 年 8 月 5 日　于上海浦东